战场特工

[英] 约翰·勒卡雷 / 著

姚向辉 / 译

Agent Running in the Field

John le Carré

上海译文出版社

图字:09－2019－754 号

图书在版编目(CIP)数据

战场特工/(英)约翰·勒卡雷著;姚向辉译. —上海:
上海译文出版社,2021.12
(约翰·勒卡雷作品)
书名原文:Agent Running in the Field
ISBN 978－7－5327－8898－9

Ⅰ.①战… Ⅱ.①约… ②姚… Ⅲ.①长篇小说—英
国—现代 Ⅳ.①I561.45

中国版本图书馆 CIP 数据核字(2021)第 262995 号

战场特工
[英]约翰·勒卡雷　著　姚向辉　译
策划/宋玲　责任编辑/宋佥　装帧设计/人马艺术设计·储平

上海译文出版社有限公司出版、发行
网址:www.yiwen.com.cn
201101　上海市闵行区号景路 159 弄 B 座
上海普顺印刷包装有限公司印刷

开本 890×1240　1/32　印张 9.25　插页 5　字数 154,000
2022 年 3 月第 1 版　2022 年 3 月第 1 次印刷
印数:0,001—7,000 册

ISBN 978－7－5327－8898－9/I·5501
定价:76.00 元

人名

Stephanie 斯蒂芬妮

Ed / Edward Stanley Shannon 艾德/爱德华 · 斯坦利 · 香农

Prudence / Prue 普鲁登斯/普鲁

Nathaniel 纳撒尼尔

Madame Galina 加琳娜女爵

Moira 莫伊拉

Bryn Sykes-Jordan 布林 · 赛克斯-乔丹

Dom / Dominic Trench 多姆/多米尼克 · 特伦奇

Rachel 蕾切尔

Tabitha 塔比莎

Polonius 波洛尼厄斯

Giles Wackford 吉尔斯 · 威克福德

Igor 伊戈尔

Marika 玛丽卡

Denise 丹妮斯

Ilya 伊利亚

Florence 佛罗伦丝

Orson 奥尔森

Astra 阿斯特拉

Percy Price 珀西 · 普莱斯

Fred 弗雷德

Ghita Marsden 吉塔 · 马斯登

Guy Brammel 盖伊 · 布拉梅尔

Marion 马里恩

Sergei Borisovich Kusnetsev 谢尔盖 · 鲍里索维奇 · 库兹涅佐夫

Anette Pedersen 安妮特 · 彼德森

Markus Schweizer 马库斯 · 施韦泽

Nicola Halliday 妮可拉 · 哈利戴
Juno/ Junaid 朱诺/朱奈德
Dimitri 迪米特里
Valentina 瓦伦蒂娜
Felix Ivanov/ Tadzio/ Mikhail Strelsky 菲利克斯 · 伊万诺夫/塔奇奥/米哈伊尔 · 斯特列利斯基
Willi 威利
Joe Lavender 乔 · 拉文德
Gloria Foxton 格洛丽亚 · 福克斯顿
Franzeska 弗兰齐斯卡
Eliza Mary Shannon 艾丽莎 · 玛丽 · 香农
Maria Brandt 玛利亚 · 勃兰特
Renate 蕾娜特

地名

Karlovy Vary 卡罗维发利
Belisha Court 贝利沙苑

其他

Moscow Centre 莫斯科中央局
Head Office 总局
London General 伦敦总站
The Haven “避难所”
Operations Directorate 行动理事会
Surveillance 监控部
Multinational 多国
hybrid warfare 混合战
Domestic Security 国内事务安全处
Domestic Research 国内事务调查处
indoctrination list 知情者名单

rezident 驻外特工

rezidentura 驻外情报站

illegal 编外情报员

cleanskin 匿名战士

Ground Beta 贝塔地点

British joint intelligence mission 英国联合情报任务

über-shrink 高级心理医生

献给简

1

我们的会面未经预谋。我没有，艾德没有，按理说在操控他的隐秘之手也没有。我没有被设为目标。没人安排艾德拿我当目标。我们没有受到监视，无论是隐蔽性的还是侵略性的。他向我发起运动场上的挑战。我接受了。我们打了比赛。其中不存在预谋，不存在阴谋，不存在密谋。我的生活中有些事件只存在一种诠释，尽管近来这种事确实屈指可数。我们的相识就是这么一个事件。他们逼着我说了无数遍，但我的叙述始终如一。

一个星期六的傍晚，巴特西的竞技场俱乐部里，我坐在室内游泳池旁的一把软垫躺椅上——本人是俱乐部的荣誉秘书长，一个大体而言的虚衔。聚会厅非常宽敞，房梁架得很高，所在的建筑物翻建前是啤酒厂；聚会厅一头是游泳池，另一头是酒吧，两者之间的走廊通往隔开的更衣室和淋浴区。

我面对游泳池，斜对吧台。吧台另一侧是聚会厅的出入口，往外是大堂，再往外是临街的大门。因此从我这个位置看不见谁走进了聚会厅，谁待在大堂读告示、预定场地或把自己的名字放上排名表。酒吧生意兴隆。年轻女人和情郎戏水聊天。

我一身打羽毛球的行头：短裤、汗衫和有利于脚踝的一双新训练鞋。买这双鞋是为了缓解我脚踝的烦人隐痛，一个月前我在爱沙尼亚的森林里漫步时受了伤。先前我长期在海外执行一个接一个的任务，回爱沙尼亚是为了享受我当之无愧的探亲假。乌云笼罩着我的职业生涯，我尽可能地视而不见。到了星期一，上头很可能会宣布我为冗员。哎，那就这样吧，我一直这么对自己说。我的人生正在进入第四十七个年头，我有过辉煌的日子，这个结局只是迟早的事，所以也没什么可抱怨的。

因此，尽管年龄渐长，脚腕作怪，但我依然以俱乐部冠军的身份睥睨群雄，这个事实就更加能够安慰心灵了；仅仅上周六，我还捍卫了单打冠军的宝座，对手比我年轻，而且很有天赋。单打通常被视为脚步轻盈的二十几岁年轻人的专属领地，然而目前我牢牢地站稳了脚跟。今天，根据俱乐部的传统，作为新加冕的冠军，我同河对岸切尔西的那家作为我们宿敌的俱乐部的冠军打了一场友谊赛，本人成功地履行了职责。这会儿他就坐在我旁边，因为刚打完比赛而满脸红光，拿着装啤酒的品脱杯。他是一位年轻的印度裔出庭律师，心气很高，有运动员的那个劲头。他咬得很紧，直到最后几分，经验和少许运气使得局势朝着对我有利的方向偏转。也许这些单纯的事实能从某种程度上解释，当艾德向我发起挑战时，我为什么会如此大度，以及我为什么会觉得（尽管短暂）成为冗员后我还有生活可过。

我的手下败将和我亲热地聊着天。话题是我们的父亲，我记得很清楚，就像昨天才发生的事情。结果他们都曾是狂热的羽毛球运动员。他父亲是全印亚军。我父亲在鼎盛期拿过英国驻新加坡军队的冠军。就在我和他愉快地你来我往的当口，我觉察到爱丽丝在向我进逼——她出生于加勒比，是俱乐部的接待员兼记账员，另有一位年轻男人陪着她，个子特别高，但不怎么起眼。爱丽丝六十来岁，脾气古怪，身材粗壮，总有点上气不接下气。我和她是俱乐部年资最久的成员，我是球场名将，她是中流砥柱。无论我去世界上的哪个角落，我们都绝对不会忘记互寄圣诞贺卡。我的贺卡有多顽皮，她的就有多神圣。之所以说“向我进逼”，是因为他们二人从后侧攻向我，爱丽丝打前锋，二人先向前走，然后转身面对我，动作整齐得滑稽。

“纳特爵士阁下，安好。”爱丽丝像报幕似的通报。她一般称呼我纳特勋爵，然而今晚我只是一名普通爵士。“这位非常英俊和有教养的年轻人希望能和您私下里谈一谈。但他不想在您最得意的时候打扰您。他叫艾德。艾德，和纳特打个招呼。”

在我的记忆中，接下来的一个瞬间特别漫长。艾德站在她背后两步远的地方——这个年轻人身高六英尺多点，像只呆头鹅，戴着眼镜，有着某种孤独的气质，勉强挤出尴尬的半个笑容。我记得两个相互竞争的光源在他身上汇聚，一面是酒吧的橙色条形灯，赋予他神圣的光彩，另一面是他背后游泳池的射灯，给他勾勒出夸张的剪影。

他向前走，变成有血有肉的活人。笨拙的两大步，左脚，右脚，停下。爱丽丝急急忙忙地告辞。我等他开口。我调整面部肌肉，露出耐心的笑容。他至少高六英尺三，黑发乱糟糟的，学生气的棕色大眼睛被眼镜烘托得像个出尘高人，下身穿齐膝的白色运动短裤，就是游艇族或波士顿富豪的孩子常穿的那种东西。他二十五左右，但出尘高人加学生气的组合使得他有可能年轻几岁也有可能年老几岁。

“阁下？”他终于开口了，但语气并不怎么尊敬。

“不介意的话，叫我纳特好了。”我纠正他，又对他笑笑。

他吸收这点信息。纳特。思前想后。皱起他鸟嘴般的鼻子。

“哦，我叫艾德，”他自我介绍，重复爱丽丝提供过的信息，免得我没听清。在我最近回归的这个英格兰，没人有姓氏。

“哦，你好，艾德，”我喜滋滋地答道，“有何贵干？”

对话再次中断，他思考我的问题。然后脱口而出：

“我想和你打，可以吗？你是冠军。但问题在于，我刚加入俱乐部。上个星期。对。我把名字放在排名表上了，其他该做的也都做了，但轮到我需要他妈的几个月”——字词不由自主地挣脱了束缚。一阵寂静，他轮流看我们两个人，先看我亲切的对手，然后再看我。

“你看，”他和我说理，尽管我根本没反驳他，“我不懂俱乐部的规矩，明白吗？”——声音因为愤慨而升高。“这又不是我的错。于是我去问爱丽丝。她说，你去问他自己呗，他又不咬人。所以我就来问你了。”就好像还需要进一步解释似的，他又说，“只是我看了你比赛，明白吗？我打败过几个你打败过的人。还有一两个打败过你的人。我很确定我能跟你好好打一场。真的好好打一场。对。非常好的一场，事实上。”

这个声音本身，听到现在我是不是已经有个数了？在根据说话方式揣测同伴在社会阶梯上的地位这个久经时间磨砺的大不列颠客厅游戏里，我顶多只是个差劲的玩家，因为我把人生中太多的年月耗费在了国外。然而在我遗传给了女儿斯蒂芬妮（一位公开宣称的平等主义者）的耳朵里，我觉得艾德的说话方式只是马马虎虎过得去而已——也就是说，没有直接证据能证明私立教育的存在。

“艾德，我能问一下你都在哪儿打吗？”我说，这是我们球手之间的一个标准问题。

“所有地方。只要我能找到像样的对手。没错。”他像是又想到了什么，“然后我听说你是这儿的会员。有些俱乐部允许你打一场付一场的钱。但这儿不行。这地方你必须先入会。要我说，这是欺诈。于是我入了会。花了我他妈一大坨钱，但还是入会了。”

“嗯，艾德，很抱歉你不得不大出血，”我尽可能和气地回答他，将突如其来的脏话归结为紧张，“但假如你想打一场，那我也不反对。”我又说，注意到酒吧里的交谈逐渐停歇，一颗颗脑袋转向我们。“咱们回头找个时间好了。我会很期待的。”

但艾德不为所动。

“所以你觉得几时比较适合你？我说的是个准确的日期，而不只是找个时间。”他步步紧逼，引来了吧台方向的哄堂大笑——从他的怒容来看，笑声惹他生气了。

“唔，艾德，这一两个星期是不可能了。”我回答得相当真诚。“我有件非常重要的事情必须去处理。事实上，是个拖得太久的全家假期。”我说，希望他能给我一个微笑，但我得到的是个木然的瞪视。

“那你什么时候回来？”

“下下周六，只要我们没弄断任何东西。我们去滑雪。”

“哪儿？”

“法国。默热沃附近。你滑雪吗？”

“滑过了。我在巴伐利亚。那下下周日如何？”

“很抱歉，艾德，我只约工作日。”我坚定地答道，因为全家共度周末（只要普鲁和我能做到）是神圣不可侵犯之事，今天是个罕见的例外。

“那就两周后从星期一开始的某个工作日吧？哪一天？你随便挑。你说了算。我都行。”

“星期一我应该最方便。”我提议道，星期一晚上是普鲁每周做法务义工的时间。

“那就两周后的星期一了。六点？七点？几点？”

“唔，你说你什么时候最方便吧，”我建议道，“我的时间安排还没定下来”——也就是说，到时候我多半会在外面闲逛。

“星期一晚上我有时候要加点班，”他说，语气像是在抱怨，“八点如何？八点你可以吗？”

“八点我没问题。”

“要是我能约到，一号球场可以吗？爱丽丝说他们不喜欢把球场订给单打比赛，但你不一样。”

“我哪个球场都行，艾德。”我向他保证，吧台方向传来又一阵笑声和噼噼啪啪的掌声，想必是为了褒奖他的坚持。

我们交换手机号，这向来是个小小的难题。我给了他我的私人号码，说要是有问题就发短信给我。他对我做了相同的请求。

“对了，纳特？”——他绷得太紧的声音突然软了下来。

“怎么了？”

“祝你全家度假快乐。”就好像我会忘记似的，“两周后的星期一再见。晚上八点。这儿。”

这会儿所有人都在大笑或鼓掌了，艾德抬起一整条瘦长的右臂，漫不经心地挥手作别，迈开大步走向男更衣室。

“有人认识他吗？”我问，发现我不由自主地扭头观察他的背影。

众人摇头。抱歉，哥们。

“有人见过他打球吗？”

继续抱歉。

我陪着来访的对手走进大堂，往更衣室走到一半，我在办公室门口把脑袋伸进去。爱丽丝趴在电脑前面。

“艾德姓什么？”我问她。

“香农，”她抑扬顿挫地说，连头都没抬，“爱德华·斯坦利。单人会籍。按标准城镇会员资格收费。”

“职务？”

“香农先生，他填的职务是研究员。他没说他研究谁，也没说他研究什么。”

“住址？”

“哈克尼区的霍克斯顿。我的两个姐妹和侄女艾米也住在那儿。”

“年龄？”

“香农先生无权申请未成年会籍。他没说他超出了多少岁。我只知道他是个盯上了你的饥渴小子，横穿全伦敦就为了挑战城南冠军。他听说过你，现在他要来打败你了，就像大卫对歌利亚。”

“他这么说？”

“他没直说，是我用自己的脑袋想出来的。纳特，你这把年纪当单打冠军当得太久了，和歌利亚一样。还想知道他老妈老爸叫什么吗？他背了多少贷款？他在监狱里待过多久？”

“晚安，爱丽丝。谢谢你。”

“也祝你晚安，纳特。记得跟你家普鲁说声我爱她。另外，别因为那个年轻人产生什么不安全的感觉。你会打败他的，趾高气扬的小子们哪个不是你的手下败将。”

2

假如这是个官方的案子，我从一开始就会知道艾德的全名、父母、出生日期及地点、职务、宗教信仰、所属种族和性取向，总之爱丽丝的电脑里缺少的人生资料会一应俱全。有鉴于此，我从我自己说起好了。

我的洗礼名是阿纳托利，后来盎格鲁化为纳撒尼尔，昵称纳特。我身高五英尺十英寸，不留胡须，不服管教的头发正在转成灰色，我妻子名叫普鲁登斯，是伦敦城一家历史悠久的律师事务所的合伙人，为人富有同情心，擅长一般性法律事务，但主要打公益官司。

我身材修长，普鲁喜欢说我瘦得像铁丝。我喜欢所有运动。除了羽毛球，我还慢跑和竞速跑，每周一次去一家不对外开放的健身房训练。我有着粗犷的魅力和老于世故者好相处的性格。从外表和举止上说，我是个大不列颠人的典范，有能力在短时间内流畅而令人信服地说服他人。我很会适应环境，没什么无法克服的道德信条。我有时候会一点就炸，无论从哪个角度说，对女性魅力都没什么免疫力。我天生不适合伏案工作和久坐不起，这么说其实还太轻描淡写了。我有可能会很固执，天生不会向秩序低头。这既是缺点也是优点。

我这是在引用本人前雇主的秘密报告，评估对象包括过去二十五年间我的表现，也包括我总体性的性格特质。你大概也会有兴趣知道，若是有必要，你可以指望我展示出这份工作所要求的铁石心肠，但具体出于谁的要求，会展示到什么程度，那就不能明说了。与此相对，我有着轻松的气度和开朗的性格，容易博取他人的信任。

就更世俗的层面而言，我是个有着多种血统的英国国民：我是家里的独子，出生于巴黎，要是我没理解错，我已故的父亲当时是苏格兰骑兵卫队的一名贫穷少校，在枫丹白露的北约总部任职，而我母亲是流亡巴黎的一户白俄小贵族的女儿。细究之下，她白俄身份的父亲一方还有比例相当可观的德国血统，她是要强调这一点还是要否认就全看心情了。据说二人初次见面是在一场招待会上，举办方是自封的俄国流亡政府的残余势力，当时我母亲还自称是一名学艺术的学生，而我父亲已经年近四十。到了第二天早晨，他们已经订婚——至少我母亲是这么说的，考虑到她在其他领域的人生旅程，我也没什么理由好去怀疑她的说法。我父亲很快就被强制退役——因为他的一时犯傻给他带来了一位妻子和其他负担——这对新婚夫妻随即在巴黎市郊的纽利安顿下来，住进我的外祖父母为他们买的一幢漂亮的白色屋子；没过多久，我在这幢屋子里出生，我母亲于是就有机会去寻求其他的消遣了。

我把我高贵睿智、深受我爱戴的语言家庭教师、保姆和事实上的教养者加琳娜女爵留到最后才说。据传她是一名失去财产的女伯爵，封邑位于俄罗斯的伏尔加地区，号称拥有罗曼诺夫家族的血统。我始终没搞明白她究竟是怎么进入我们这个难以厘清头绪的家族的，我顶多只能猜到她是我母亲那边一位叔祖父遭到遗弃的情妇，那位叔祖父在逃离列宁格勒后靠倒卖艺术品再次发家，将毕生精力献给了猎取美女的事业。

加琳娜女爵第一次出现在我们家时至少五十岁了；她体态非常丰满，但有着小猫咪般的笑容。她穿沙沙作响的黑色丝绸长裙，自己做帽子戴，住在阁楼上的两个房间里，陪伴她的是她在世间的所有财产：留声机、圣像、一张乌漆墨黑的圣母油画（她声称出自达·芬奇之手）和一箱又一箱的旧信和照片，照片上是她的王公贵族祖辈，在狗和仆人的簇拥下站在雪地里。

除了我的个人福祉，加琳娜女爵最大的爱好就是语言，她会说好几种语言。我刚掌握了英语拼写的基础知识，她就开始逼着我学习西里尔字母。我的睡前翻来覆去总是阅读同一个儿童故事，但每晚都会换一种语言。巴黎的白俄后裔和苏联流亡者群体增长得很快，每逢聚会，我就扮演她的通晓多种语言的模范儿童。据说我说俄语带着法语音调，说法语带着俄语音调，说德语则两者都带。不过我的英语依然是我父亲的口音，天晓得算是好事还是坏事。别人说就连我的英语也有他的苏格兰调门，还好没沾上伴之而来的酗酒者的咆哮语气。

我二十多岁的时候，我父亲屈服在了癌症和抑郁症的魔爪之下，我在加琳娜女爵的帮助下照顾他直到最后一刻，而我母亲则和她最有钱的追求者订了婚，那是一位比利时军火商，他对我来说根本不存在。我父亲去世后，在令人坐立不安的三角关系之中，我被认为是个多余的角色，于是收拾行李去了苏格兰边境区，节假日去我父亲那边一个阴沉的姨妈家里住，平时待在一所斯巴达风格的高地寄宿学校里。尽管学校想方设法不在任何室内课程方面教导我，但我还是考进了英国中部工业地带的一所大学，在大学里我第一次笨拙地尝试接触女性，勉强获得了斯拉夫研究的三等学位。

接下来的二十五年，我一直是英国秘密情报局的一名正式成员，对工作人员来说，这个机构又称“办公室”。

即便到了今天，我受召进入隐蔽战线也还像是命中注定，因为我不记得我曾考虑过或希望投身于其他职业，也许只有羽毛球或攀登凯恩戈姆山脉除外。我的大学导师喝着一杯温热的白葡萄酒，遮遮掩掩地问我有没有考虑过“为国家做点不能被人知道的事情”，那一刻我因为感到认同而心脏加速跳动，我的意识回到了圣日耳曼一套黑洞洞的公寓里，加琳娜女爵和我每周日都会去那儿，直到父亲去世为止。就是在那儿，我第一次因为反布尔什维克密谋而激动得像是摸了电门，我的远房表亲、继叔伯和瞪大眼睛的婶祖母压低声音交换来自祖国的传闻，虽说他们没几个人去过那儿——他们在开口前注意到我的存在，先要我发誓守密，无论我能不能理解我本就不该听见的那些秘密。就是在那儿，我产生了对俄国熊的迷恋，我带有它的血统，吸引我的是它的多样性、广阔和深奥难解。

一封平淡无奇的信件掉进我的信箱，通知我前往白金汉宫附近一座门口有柱廊的建筑物。巨大如炮台的办公桌里面，一位退休的皇家海军上将问我参加什么运动。我说羽毛球，他显然有所触动。

“知道吗，我和你敬爱的父亲在新加坡打过羽毛球，他打得我满场捡球？”

不，长官，我说，我不知道，心想我该不该代表父亲说声抱歉。我和父亲也许谈过其他事情，但我对此毫无记忆。

我起身要走时，他问我：“可怜的小伙子，你父亲埋在哪儿？”

“巴黎，长官。”

“唉，好吧。祝你好运。”

我受命带着一份上周的《旁观者》杂志去博德明大道车站。得知没卖掉的杂志都已退给了批发商之后，我从一个地方图书馆偷了一本。一个戴绿色呢帽的男人问我下一班去坎伯恩的列车几点出发。我说我没法告诉他，因为我要去的是迪德科特。我隔着一段距离跟踪他来到停车场，一辆白色厢式货车等在那儿。经过三天三夜的详细盘问和尴尬饮宴，我的社会属性和酒量经过了考验，我被召唤到了济济一堂的理事会面前。

“那么，纳特，”会议桌主位上的灰发女士说，“我们一直在问你的事情，现在你有什么话想问我们吗？”

“唔，说起来还真有，”我答道，他们第一次表现出真正的兴趣，“你们问我你们能不能信赖我的忠诚，然而我能信赖你们的吗？”

她微笑，很快会议桌前的所有人都和她一起微笑：同样的笑容，哀伤、狡黠而内敛，这是情报局人员表露出的最接近情绪表达的东西了。

在压力下应付自如。有潜在的进攻倾向。推荐。

*

同一个月，我完成了我在黑暗技艺方面的基础训练。我福星拱照，认识了普鲁登斯——我未来的妻子。不过我们第一次相遇时并非漫天吉兆。父亲去世后，从家族壁橱里冒出来的骷髅足以组成一个军团。我闻所未闻的异姓兄弟姐妹都妄图染指一份家产，而它在过去十四年间一直是争议和诉讼的焦点，苏格兰托管人已经把它剥得只剩下骨头了。一位朋友向我推荐了老城的一家律师事务所。资深合伙人听我唠叨了五分钟冤屈，抬手按响了桌上的电铃。

“这是我们最优秀的年轻律师。”他向我保证。

门开了，走进来的是个女人，与我年龄相仿。她穿一身令人生畏的黑色正装，就是法律行业特别青睐的那种行头，戴着女学究的眼镜，沉重的黑色军靴套在非常小的一双脚上。我和她握手。她都没有多看我一眼。她领着我走进一个小隔间，皮靴踩得咔咔响，隔间的毛玻璃上标着“P.斯通威女士，法学士”。

我们面对面坐下，她一丝不苟地把栗红色的头发掖到耳朵背后，从抽屉里取出一本黄色拍纸簿。

“你的职业？”她问我。

“职员，皇家外交部。”我答道，出于某些未知的原因，我脸红了。

接下来我印象最深的是她挺直的脊背、果决的下巴和一缕散射的阳光落在她面颊的绒毛上，而我讲述着我的家族传奇中一个又一个龌龊的细节。

第一次会见结束时，她问：“我能叫你纳特吗？”

当然能。

“别人都叫我普鲁。”她说，我们定下两周后再见，到了那一天，她用同样的冷漠声音向我宣读她的研究结果：

“我不得不告知你，纳特，即便你已故父亲的遗物中有所争议的财产明天就划归给你，你得到的资金也都还不够付我们事务所的咨询费，更别说解决针对你发起的大额索赔了。然而，”我还没来得及表示那我就不麻烦您了，她就继续说了下去，“我们事务所内部有个协议，会向急需也应该得到法律援助的当事人无偿提供服务。我很荣幸地通知你，我们认为你的案子符合这个类别的要求。”

她需要在一周后再次和我碰头，但我不得不推迟这次见面。一位拉脱维亚特工必须潜入白俄罗斯的一个红军信号基地。刚踏上英国的海岸线，我就打电话给普鲁，邀请她共进晚餐，她毫不客气地说事务所规定客户关系必须保持在非个人的客观基础之上。但是，她很高兴地通知我，在事务所的调停之下，针对我的所有指控均已撤回。我忙不迭地感谢她，然后问这么一来，她与我共进晚餐的障碍是否都已扫清。答案是肯定的。

我们去了比安奇餐厅。她穿低胸的夏季裙装，头发从耳朵背后取出来了，店堂里的男男女女全都盯着她看。我很快意识到我平时的胡侃在她这儿行不通。还没上到主菜，我就吃到了以法律与正义之间的空隙为主题的一篇论文。账单送来后，她付自己的一份，把半数计算到分位，当然没忘记加上一成小费，最后从手包里点出现金给我。我假装愤慨地说我从没遇到过如此厚颜无耻的言行如一，她笑得险些从椅子上掉下去。

过了六个月，征得雇主的同意之后，我问她愿不愿意考虑嫁给一名间谍。她说她愿意。于是就轮到情报局请她共进晚餐了。两周后，她通知我说她决定暂时中止她的法律事业，前去参加办公室为即将驻扎敌意环境的职员配偶准备的训练课程。她希望我知道她做这个决定是出于她的自由意志，而非对我的感情。她有过天人交战，但她对国家的责任感占了上风。

她以优异成绩完成训练。一周后，我受命前往莫斯科，担任英国大使馆负责商业的二秘，妻子普鲁登斯陪同我赴任。结果，莫斯科是我和她唯一的一次共同出使。个中原因并不会使得普鲁引以为耻。回头我会讲到这个的。

我为我的女王效劳了二十多年，刚开始和普鲁一起，后来没有她，我以外交人员或顾问的身份为掩护，去过莫斯科、布拉格、布加勒斯特、布达佩斯、第比利斯、的里雅斯特、赫尔辛基和最近这次的塔林，我招募和操控形形色色的秘密情报人员。我没被邀请过去参加制定政策的高级别会议，我为此感到庆幸。天生的情报员操控者自己说了算。他会接受伦敦的命令，但在战场上，他和他的情报员的命运由他自己主宰。等他活跃的年份过去，变成一位年届五十的间谍熟练工，厌恶案头工作，只有中层外交人员的履历，一直未能登堂入室，他能够选择的职位恐怕寥寥无几。

圣诞节即将来临。我的最后审判日也到了。泰晤士河畔的情报局总部，宛如陵墓的办公楼深处，我被领进一间狭小憋闷的会谈室，一位看不出年龄的女士接待了我，她笑容可掬，聪明伶俐。她是人力资源部的莫伊拉。情报局里的莫伊拉们总是有点怪异之处。他们对你的了解超过你对自己的了解，但他们不会告诉你他们知道什么和他们喜不喜欢。

“那么，你家普鲁，”莫伊拉殷切地问候我，“她的事务所最近与别人合并，她适应得还好吧？肯定让她心烦意乱，对吧。”

谢谢问候，莫伊拉，没什么心烦意乱的，顺便夸奖一声，你的功课做得不错。我早该预料到的。

“她很好，对吧？你们都挺好？”——语气里有一丝焦虑，我决定假装没听见。“既然你已经安全回家了。”

“好得没话说了，莫伊拉。能够重新团聚，我们非常高兴，谢谢。”

您就行行好吧，直接念我的死刑判决书，咱们早点完事好不好。但莫伊拉有她自己的道道儿。问候名单上的下一个人是我女儿斯蒂芬妮。

“既然她安安稳稳进了大学，我相信就再也没有成长的烦恼了吧？”

“什么都没有了，莫伊拉，谢谢你。她的导师好得能上天呢。”我答道。

但其实我在想：快点说吧，我的欢送宴会定在星期四晚上，因为没人喜欢占用周五的时间，然后能不能麻烦我拿上已经放凉的咖啡，顺着走廊过三个门去转业部，他们会帮我安排一个好得让人心慌的起步职位，不是军工业或私人承包业就是能让老间谍发光发热的什么其他位置，比方说国家信托组织、汽车协会或正在招聘助理会计师的私立学校。然而我却吃了一惊，因为她竟然愉快地对我说：“嗯，事实上我们确实有个空缺挺适合你的，纳特，假如你有兴趣。”

有兴趣？莫伊拉，我比世上的任何人都有兴趣。但只是谨慎地有兴趣，因为我认为我知道你想给我的是什么：先是隐隐的预感，随后等她问我愿不愿意辅导儿童认识俄罗斯当前构成的威胁时，就会变成板上钉钉。

“纳特，我想我没必要告诉你莫斯科中央局在伦敦打得我们抬不起头来吧，其他地方也一样。”

不，莫伊拉，用不着你来告诉我。同样的话我对总局已经说了好几年。

“他们一向比我们更下作、更不要脸、更爱插手，人手也更充足。你觉得我这么说准确吗？”

当然，莫伊拉，我当然觉得。读一读我从阳光灿烂的爱沙尼亚回来后的述职报告吧。

“我们大批踢走了他们的合法间谍”——意思是有外交身份掩护的间谍，也就是我这种人——“从那以后，他们的非法间谍就像洪水似的涌入我国，”她愤愤不平地说，“你一定也同意，这些家伙是最麻烦的，也是最难被闻出踪迹的。你有话想说。”

试试看呗。值得一试。反正没什么坏处。

“对，莫伊拉，在你说下去之前，我有个问题。”

“请讲。”

“我就是忽然想到，俄罗斯部似乎可以给我安排个位置。他们那儿全都是坐办公室的高等年轻人，你我都清楚这一点。但一位久经考验的客座救火队员，一位俄语说得和母语一样好的老练探员——就像我这样——只要有潜在的俄国变节者或间谍在某个没人会说半句俄语的情报站冒出来，他就能欣然跳上飞机赶过去，你说如何？”

莫伊拉已经在摇头了。

“没门，很抱歉，纳特。我向布林推荐过你。但他不肯松口。”

办公室只有一个布林：全名布林·赛克斯-乔丹，一般称为布林·乔丹，俄罗斯部的终身领袖，曾经是我在莫斯科情报站的顶头上司。

“为什么没门？”我追问道。

“你很清楚为什么。因为俄罗斯部的平均年龄是三十三岁，这还是算上了布林呢。大多数人有博士学位，一个个都思路开阔，精通电脑。尽管你在所有方面都那么优秀，但也还没达到他们的标准。你说呢，纳特？”

“布林不会凑巧在局里吧？”我最后还想捞一根救命稻草。

“咱们说话的这会儿，布林·乔丹正在华盛顿特区忙得焦头烂额呢，他在做只有布林才能做到的事情，也就是修补我们与特朗普总统的情报界之间的特殊关系，这个关系在英国脱欧后备受冲击，因此绝对不能打扰到他——即便是你，谢谢，他向你致以友好的问候并表示同情。明白了吗？”

“明白了。”

“然而，”她继续道，变得兴高采烈，“有一个空缺的位置，你的资历极为适合，甚至都有点高了呢。”

来了，来了。我从一开始就预见到了的噩梦职缺。

“不好意思，莫伊拉，”我打断她，“假如你想说培训分部，那我还是金盆洗手算了。感谢你的好心，感谢你的体贴，为了以上种种。”

我的话显然冒犯了她，因此我再次道歉，说我对培训分部那些优秀而卓越的男男女女绝无不敬之意，但我还是敬谢不敏了，听我这么说，她出乎意料地露出了温暖但不知为何有点怜悯的笑容。

“不，纳特，不是培训分部，虽说我相信你去了那儿也会做得很好。多姆很想和你聊几句。还是说我该告诉他你打算金盆洗手了？”

“多姆？”

“多米尼克·特伦奇，我们新上任的伦敦总站站长。曾经在布达佩斯情报站指挥过你。他说你们俩热络得就像一座房子着了火。我相信你们又会相处得很融洽。你为什么这么看我？”

“你不是开玩笑吧，多姆·特伦奇是伦敦总站的站长？”

“纳特，我不认为我有理由要骗你。”

“什么时候的事情？”

“一个月前。当时你在塔林休眠，不看我们的内部通讯。多姆想明天上午十点整见你。你先和薇薇确认一下。”

“薇薇？”

“他的助理。”

“哦，当然了。”

3

“纳特！你的气色真不赖！从海上回到家里的水手本人。结实得像把小提琴，看上去年轻至少一半！”多米尼克·特伦奇大声说，从总裁桌里面跳起来，用双手抓住我的右手，“毫无疑问，还是每天在健身房挥汗如雨。普鲁怎么样？”

“健康得很，多姆，谢谢问候。蕾切尔呢？”

“好得没话说。我是全地球最幸运的男人。纳特，你一定要见见她。你和普鲁。约个时间吃饭吧，咱们四个。你会爱死她的。”

蕾切尔，上议院的女议员，托利党实权人物，他的第二任妻子，刚结婚不久。

“孩子们呢？”我小心翼翼地问。他可爱的第一任妻子生了两个孩子。

“超级好。萨拉在南汉普斯特德中学，成绩优秀。她已经盯上了牛津。”

“萨米呢？”

“迷茫期。他很快就会走出来，踏上他姐姐的轨迹。”

“塔比呢，允许我问一声吗？”塔比莎是他的第一任妻子，他们分手时她精神崩溃了。

“好到天上去了。据我所知，还没看上新的男人，但人嘛，总要活在希望中。”

我猜无论你是谁，生活在什么地方，你身边总会有个多姆：这个男人——似乎永远是个男人——会把你拉到一旁，声称你是全世界他唯一的朋友，向你讲述你宁可不知道的他的私生活细节，恳求你的建议，你还什么都没说，他就发誓会听从，然后第二天早晨就和你形同陌路。五年前在布达佩斯他刚到三十岁，现如今他也还是刚到三十岁：同一副赌场管理员的好皮相，条纹衬衫，更适合二十五岁的黄色吊裤带，白色袖口，金色链扣，万金油般的笑容；同一个恼人的老习惯，爱把手指搭成拱形，身体向后一靠，从手指顶上对你露出深思熟虑的微笑。

“那好，多姆，恭喜恭喜。”我说，指了指总裁椅和陶瓷咖啡桌，办公室只有三级及以上的人员才能享用这些东西。

“谢谢，纳特。你真是太好了。给了我一个惊喜，但电话打进来的时候，我们欢呼雀跃。喝咖啡吗？还是茶？”

“咖啡，谢谢。”

“加奶？加糖？不得不说一句，只有豆浆。”

“黑咖啡就行，多姆，谢谢。豆浆就免了。”

他说的是豆奶对吧？时髦人物最近改口叫豆浆了？他把脑袋伸出毛玻璃门，和薇薇像演戏似的你来我往了几句，然后回来坐下。

“伦敦总站管的还是原来那摊事吗？”我故作轻松地问他，想起布林·乔丹曾经在我的听力范围内形容它是办公室的流浪狗之家。

“没错，纳特。没错。还是那一摊。”

“以伦敦为基地的所有分站从名义上都接受你的指挥。”

“全英国。不仅是伦敦。整个不列颠。只有北爱尔兰除外。我很高兴地宣布，他们依然完全自治。”

“行政自治？还是行动也自治？”

“从什么角度说，纳特？”他皱眉看着我，像是在驳回我的意见。

“你作为伦敦总站的首脑，能授权开展你自己的行动吗？”

“分界线很模糊，纳特。就目前而言，分站提出的一切行动都需要经过所在地区管理部门的象征性会签。就在咱们说话的这会儿，我还在努力想扭转这个局面呢。”

他微笑。我也微笑。战斗打响了。我们整齐划一地品尝不加豆浆的咖啡，然后把杯子放回碟子上。他是不是即将不必要地向我倾述他新婚妻子的隐私了？还是向我解释我为什么会来这儿？显然还没到时候。我们首先必须缅怀一下老时光：我们一起指挥过的情报人员，我是他们的操控者，多姆是我多余的监督员。他名单上的第一个人是波洛尼厄斯，莎士比亚情报网中曾经的一员。几个月前我去里斯本为局里办事时，特地前往阿尔加维探望了老波洛尼厄斯，他住在一幢大得有回音的新建筑物里，旁边是个空置的高尔夫球场，那是我们作为重新安置待遇的一部分为他购买的。

“过得很好，多姆，谢谢关心，”我诚挚地说，“他的新身份也毫无问题。正在克服妻子过世的悲痛。他很好，真的。没错。”

“纳特，我怎么觉得话里还有个‘但是’呢？”他没好气地说。

“是这样的，我们答应过给他办英国护照，对吧，多姆，你应该还记得。你回伦敦后似乎在忙乱中忘记了。”

“我立刻就去关照。”他用圆珠笔写下来，以证明他真的记住了。

“他还有点生气，因为咱们没能把他女儿弄进牛津或剑桥。他觉得咱们只需要稍微努把力就行，但咱们没使劲。更确切地说，你没使劲。这是他的看法。”

多姆不会表现出负罪感。他会要么表现出受到了伤害，要么漠然以对。这次他选了前者。

“都怪那些学院，纳特，”他疲惫地抱怨道，“人人都以为这些老牌大学是一个整体。不，不对。你必须毕恭毕敬地一个学院一个学院跑。我会去跟进的”——圆珠笔再记一条。

名单上的第二个人是大利拉，一位生活多姿多彩的匈牙利女性。她七十多岁，是国会议员，收俄国卢布办事，后来觉得还是英镑的成色比较好，所幸那时候英镑尚未崩盘。

“大利拉一切都好，多姆，谢谢问候，好得简直了。得知接替我的是个女人，她有点不高兴。她说只要管她的还是我，就能梦想爱情唾手可得。”

他咧咧嘴，抖抖肩膀，嘲弄大利拉和她的诸多情人，不过他没笑出声来。喝一口咖啡。杯子放回碟子上。

“纳特”——平静地。

“多姆。”

“我真心认为这对你来说将是个闪亮的时刻。”

“此话怎讲，多姆？”

“哎，老天在上！我要给你一个千金难买的机会，前去单枪匹马重造一个在暗处潜伏得太久的本土对俄边哨站。有你的专业知识，你顶多——我看看？——六个月？就能拨乱反正。这个活儿需要创意，需要实操，需要的正是你。你都到了这把年纪，还能有更远大的理想吗？”

“很抱歉，多姆，我不懂你说什么。”

“你不懂？”

“对，不懂。”

“你是说他们没告诉你？”

“他们叫我来找你谈。我来找你谈。目前的情况就是这样。”

“所以你什么都不知道就来了？我的天。有时候我真的很纳闷，人力资源部那些白痴到底以为自己在干什么。你见的是莫伊拉吗？”

“也许她认为由你亲自告诉我比较好，多姆。你好像说什么在暗处潜伏得太久的本土对俄边哨站。这样的情报站我只知道一个，那就是避难所。它不是个边哨站，而是伦敦总站羽翼下一个已经失能的分站，它是垃圾场，用来安置无价值的变节者和已经曝光的五级线人。上次听说的时候，财政部正打算让它关门。他们肯定是忘记了。你想给我的真的就是这个？”

“纳特，避难所不是垃圾场——远远不是。在我的监管下绝对不是。那儿有几位年纪比较大的干员，这个我承认。还有依然在等待实现其潜在价值的资源。但那儿也有一等一的资源，只看你知不知道该怎么使用了。当然”——他补充道——“一个人若是能在避难所证明他的能力，就有可能被考虑晋升进入俄罗斯部。”

“所以换了你自己，多姆，你有可能会考虑这个吗？”我问。

“这个是哪个，老伙计？”

“改变事业方向，加入俄罗斯部——从避难所回来之后。”

他皱起眉头，抿紧嘴唇，把否定写在了脸上。多姆这个人太容易看透了。俄罗斯部，最好是它的部长，那是他的生平夙愿。不是因为他熟悉那片土地、有这方面的经验或会说俄语。以上三点他都不符合。他是个后进门的老城小子，缺少任何值得一提的语言能力，我估计他连做梦都想不到猎头为什么会招募他。

“因为假如这就是你的计划，多姆，我很乐意陪你踏上这段征程，只要你不反对，”我加上一句，语气是逗趣是揶揄还是愤懑，我自己也不确定，“还是说你打算撕下我报告上的姓名标签，然后把你的贴上去，就像布达佩斯那次一样？只是问问而已，多姆。”

多姆思考我的问题，也就是说他首先从搭成拱形的手指上方打量我，然后盯着不远不近的半空中看，再然后重新扫视我，确定我还坐在原处。

“我要给你的就是这份工作，纳特，爱要不要。我以伦敦总站站长的身份正式给你一个机会，接替吉尔斯·威克福德担任避难所边哨站的站长。只要你还在我的管辖范围内，你就必须听我的指挥。你将立刻接管吉尔斯的情报员和情报站的预拨资金。还有他的娱乐补贴，当然是他花剩下的。我建议你这就行动起来，推迟你还没度完的假期。有什么问题吗？”

“行不通哎，多姆。”

“有什么行不通的？请讲。”

“我得和普鲁仔细商量一下。”

“那等你和普鲁商量完了呢？”

“我们的女儿斯蒂芬妮要过十九岁生日了。我答应在她回布里斯托前带她和普鲁去滑雪一周。”

他抻长脖子，皱着眉头，夸张地望向墙上的挂历。

“什么时候开始？”

“她上到二学期了。”

“我问你什么时候去度假。”

“星期六上午五点从斯坦斯特德机场出发，欢迎你一起去。”

“假如你和普鲁到时候已经谈过了，并得出一个令人满意的结论，我想我可以请吉尔斯在避难所守到下下周一，希望他到时候还没醉得从椅子上栽倒在地。这么安排你高兴吗，还是不高兴？”

问得好。我会高兴吗？我会留在办公室内，我会继续以俄罗斯为工作目标，哪怕我只能靠多姆施舍的残羹冷炙过日子。

但普鲁会高兴吗？

今天的普鲁不是二十多年前那位一心为国的办公室职员配偶了。但无私和坦诚还是一样。肯放下头发时也依然妙趣无穷。她同样一如既往地乐于服务世人，只是再也不想过避人耳目的生活了。那位令人印象深刻的初级律师，她接受了各种培训，学习反侦察、安全信号和密信投递与获取的技巧，陪着我前往莫斯科。整整十四个月，我们共同分担无所不在的压力，我们知道连我们最亲密的交流也受到窃听、监视和分析，从中寻找人性弱点或保密漏洞的蛛丝马迹。在情报站站长（正是那位布林·乔丹，今天他正忙着在华盛顿和我们的情报界合作伙伴开秘密会议）的卓越指导下，她领衔主演了夫妻戏码中的明星角色，各种剧情都有脚本，足以骗过敌方的隔墙之耳。

然而在我们连续第二轮去莫斯科出任务期间，普鲁发现她怀孕了，随之而来的是对办公室及其作为的突然祛魅。以欺骗为生对她就算有过吸引力，这时也已消失殆尽。她也不希望我们的孩子在国外出生。于是我们回到英国。我对自己说，也许等孩子生下来，她会改变想法。但只有不了解普鲁的人才会这么想。斯蒂芬妮出生那天，普鲁的父亲心脏病突发去世。在他的遗产的支持下，普鲁用现金买下巴特西的一幢维多利亚式屋子，屋子附带大花园和一棵苹果树。就算她在地上插上一面旗帜，宣称“此处是我家”，也不可能把意图表达得更加明确了。我们的女儿斯黛（没多久我们就开始这么叫她）绝对不能变成我们见惯了的那种外交官小崽子，被保姆带大，跟着父母从一个国家流浪到另一个国家，一所学校到另一所学校。她应该占据她在社会中应有的位置，念公立学校，绝不去私立或寄宿学校。

普鲁打算怎么度过她的余生呢？从哪儿中断，就从哪儿重新起步。她要成为一名人权律师，受压迫者的法律先锋。不过，她的决定不等于要和我突然分手。她理解我对女王、国家和情报局的爱。我理解她对法律和人间正义的爱。她曾经把一切都奉献给了情报局，现在不愿继续付出了。从我们婚姻的一开始，她就不太热衷于参加局长家的圣诞派对或备受尊崇的同事的葬礼，也不爱为晚辈及其食客召开家庭招待会——她不是那种妻子。反过来我也一样，打死我也不愿意去和普鲁那些思想激进的法务同僚一起聚会。

然而无论是我还是她都没能预见到，苏联解体后的俄罗斯居然会违背一切希望和期待，成为全球自由民主国家的一个迫在眉睫的威胁，而我的驻外任务一个一个接踵而至，我沦为一名事实上的缺席丈夫和父亲。

唉，正如多姆好心指出的，现在我从海上回到了家里。过去的生活对我和普鲁都很难熬，尤其是普鲁，她有一百万个理由希望我能就此上岸，寻求在她没完没了唠叨的所谓真实世界中重获新生。我的一位老同事在伯明翰为弱势儿童开了一家户外拓展俱乐部，发誓说他这辈子都没这么快活过。我是不是也说过要去做这种事来着?

4

我们在黎明时分从斯坦斯特德出发前这个星期剩下的那几天里，出于对家庭和睦的考虑，我假装思考是要接受局里向我提供的这份令人望而生畏的工作，还是要像普鲁鼓吹多年的那样，与局里一刀两断。她乐于等待。斯黛宣称无论前者还是后者她都无所谓。在她眼中，我仅仅是个中层小官僚，不管怎么折腾都不可能爬上去。她爱我，然而是居高临下的那种爱。

“面对现实吧，老小子，他们又不会让咱们出使北京或者领受爵位，对吧？”这个问题被摆上餐桌时，她喜气洋洋地提醒我。我和平时一样默然承受。只要我是一名驻外使节，我就至少还有点地位。然而回到祖国，我只是普罗大众的一分子。

直到上山后的第二个晚上，斯黛去和我们同旅馆的几个意大利年轻人寻欢作乐了，普鲁和我在马塞尔餐厅安安静静地享用奶酪火锅和一两杯樱桃酒，向普鲁倾诉局里给我的工作邀约的冲动这才控制了我，我指的是一吐为快，而不是像我计划中的那样兜圈子；不是再加上一个掩盖故事，而是从心灵深处向她倾诉——我害得她经历了那么多年的折磨，她至少有权知道实情。她平静的认命气场告诉我，她已经感觉到了我的心思根本不在为弱势儿童开户外拓展俱乐部上。

“那是伦敦总站下属的破落分站之一，冷战的辉煌时代过后，就躺在自己的功勋上混日子，再没产出过任何值得一提的东西，”我苦闷地说，“那是个微不足道的小场子，与主流体系的距离可以用光年计算，我的任务是要么扶它重新站起来，要么加速它的灭亡。”

与普鲁在一起，我们偶尔会无拘无束地谈起办公室，每逢这种时候，我总是不知道我是应该逆潮而动还是随波逐流，因此我往往会两者都兼顾一点。

“我记得你经常说你不想坐上指挥官的位置，”她轻蔑地反驳道，“你更愿意担任副手，而不是精打细算和指使他人。”

“唔，普鲁，这其实不是一个指挥官的位置，”我谨慎地向她保证，“我依然是别人的副手。”

“好，那不就没问题了吗？”她说，粲然一笑，“你会有布林手把手教你做事。你一向仰慕布林。咱们都一样”——她毫不犹豫地放下了她的顾虑。

我和她都露出了怀恋往事的笑容，我们回想起我们在莫斯科以间谍身份度过的短暂蜜月，情报站站长布林是我们永远警醒的引路人和导师。

“唉，我不会直接受布林指挥。布林现在是所有俄罗斯分站的沙皇。避难所这种小打小闹入不了他的法眼。”

“所以将会使唤你的是哪个幸运儿？”她问我。

局势不再是我心目中的那种和盘托出了。多姆在普鲁眼中是个祸害。她带着斯黛去布达佩斯探望我时认识了他，看一眼多姆憔悴的妻儿，她就明白了一切。

“嗯，从程序上说，我属于一个名叫伦敦总站的机构，”我解释道，“当然了，在实际工作中，要是发生了什么特别重要的事情，都还是会顺着金字塔汇聚到布林那儿的。只要他们还需要我，普鲁，我就会留下。但连一天都不会多待。”加上最后这句是为了安慰，但究竟是在安慰谁，她和我都不怎么清楚。

她吃了满满一叉子奶酪，喝一口葡萄酒，喝一口樱桃酒；有了这些东西助威，她伸出双手，从桌子上抓住我的手。她猜到是多姆了？她凭直觉想到他了？普鲁近乎心灵感应的洞察力离令人烦恼只差一步。

“嗯，纳特，我这么说吧，”经过恰当的思考，她说，“我认为你有权去做你想做的事，只要你愿意就行，其他的都见鬼去好了。我也会同样这么做。另外，现在轮到我付账单了，所以就这样吧。这次的整个费用。要怪就怪我厚颜无耻的言行如一吧。”她又说，这个笑话永远不会过时。

正是在如此高昂的兴致之下，我们躺在床上，我感谢她多年来的慷慨付出，她反过来用好听的话夸奖我，斯黛在某处跳舞熬夜（至少我们希望如此），我忽然产生了一个念头：现在岂不是个最理想的好机会，我可以向女儿坦白她父亲的工作的真实性质，或者说在总局允许的范围内尽量坦白。我认为她也到了该知道的时候了，而且从我这儿知道总比听别人说强得多。或许还有一个理由，不过我不会说出来，那就是自打我回到家里，她就越来越让我感到烦恼，既因为她对我随随便便的嫌弃态度，也因为她从青春期遗留而来的行为——她要么忍耐我，当我是个必不可少的碍眼家人，要么一屁股坐在我大腿上，就好像我是个已到暮年的唠叨鬼，挑剔的对象往往是最近一个缠上她的仰慕者。还有一点也让我感到烦恼，请允许我说几句残忍的实话，那就是普鲁作为一名人权律师已经得到了应有的显赫地位，这更加印证了斯黛的信念：我是个被时代抛弃的老古董。

刚开始，普鲁身上律师与母亲的那一面很警觉。我到底打算告诉她多少内情？按理说应该存在界限。但界限究竟划在哪儿？又是谁划下的呢？是办公室还是我？假如有其他问题随之而来，我打算怎么回答它们，我考虑过吗？我怎么能确定我不会被她带歪？我们都知道斯黛的反应从来都难以预测，斯黛和我都很容易就会失控。我们在这方面如出一辙。等等等等，不一而足。

而普鲁的警告一如既往地合情合理、无懈可击。斯黛的青春初期完全是个噩梦，普鲁根本没必要提醒我。男孩，禁药，互相吼叫——简而言之，现代社会的常见难题一样不落，但斯黛把它们变成了一种艺术。我辗转于各个海外情报站之间时，普鲁把所有空闲时间都花在了女儿身上，她和校长、班主任恳谈，参加家长会，查阅书籍和报刊文章，上网寻求咨询机构的帮助，想知道该怎么应付这个一意孤行的女儿，同时为所有事情责备自己。

而我分担责任的方式仅仅是飞回家度周末，与精神病学家和心理学家以及各种各样的学家会谈。他们都赞同的似乎只有一点，那就是斯黛聪明过人——我们倒是并不吃惊——身边的同伴让她无聊得要死，她将纪律视为一种存在性的威胁，认为她的老师愚钝得令她难以忍受，她真正需要的是个能够磨砺她的智慧、跟得上她的脚步的环境：这个结论在我看来显而易见得就像白纸黑字，但对普鲁来说就不是了，尽管她比我更信赖专家的意见。

总之，现在斯黛得到了能够磨砺智慧的环境。布里斯托大学。数学和哲学。开学她就要进入第二个学期了。

所以告诉她吧。

“亲爱的，你不认为由你来说更合适吗？”在这个脆弱的时刻，我向普鲁提议，她毕竟是全家智慧的保管者。

“不，亲爱的。既然你下定了决心，那还是从你嘴里说出来比较好。但要记住，你是个暴脾气，无论如何都不要自嘲。自嘲会逼着她直接发疯。”

扫视过各个值得考虑的地点后，就像我准备冒险接触潜在情报源时那样，我得出结论：最适合也是最自然而然的位置无疑是北坡为练习障碍滑雪而设，但很少有人使用的上山缆车。那是老式的丁字架缆车，你们肩并肩坐在上面，不会有眼神接触，没人能听见你们的交谈，左手边是松林，右手边是通往山谷的陡峭坡道。滑下去的路程不远，底下就是唯一的缆车起点，因此不需要担心失散，峰顶是强制性的起点，随之而来的其他问题可以等到下次上山时解决。

那是个清爽的冬日清晨，积雪堪称完美。普鲁声称肚子不舒服，一个人去购物了。斯黛和她的意大利年轻朋友昨晚寻欢作乐到天晓得几点，不过似乎没做什么坏事，很高兴能享受一点和老爸独处的时光。显然，我没法详细讲述我的肮脏过往，只能说我从来都不是一名真正的外交人员，仅仅是借此当作伪装而已，因此我永远不可能受封爵位或当上驻北京的使节，而既然我已经回到家里，也许她就可以别再提这一茬了，因为这么说真的让我很难过。

我想告诉她我为什么没能在她十四岁生日那天打电话给她，因为我知道这根刺依然插在她的心里。我想解释说当时我在爱沙尼亚和俄国边境的前者一侧，坐在厚厚的积雪里，祈祷我的情报员能从一堆成型木材底下钻过边境线。我想让她明白，她母亲和我作为办公室驻莫斯科情报站的成员共同生活在不间断的监视之下，投递或拾取一封密信需要十天时间，知道若是走错一步，你的情报员就会死得惨不忍睹，那究竟是一种什么样的感觉。但普鲁坚持认为我们的莫斯科旅程是她人生中再也不想回顾的一段经历，她用她一向如此的坦白语言说：

“另外，亲爱的，我也不认为她需要知道咱们为了俄国人的监控做爱”——不过她倒是挺享受我们最近重新过上的性生活。

*

斯黛和我抓住丁字架，我们出发了。第一次上坡，我们聊我的回归，聊我太不了解我报效了半生的祖国，我有那么多东西需要学习，斯黛，有那么多东西需要适应，我相信你肯定理解。

“比方说再也不能在去看你的时候买免税烈酒了！”她哀叹道，父亲和女儿发自肺腑地齐声大笑。

解开安全钩，我们风驰电掣般滑下山坡，斯黛在前我在后。对于我们的交心来说，这个头开得很不赖。

“亲爱的，无论你以什么方式为国效力，都没有任何可羞耻的”——普鲁的劝告在我记忆的耳朵里响起——“你和我对爱国主义的看法或许有所不同，但斯黛认为那是人类遭受的诅咒，仅次于宗教。另外，别开玩笑。在斯黛眼中，严肃时开玩笑只是一种逃避。”

我们再次把自己系在缆车上，朝着坡顶而去。就现在了。不开玩笑，不自嘲，不道歉。牢记普鲁和我草拟出的简报内容，绝不偏离方向。我恶狠狠地瞪着前方，选出一种严肃但不自负的语气。

“斯黛，关于我的一些事情，你母亲和我认为现在该让你知道了。”

“我是私生子。”她急不可耐地说。

“不，我是间谍。”

这下她也瞪着前方看了。这并不是我理想中的开局。算了。我按底稿说出台词，她静静聆听。没有视线接触，因此没有压力。我说得简短而冷静。好了，情况就是这样，斯黛，现在你知道了。我一直活在迫不得已的谎言之中，我被允许告诉你的就是这些。我也许看着像个废物，但我在我们情报局里还是有一定地位的。她什么都不说。我们来到坡顶，解开安全钩，滑下山，还是不说话。她滑得比我快，或者她喜欢这么认为，因此我让她滑在我前面。我们在缆道底下再次会合。

站在队伍中，我们没有交谈，她不看我，但我并没有因此惊慌失措。斯黛活在她自己的世界中，现在她知道我也活在我自己的世界中了，而那个世界可不是外交部小职员混吃等死的垃圾场。她排在我前面，因此她先抓住了丁字架。我们刚出发，她就开口了，用就事论事的语气问我有没有杀过人。我吃吃笑，说没有，斯黛，谢天谢地，绝对没有——这是实话。其他人杀过，未必是直接动手的，但我确实没有。甚至没有远距离遥控或拐三个弯杀过，也没有——按照局里的说法——可否认地授权杀过。

“好吧，要是你没杀过人，你作为间谍做过的第二坏的事情是什么？”——还是同样轻松自如的语气。

“呃，斯黛，怎么说呢，我觉得我做过的第二坏的事情就是说服伙计们去做要是我不去说服，他们就应该不会做的事情。”

“不好的事情？”

“很难说清。取决于你站在界限的哪一边。”

“比方说呢？举个例子吧。”

“唔，首先，背叛他们的祖国。”

“你说服他们做这个？”

“对，要是他们还没说服自己。”

“只有男伙计，还是说你也说服女伙计？”——要是你听过斯黛在女权话题上发表的意见，就不会觉得这是个能够随便蒙混过去的问题了。

“以男伙计为主。对，斯黛，男性，男性占压倒性的多数。”我告诉她。

我们来到了坡顶。再次解开安全钩和滑下山，斯黛在前方飞驰。我们再次在缆道底下会合。没人排队。在此之前，她上山时总是把护目镜推到额头上，但这次她把它们留在原处。镜片有镜面镀膜，所以你没法看穿它们。

“具体是怎么个说服法？”缆车一启动她就继续问我。

“呃，斯黛，当然不是拇指夹。”我答道，我这是犯了一个方向性的错误：在斯黛眼中，严肃的时刻开玩笑只是一种逃避。

“到底是怎么说服的？”她逼问我，咬住说服的话题不放。

“怎么说呢，斯黛，很多人会为钱做各种各样的事情，还有很多人会因为怨恨或自我做事。也有人会为理念做事，就算你把钱塞进他们的喉咙，他们也不会接受。”

“具体来说，都是什么样的理念，老爸？”——她在反光的护目镜背后问我。这是几周来她第一次叫我老爸。另外我注意到她的话语间没有了脏字儿，对斯黛来说，这有可能是个红色警报。

"嗯，我想一想，举例来说，某些人对英国有着理想主义的幻想，认为它是一切民主制度之母。也可能他们以难以解释的狂热爱着我们伟大的女王。这样的英国对咱们来说也许已经不复存在，说不定从来都没存在过，但他们相信它存在，你只能随便他们去。"

"你相信吗？"

"有保留地。"

"很大的保留？"

"唉，老天在上，谁不是呢？"我答道，她的言下之意刺痛了我，就好像我有可能会没注意到这个国家正在自由坠落似的。"下九流人物拼凑出的少数派托利党内阁。比猪还无知的外交部部长，按理说他是我的老板。工党也好不到哪儿去。脱欧更是他娘的彻底发疯"——我说不下去了。我的情绪也上来了。就让我的愤慨和沉默表达剩下的意思吧。

"所以你持很大的保留意见？"她用最天真无邪的语气追问我，"甚至超级大。对吧？"

来不及了，我意识到我中门大开，但也许这正是我从一开始就想达到的效果：让她占上风，认识到我无法满足她那些才华横溢的教授的标准，然后我们就能回去当我们自己了。

"所以要是我没理解错，"她继续道，我们再次开始爬坡，"为了一个你持很大甚至超级大保留意见的国家，你去说服其他国家的人民背叛他们的祖国。"她又补充道，"原因是他们不像你一样对你的国家持有保留意见，但他们对他们的祖国持有保留意见。对吧？"

听到这儿，我不禁欢呼，既接受了我的光荣战败，同时也想找回一点面子：

“但是，斯黛，他们不是无辜的羔羊！他们出于自愿。好吧，大多数人是自愿的。再说我们也会照顾他们。我们给他们福利。他们追求的是金钱，那我们就给他们大把金钱。他们信奉上帝，那我们就给他们上帝。只要有用就行，斯黛。我们是他们的朋友。他们信任我们。我们满足他们的需求。他们满足我们的。世界就是这么运转的。”

但她对世界如何运转不感兴趣。她感兴趣的是我的世界——下一次上山的时候，她的意图昭然若揭。

“你在劝说其他人成为什么人的时候，有没有考虑过自己是什么人？”

“斯黛，我只知道我站在正确的一边。”我答道，尽管普鲁的劝诫犹在耳边，但我的脾气还是大了起来。

“那是哪一边呢？”

“我们情报局。我的祖国。事实上，也是你的祖国。”

绝对是最后一次上坡的路上，见我镇定下来之后：

“老爸？”

“说吧。”

“你在海外的时候有没有出过事？”

“什么事？”

“婚外情。”

“你母亲说我有过？”

“没。”

“那你他妈管这么多干什么？”我吼道，没来得及阻止自己。

“因为我他妈不是我母亲。”她以同等力度吼回来。

在这个不和谐的休止符之下，我们最后一次解开安全钩，分别下山滑向村庄。傍晚时分，她拒绝了意大利伙伴出去狂欢的邀请，坚持说她需要上床休息。她确实上床去了，但先喝完了整整一瓶勃艮第红酒。

至于我，在认真反省了一段时间之后，我向普鲁大致转述了我和女儿的谈话；为了照顾双方的情绪，我省略了斯黛最后那个毫无根据的诘问。我甚至企图说服我俩，我们的小小恳谈算是完成了使命，但普鲁实在太熟悉我了。第二天上午飞回伦敦的航班上，斯黛单独坐在过道的另一侧。再一天，她返回布里斯托的前一天，她和普鲁之间爆发了最恐怖的一场争吵。激起斯黛怒火的并不是她父亲是个间谍，甚至不是他以说服其他伙计（无论男女）当间谍为生，而是她饱受折磨的母亲竟然向亲生女儿保守如此巨大的一个秘密，因此破坏了女性之间最神圣的信赖纽带。

普鲁温和地指出，她无权泄露秘密，因为这个秘密不属于她，而属于我，甚至都不属于我，而是属于情报局；斯黛冲出家门，去男朋友家过夜，然后独自前往布里斯托，打发男朋友回来拿行李，学期开始后过了两天才踏进校门。

*

艾德在这场家庭肥皂剧里友情客串了什么角色吗？他当然没有。怎么可能呢？他根本没离开过本岛。但有一个瞬间——或许是个眼花的瞬间，但依然难以忘记——俯瞰整个滑雪场的三峰度假村里，我和普鲁正在享用奶酪吐司和白葡萄酒，这时一个年轻男人从我们身边走过，说他是艾德的复制品都行。有血有肉的大活人。不是雕像，就是他本人。

斯黛在睡懒觉。普鲁和我大清早滑了一场，正在考虑要不要去慢吞吞地溜边蹭底。这时你看呀，一个酷似艾德的人戴着一顶绒球帽走了进来——一样的身高，一样的气质：孤独、委屈、有点迷失——他在门口不屈不挠地跺掉靴子上的积雪，堵住所有人的去路，然后摘掉护目镜，眨着眼睛扫视整个房间，就好像他弄丢了眼镜。我想和他打招呼，胳膊举到一半才阻止了自己。

但普鲁和平时一样目光如炬，她看见了我的动作。出于某些我至今还想不通的原因，我的动作没有做完，于是她要我完完整整、明明白白地解释一下。我三言两语告诉了她：竞技场俱乐部有个小伙子不肯放过我，逼着我答应和他比一场。然而普鲁还不满足。既然你们只聊了短短几句，他为什么给你留下了那么深刻的印象呢？我对酷似他的一个男人为什么会自然而然地做出反应呢？这绝对不符合我的风格。

对此我给出了连珠炮一般的回答，普鲁记得比我更清楚：他是个怪人，我好像是这么说的，他有某种豪勇之气；吧台前一群闹腾的家伙企图取笑他，他却持续不断地向我发起进攻，直到实现他的目标，然后扬长而去，用行动叫他们哪儿凉快哪儿歇着去。

*

假如你像我一样热爱高山，就会知道从山上下来永远令人情绪低落，然而在一个大雨滂沱的星期一，你走进卡姆登的一条小巷，见到一幢难看得刺眼的三层红砖小破楼，完全不知道等你走进去之后会发生什么，那需要的就是十二万分的勇气了。

堂堂一个分站怎么会沦落到如此破败的一座建筑物里，这本身就是个难解之谜。“避难所”这个讽刺雅称的由来则是另一个谜团。有一种说法是此处在1939至1945年的战争期间曾被用作关押德国间谍的安全屋，另一种说法是一位前局长曾在这儿金屋藏娇，还有一种说法是总局在永无穷尽的政策变动中的某一次期间，认为将分站分散在伦敦城各处最有利于安保，由于“避难所”的地位过于低下，因此这条政策作废时人们把它忘了个一干二净。

我爬上三级劈裂的台阶。还没等我把钥匙插进年代久远的耶鲁锁，油漆剥落的大门就自己打开了。站在我正前方的是一度令人望而生畏的吉尔斯·威克福德，他体重超标，眼泪汪汪，但他在全盛期曾经是情报局最精明的间谍操控者，比我只大三岁。

“我亲爱的朋友，”他在昨夜的威士忌酒气中用嘶哑的声音说，“精确到了分钟，和以前一样！请接受我最热烈的问候，大人。何等的荣幸！想不出还有哪位更优秀的伙计能来接我的班了。”

然后我接见他的团队，他们二人一组分散在一道狭窄的木楼梯的上下两端：

伊戈尔，忧郁的立陶宛人，六十五岁，冷战期间曾是情报局有史以来最优秀的巴尔干情报网的操盘手，现在归他操控的仅仅是温和的外国使领馆雇用的听话的办公室清洁工、看门人和打字员。

接下来，玛丽卡，据称是伊戈尔的爱沙尼亚情人；她是一名寡妇，丈夫生前是一位退休的情报局特工，死在圣彼得堡的时候那儿还叫列宁格勒。

然后是丹妮斯，矮胖，聒噪，会说俄语，半挪威父母的苏格兰女儿。

最后是小伊利亚，眼神锐利，会说俄语，有英国和芬兰的血统，五年前我在赫尔辛基招募他成为一名双重间谍。他后来为我的继任者工作，我们承诺帮他定居英国。刚开始总局连碰都不肯碰他。还是在我再三向布林·乔丹推荐之后，他们才同意接纳他成为最低等的秘密生活形态的一名成员：初等助理文员，涉密等级 C。他用芬兰语欢呼，用俄国人的方式拥抱我。

最后，辅佐我的助理文员们，拥有两种文化背景，接受过基础行动训练，待在永远黑暗的顶楼。

我们的盛大巡游似乎行将结束，回到吉尔斯散发着霉味的办公室，我开始琢磨承诺会配给我的副手到底存不存在，这时吉尔斯仪式性地敲了敲一扇毛玻璃门，正是在这个我觉得曾经是个用人卧室的房间里，我第一次见到了佛罗伦丝——她很年轻，面容坚毅，体态端庄，会说流利的俄语，见习期正在第二年，是“避难所”分站最新补充的人员，按照多姆的说法，是我们未来的希望。

“那她为什么不直接去俄罗斯部？”我这么问多姆。

“因为我们认为她还有点嫩，纳特，”多姆自以为是地说，用了天晓得从哪儿听来的说法，言下之意无非是暗示他处于决策中枢，“有天赋，但我们认为应该再让她积淀一年。”

有天赋，但需要积淀。我找莫伊拉看了看她的个人档案。不出所料，多姆盗用了最好的台词。

*

忽然之间，“避难所”的一切都变得围着佛罗伦丝转了。至少在我的记忆中是这样。或许也还有其他值得一提的项目，但从我的视线落在玫瑰花蕾行动的草案上之后，我们这个小世界里就只剩下了这么一出戏，而佛罗伦丝是其中唯一的明星。

在她的主动出击之下，她招募了一位心怀不满的情妇，其情夫是一名以伦敦为中心活动的乌克兰寡头，此君代号奥尔森，与莫斯科中央局和乌克兰政府内的亲普京势力都有着证据确凿的联系。

她野心勃勃的计划（牛皮吹得快要上天了）请求总局派遣潜行别动队潜入奥尔森价值七千五百万英镑的公园巷复式豪宅，把窃听器装得连房梁上都是，顺便对安装在一扇铁门背后的一套电脑阵列做点结构调整——那扇门就开在通往观景会客室的大理石台阶的半中腰。

就当前的形势而言，行动理事会给“玫瑰花蕾”开绿灯的可能性在我看来是个零蛋。非法闯入是个竞争激烈的领域。潜行别动队宝贵如砂金。“玫瑰花蕾”目前仅仅是纷乱集市上的又一个不起眼的小声音。然而我越是研究佛罗伦丝的计划书，就越是确信，若是经过无情的改造，精确地掌握好时机，“玫瑰花蕾”就能够交付出可用性优良的高等级情报。至于佛罗伦丝，正如吉尔斯某天晚上在避难所的后厨就着一瓶泰斯卡威士忌一本正经告诉我的，“玫瑰花蕾”找到了一名不达目的誓不罢休甚至偏执成性的战士：

“姑娘做了所有的实地工作，文书工作也是她自己做的。从她从文件堆里挖出奥尔森的那天起，她无论醒着睡着就全在想那位老兄了。我对她说：你和这家伙有血仇吗？她甚至都没笑。说他是人类的祸殃，必须冲进下水道。”

咕咚咕咚一大口威士忌。

“姑娘不满足于接近阿斯特拉，和她成为至交好友”——阿斯特拉是奥尔森心怀不满的情妇的代号——“她把目标住所的夜班守门人也拉下水了。她给那家伙编了个故事，说她隐姓埋名为《每日邮报》写特稿，想报道寡头们在伦敦的生活方式。夜班守门人爱上了她，她说什么他都相信。无论什么时候，要是她想参观一下狮子笼，只需要《每日邮报》的小金库掏个五千镑好处费，她说一声就行。不成熟个屁。胆子比大象都他妈大。”

*

我安排和珀西·普莱斯在私下里吃了个午饭，他是监控部这个独立王国的实权老大。按照规定，我理所当然地也拉上了多姆。然而我很快就发现珀西和多姆完全合不来，但珀西和我是老交情了。他当过警察，五十多岁，瘦削而沉默。十年前，在他的一个潜行别动队和我操控的一名情报员的合作下，我们在国际武器展上盗取了俄罗斯展出的一种导弹原型。

“我的弟兄和姐妹们经常撞见这位奥尔森，”他边回忆边抱怨道，“每次我们逮住一个鬼鬼祟祟的亿万富翁把手指插进俄国这块馅饼里，就会发现奥尔森蹦了出来。我们不负责案子，我们只是监视者。别人叫我们监视什么，我们就监视什么。但我很高兴有人终于决定去找他的麻烦了，因为他和他那伙人已经害得我头疼很久了。”

珀西会去看看能不能给我们开个后门。但你要知道，纳特，我没法给你打包票。万一行动理事会忽然决定另一个目标更重要，珀西或者其他任何人都无能为力。

“当然了，珀西，一切都必须经过我的批准。”多姆说；我和珀西齐声说，对，多姆，那当然。

三天后，珀西打电话到我的情报局手机上。似乎很快就会有个机会了，纳特。也许值得一试。多谢了，珀西，我说，有机会我会转告多姆的，言下之意是能拖多久就拖多久，甚至干脆不说。

佛罗伦丝的鸽子笼与我的办公室只有一步之遥。我告诉她，从今天开始，只要有必要，她愿意把多少优质时间花在奥尔森心怀不满的情妇（代号阿斯特拉）身上都行。她可以带她去乡间开车兜风，陪她逛街购物，去阿斯特拉最喜欢的福南梅森共进闺蜜午餐。她还可以继续耕作目标住所的夜间守门人。为此我撇开多姆，批了五百块给她当润滑剂。在我的指导下，佛罗伦丝将编写一份正式申请书，请求行动理事会派遣潜行别动队进入奥尔森的复式豪宅，进行第一次秘密侦察。这么早就把理事会拖下水，要表达的意思是我们对此事非常认真。

我的本能刚开始还想小心翼翼地享受佛罗伦丝的陪伴：她属于那种上流阶层的姑娘，骑着小马长大，你永远也猜不到她们内心究竟在转什么念头。斯黛看一眼就会憎恶她，而普鲁会担心。她有一双从来不笑的棕色大眼睛。她在工作场所喜欢用宽松的羊毛裙和平底鞋遮蔽体型，而且不化妆。根据她的档案，她和父母一起住在皮姆利科，没有固定的伴侣。出于她本人的意愿，她没有公开性取向。她在无名指上戴了一枚男用的图章戒指，我觉得那是她的挡箭牌。她走起路来大步流星，每一步都会微微地弹跳一下。同样的弹跳也出现在她的声音里，那是纯正的切尔滕纳姆女子学院腔调外加搬砖工的咒骂。在“玫瑰花蕾”行动的一次讨论中，我第一次见识到了这个难以想象的配对。参加会议的有五个人：多姆、珀西·普莱斯、我、情报局浮夸的窃贼埃里克和见习生佛罗伦丝。当时的议题是切断供电能不能构成一个转移视线的花招，方便埃里克手下的兄弟姐妹在奥尔森的复式豪宅里完成侦察工作。佛罗伦丝一直很安静，直到忍无可忍，突然爆发：

“可是，埃里克，”她反对道，“咱们以为奥尔森的电脑是靠什么运行的？他妈的干电池吗？”

有一个紧迫的难题等待我去解决，那就是去除她打算向行动理事会提交的草案里无所不在的义愤色彩。我也许不是情报局文书工作方面的无冕之王——我本人的报告能证明恰恰相反——但我很清楚什么会刺激得我们伟大的规划师炸毛。我用明明白白的语言解释给她听，她却气得暴跳如雷。她真是我的副手吗，我难道是在和斯黛打交道吗?

“唉我的天，”她叹息道，“你下一句就要说你对副词有意见了。”

“我才不会说这种事呢。我想说的是，在行动理事会和俄国部的眼里，奥尔森是整个地球最卑劣的人还是万种美德的楷模只是一件——用你的话来说——屌毛小事。因此，我们要删掉有关正义和盗取全世界受压迫人民的海量金钱的所有内容。我们要写清楚的是意图、收益、风险等级和可否认性，要他妈确保‘避难所’的符号用水印打在每一页上，而不是被其他人的标记神秘地替换掉。”

“比方说多姆的？”

“比方说任何人的。”

她跺着脚走回鸽子笼里，一把摔上门。难怪吉尔斯会爱上她呢，这家伙没有女儿。我打电话给珀西，说“玫瑰花蕾”的草案正在加班加点制作之中。等我所有的拖延借口都用完了，我完整而坦诚地向多姆讲述了我们到目前为止的进展——言下之意：足以让他保持安静。星期一晚上，带着可以理解的自满感觉，我告别“避难所”，前往竞技场俱乐部，完成我与研究员爱德华·斯坦利·香农等待多日的球场交锋。

5

根据我的起居日志——在它的有生之年里，记录在内的信息永远不会太多，我总是做好了把它忘在公共汽车上或家里的准备——艾德和我在竞技场一共打了十五场比赛，以周一为主，但不是都在周一，有时候一周打两场，the Fall 之前十四场，之后一场。我使用 Fall 这个词纯属个人喜好，事情与秋季或者亚当和夏娃都毫无关系。我不确定这个词能不能涵盖有关这个案子的一切，但我实在找不到更好的说法了。

假如我从北面前往竞技场俱乐部，那么精神抖擞地穿过巴特西公园、步行走完最后这段路无疑是一件乐事。假如我直接从家里去，只需要走区区五百码就行。竞技场不像是一个我这种人会去的俱乐部，也是我很大一部分成年生活中的逃避去处。普鲁说它是我的婴儿游乐栏。我在海外工作时依然保留会籍，用休假时间不让自己掉出排名表。每次办公室召唤我回来开行动会议，我就会挤出时间去打一场比赛。在竞技场，对于全世界而言，我仅仅是纳特，没人在乎我或其他人以什么为生，也没人会问你。中国人和其他亚裔与白人的比例是三比一。斯黛自从学会说“不”之后就再也不肯来了，不过有过一段时间，我用婴儿车推着她来吃冰激凌和游泳。要是我邀请普鲁，她倒是个好伙伴，然而也仅仅是为了哄我开心，但近来由于公益活动繁忙，加之事务所卷入了共同诉讼，她完全没时间陪我了。

俱乐部有一位不知年龄、常年失眠的汕头裔酒保，他叫弗雷德。俱乐部的青少年会籍便宜得不挣钱，但只有在二十二岁之前才能享受。之后就必须缴纳每年二百五十镑的会费，外加一笔相当不菲的入门费。要不是有一位名叫亚瑟的中国会员从天而降，匿名捐赠了十万欧元——由此诞生了一个传奇——俱乐部恐怕就必须开设商店或提高收费了。有资格感谢亚瑟慷慨解囊的人为数甚少，身为名誉秘书长，我是其中之一。一天晚上，我听说他在酒吧里。他和我年龄相仿，但早生华发，一身时髦的正装，打着漂亮的领带，直勾勾地望着前方。他没喝酒。

“亚瑟，”我说，在他身旁坐下，“我们都不知道该怎么感谢你了。”

我等着他转过头来，但他依然盯着不远不近的半空中。

“那是为了我儿子。”他隔了几百年才答道。

“所以今晚你儿子来了吗？”我问，看见一群中国年轻人在游泳池边晃膀子。

“不在了。”他答道，依然没有扭头看我。

不在了？什么意思？

我私下里调查了一下。中国人的名字很复杂。有一位青少年会员似乎与这位捐赠者的姓氏相同，但他的年度会籍已经过期六个月，而且对连珠炮似的提醒邮件置之不理。最后还是爱丽丝接上了线索。金，她记得他。一个热情的瘦小男孩。甜得像馅饼，填的年龄是十六，但看上去有六十。一个中国女人陪他来，非常有礼貌，可能是他母亲，也可能是护士。直接用现金买了六节入门课，但那孩子接不住球，给他喂球都不行。教练建议他在家里多练习，只练手眼配合，球搁在球拍上，然后过两个星期再来。但男孩再也没来过。护士也一样。我们猜他多半放弃了，或者回国去了。唉，亲爱的耶稣啊，你别说了。唉，上帝保佑那个可怜的孩子。

我不确定我为什么要详细讲述这段插曲，总之就是我爱这个地方，多年来它一直属于我；正是在这里，我和艾德打了十五场比赛，除了最后一次，我全都乐在其中。

*

我们约定的第一场周一比赛并不像记录所暗示的那样，是个令人心旷神怡的好开始。我是个守时的人——斯黛说我那叫肛门期人格。我们在整整三周前定好了时间，他气喘吁吁地赶到时离八点只差三分钟了，而且身穿皱巴巴的街头便服，脚腕上扎着骑行裤夹。他拎着一个棕色的仿皮手提箱，而且脾气一点就炸。

请记住一点，我只见过一次他穿羽毛球行头的样子。再记住一点：他比我年轻至少二十岁，在我的同伴们的注视下向我发起挑战，而我接受他的挑战只是为了拯救他的颜面。还要记住一点：我不但是俱乐部冠军，而且当天上午我还一口气开了两个接手会议，与会者是吉尔斯两个最没前途也最没产出的情报员，二人凑巧都是女性，出于显而易见的原因，二人都不愿接受要改换操控者的事实；我把午餐时间花在了安抚普鲁的情绪上，因为斯黛发给她一封伤人的邮件，命令普鲁把她忘在门厅桌上的手机用挂号包裹寄到一个陌生地址，由朱诺转交（朱诺又他娘的是谁？）；下午我忙着继续剪除抨击奥尔森堕落的生活方式的多余篇章，而在此之前我已经两次命令佛罗伦丝去掉它们了。

最后再记住一点：到艾德冲进更衣室、把一个亡命徒演得活灵活现的时候，我已经穿好全套羽毛球行头，盯着挂钟生了十分钟的闷气。他一边开始脱衣服，一边前言不搭后语地唠叨什么“讨厌自行车的狗娘养的大货车司机”在红灯路口对他做了什么不友好的事情，他的老板“毫无他妈的理由地不许我正常下班”，从头到尾我只能回他一句“太同情你了”，然后坐在长凳上，在镜子里欣赏他乱哄哄的更衣过程。

假如说我不再是他几周前见到的那个悠闲男人了，那么我眼前的这个艾德和需要爱丽丝帮助才能接近我的半大小子也没多少相似之处。他脱掉上衣，上半身向下一扫，连膝盖都没弯，就一掌拍开了储物柜，取出一筒羽毛球和两把球拍，然后是一卷衣物，里面有 T 恤、短裤、袜子和运动鞋。

我注意到他的脚很大。跑起来有可能比较慢。我还没琢磨完这个，却看见他把棕色手提箱往储物柜里一扔，然后拧钥匙上锁。怎么？他的羽毛球行头才换到一半啊。他正在心急火燎地脱衣服，三十秒以后，他还要同样心急火燎地把日常衣物塞进同一个储物柜。既然半分钟后必须开锁，那现在为什么要上锁呢？难道他担心只要他一转身，就会有人偷走他的手提箱？

我不是有意识地去思考这些的，是我的职业本能在作祟。我受过的训练叫我这么做，而我从开始工作起就一直在这么做，无论我注意的对象是普鲁在巴特西家里的梳妆台前做脸，还是在咖啡馆一角坐得太久的那对中年夫妇，交谈时过于认真，连一眼都没看过我所在的方向。

他把衬衫从脑袋上脱下来，露出赤裸的身躯。好体格，有点瘦，没文身，没瘢痕，也没有其他明显的印记，从我所坐的位置看上去，个头非常、非常的高。他摘掉眼镜，打开储物柜的锁，把眼镜扔进去，重新上锁。他穿上T恤，然后穿他第一次和我搭话时穿的那条五分裤，最后是一双曾经雪白的运动袜。

他的膝盖此时与我的眼睛齐平。摘掉眼镜后，他的脸显得光秃秃的，比最初接近我时看上去还要年轻。顶多二十五。他面对我俯身，往墙面镜里看。他戴上隐形眼镜，眨掉眼睛里的异物感。我还注意到一点：无论他上半身怎么动，他依然连一次也没弯曲过膝盖。所有动作都以腰关节为轴，无论是系鞋带还是抻着脖子戴隐形眼镜。因此，尽管他个子高，碰到低球或斜线球他也许就有困难了。他再次开锁，把上衣、衬衫和鞋子塞进去，摔上门，转钥匙，取下钥匙，盯着掌心里的钥匙看一眼，耸耸肩，拆开系钥匙的带子，踢开脚边垃圾筒的盖子，把带子扔进去，钥匙放进五分裤的右口袋里。

“全都好了？”他问，就好像害得我们干等的不是他，而是我。

我们走向球场，艾德在前我在后，他把球拍甩来甩去，还在对自己生闷气，不知是因为讨厌自行车的大货车司机还是他脑袋只有蚕豆大的老板，或许还有他还没说到的其他理由也未可知。他知道路。他偷偷地来这儿练过，我敢打赌，很可能从下战书的那天起一直在练。我的工作要求我能够容忍换个环境我连话都懒得说的一些人，但这个年轻人正在考验我的耐心，而羽毛球场正是一个教训人的好地方。

*

初次比赛的那天晚上，我们艰苦地打了七局。包括冠军赛在内，我不记得我打得这么累过，也从没如此渴望过要挫挫一个年轻人的傲气。我赢了四局，但都是险胜。他很厉害，然而万幸的是他不够协调，因此我就有了机会。尽管他比我年轻，但我认为他已经发挥到极限了，你要记住他的臂展比我长六七英寸。另外谢天谢地，他的注意力不够稳定。有十几分，他冲锋、扣球、横跳、挑高球、放小球、救球，强迫身体摆出各种难以想象的角度，我拼了老命才能跟上。然后接下来的三四个回合，他突然泄气，就好像赢球对他来说忽然不再重要。紧接着他恢复生机，只可惜已经来不及了。

从第一回合到最后一回合，我和他连一个字都没交流过，除了他一丝不苟地念出比分——他从第一分开始就主动揽下了这个任务——还有他偶尔失误时骂出来的“该死！”。我们打到决胜局的时候，吸引了十几名观众，结束时甚至响起了稀稀拉拉的掌声。没错，他脚步很重。没错，尽管他有身高优势，但接低角度球总是手忙脚乱，有点赶不上趟。

然而，虽说有这样那样的问题，我不得不说他无论打球还是认输都出乎意料地有风度，他一次也没有抗议过出界裁决，也没有请求重赛，这在竞技场俱乐部或其他任何地方都是挺难得的。比赛刚结束，他就露出一个灿烂的笑容，从他来找我那天算起，那还是我第一次见到他笑——他非常懊恼，但很有运动员精神，我因为出乎意料而觉得更加高兴。

“这一场打得真带劲，纳特，从没这么带劲过，没错。”他真诚地对我说，握住我的手，上下使劲摇。“有时间来一口吗？我请客？”

来一口？我离开英国是不是太久了。他是想说吸一口吗？荒谬的念头在我脑海里闪过：他从棕色手提箱里取出可卡因请我吸。然后我意识到他只是在问我要不要去酒吧喝一杯高雅的小酒，于是我说今晚不行，非常抱歉，艾德，多谢，但我还有事——这是实话：深夜我还要开一个接手会议，这次是吉尔斯的又一名女情报员，代号星光，一个彻头彻尾的麻烦精，在我心里早就打上了不值得信任的标签，但吉尔斯坚信他对她知根知底。

“下周来一场复仇赛如何？”艾德不屈不挠地问我，我对此已经有所准备。“要是你或我有事不得不取消也没什么。我来订球场。意下如何？”

对于这个问题，我再次诚心诚意地答道，我有点身不由己，所以咱们到时候再看吧。没关系，反正我来订球场，算在我头上。随后他又握住我的手，古怪地上下使劲摇。我和他告别，见到他的最后一眼是他扎着骑行裤夹，弯腰在开他那辆古董自行车的锁。有人说你的车堵住人行道了，他说你给我滚远点儿。

结果我不得不发短信给他，取消下周一的比赛，因为“玫瑰花蕾”——感谢佛罗伦丝不情愿地默许我降低了义愤的成分，也多亏了我花时间走后门游说——需要投入大量的人手。他说要么改周三吧，但我不得不回他说一整周我都身不由己。又一个周一快到了，我们的形势依然岌岌可危，我道歉说我只能再次取消了，而且这一周似乎还是不太可能。这么对待他，我心里很不好受，每次收到一个彬彬有礼的“没问题”，我都觉得像是心头大石落地。第三周的星期五晚上，我仍旧无法确定下周一或任何一天有没有空，这意味着我要连放他三次鸽子了。

已经过了下班时间。“避难所”的周末值班人员陆续到来。小伊利亚再次主动请缨。他需要值班补贴。我的情报局电话响了。打来的是多姆。我有一半心思不想接电话，但最后还是心软了。

“纳特，我有个相当令人振奋的消息要告诉你，”他用开大会的语调宣布，“代号‘玫瑰花蕾’的某位女士得到了俄罗斯部大佬们的青睐。他们把咱们的提案书转给了行动理事会，判断是否要决定采取行动。祝你周末愉快。这是你应得的，请允许我这么说。”

“是咱们的提案书吗，多姆？还是仅仅伦敦总站的提案书？”

“咱们的共同提案书，纳特，你我已经有过共识了。‘避难所’和伦敦总站，肩并肩迈步向前。”

“发起人具体是哪一位呢？”

“你无畏的副手被定为提案书的发起人，尽管她目前还在见习期，因此按照传统惯例，她必须在下周五上午十点半去行动理事会的会议室做正式汇报。满意了吗？”

除非白纸黑字写下来我才会满意，多姆。我打电话给薇薇，事实证明她是个盟友。她把正式确认书用电子邮件发给我。多姆和我有同等的署名待遇。佛罗伦丝是得到认可的发起者。这时我终于觉得可以发短信给艾德了。很抱歉如此仓促，但下周一你还有没有时间？

艾德说他有。

这次他穿的不是汗津津的灰色上衣，没扎骑行裤夹，没抱怨大货车驾驶员或没脑子的老板，也没拎仿皮手提箱。他穿牛仔裤、运动鞋和开领衬衫，一边解下自行车手的安全帽，一边露出灿烂而快乐的笑容。我不得不说，日以继夜地结结实实工作三个星期之后，这个笑容和上下使劲摇的握手相当提神。

“你之前缩卵了，然后好不容易鼓起了勇气，对不对？”

“我正在靴子里发抖呢。”我欢快地附和道，迈着轻步兵的步伐和他一起走向更衣室。

比赛依然针尖对麦芒。但这次没有观众，因此气氛也只剩下了令人愉快的那种紧张。和上次一样，我们你追我赶直到最后几回合，但让我生气的是（同时也让我松了一口气，因为谁想要一个每次都能击败的对手呢？）他在生死关头堂堂正正地战胜了我，这次我开口甚至比他快，邀请他去酒吧喝他上次建议的那一口。星期一来俱乐部的会员寥寥无几，但不知是心血来潮还是习惯使然，我还是走向了观察者的传统角落——那是一张铁皮桌面的二人台子，远离游泳池，贴着墙壁，能够直接看见大门。

我和他连一个字都没说，但从此以后，无论是我们周一的固定约会，还是其他日子的偷空见面，这张孤零零的铁皮酒桌都成了我母亲在德国血统发作时所谓的 Stammtisch（德语：老地方），或者用我亲爱的同事们的说法：犯罪现场。

我以为比赛后的第一次啤酒聚会仅仅是在践行惯例：输家请第一杯，若是没喝够，赢家请第二杯，双方互相揶揄，定下复仇的日期，洗澡，分道扬镳。按照艾德的这个年纪，晚上九点生活才刚开始，我猜我们只会喝一杯，然后我就可以滚蛋了，因为普鲁肯定正在南华克和她的宝贝公益委托人埋头工作呢。

“所以，纳特你是伦敦人？”艾德问我，我们刚拿着啤酒杯坐下。

我说我确实是这么一个人。

“是哪一类的呢？”

人们在这个俱乐部通常不会聊得这么深入，不过管他呢。

“就是到处打打食呗，”我答道，“在国外挣过一段时间面包钱。现在我回来了，正在研究应该往哪儿下嘴呢。”送个添头好了：“顺便帮一个老朋友捋一捋他的生意。”补充完毕，我使出屡试不爽的套路，“你呢，艾德？爱丽丝不小心说走嘴了，她说你是个研究员。没错吧？”

他思考着我的问题，就好像从没被人这么问过。受到盘问似乎让他有点不高兴。

“对，研究员。正是在下。”他沉思了好一会儿，“研究。资料送进来。处理。送还给客户。是啊。”

“所以主要是日常新闻？”

“对。各种各样的。国内的，国外的，伪造的。”

“想必还有企业的了？”我猜测道，想到了他如何谩骂老板。

“对。非常有企业精神。必须服从命令，否则就死路一条。”

我以为他已经说完了他想说的话，因为他再次陷入了自己的思绪。但他再次开口：

“虽然这么说。我还是去德国躲了几年的，明白吗？”他在安慰自己，“我爱那个国家，但不怎么喜欢做的工作。于是我就回来了。”

“回来做同样的工作？”

“嗯，对，不同的分部，同样的烂事。还以为会好一点呢。”

“但并没有。”

“完全没有。话虽这么说，但还是得熬下去。尽力而为吧。是啊。”

关于我们各自的职业，我们交流的内容一共就这么多，我无所谓，我猜我和他都无所谓，因为我不记得我或他后来还涉足过这个话题，然而我亲爱的同事们却不愿相信。不过我记得一清二楚，就好像是今晚才发生的事情一样，我们刚放下有关各自职业的话题，对话就立刻突然改变了方向。

艾德闷闷不乐地盯着不远不近的半空中看了一会儿，从他龇牙咧嘴的表情来看，他正在和自己辩论什么至关重要的难题。

“纳特，介意我请教一个问题吗?”他脱口而出，像是突然下定了决心。

“当然不介意了。”我友好地答道。

“只是因为我真的非常尊敬你。尽管咱们认识还没多久。你和一个人打过比赛，用不了多久就能了解他。”

“继续。”

“谢谢。那我说了。我经过思考得出结论，对于英国和欧洲而言，也对于全世界作为一个整体的自由民主制度而言，英国在唐纳德·特朗普当政时期脱离欧盟，从而不可避免地沦为美国的附庸，而美国正在制度性种族主义和新法西斯主义的道路上向前狂奔，这是彻头彻尾、毫无疑问的胡鸡巴闹。我想请教的问题是：你是总体而言同意我的看法，还是说我冒犯了你，现在我应该起身告辞?前者还是后者?”

一个我才刚认识的年轻人如此突如其来地询问我的政治立场，我吃了一惊，保持着普鲁所谓体面的沉默。他目光涣散地看了一会儿游泳池里戏水的人们，然后把视线转回我身上。

“我想说的重点是我不想和你虚头巴脑地坐在这儿喝酒，因为我非常钦佩你的球技，也钦佩你本人。要我说，脱欧是英国自从1939年以来最重要的决定。人们都说1945年以来，但实话实说，我不明白为什么。因此我只想问清楚，你同不同意我？我知道我太认真了。别人都这么说。还有很多人不喜欢我，说我是个直肠子，不过事实如此。”

“在你的工作场所？”我问——我想拖延时间。

“在我所谓的言论自由这方面，我的工作场所完全是个黑洞。在我的工作场所，规定禁止我们对任何事情持有任何强烈的观点。否则你就会受到排挤。因此我的对策是在工作场所永远把嘴巴闭得紧紧的，结果他们认为我傲慢无礼。然而，我可以告诉你，还有很多其他地方的人不喜欢听见冰冷的事实，至少不喜欢听我说。尽管这些人声称拥护西方民主制度，但他们还是更喜欢轻松的生活，而不是认识到自己有责任反对正在侵蚀我们的法西斯敌人。请允许我提醒一声，你还没有回答我的问题。”

在我向我亲爱的同事们准确复述他令人痛心的原话的同时，此时此地请允许我插一句，尽管“胡鸡巴闹”这个词目前还没有进入我的字典，但脱欧早就是我心中的创痛了。我在欧洲出生和长大，我的血管里流着法国、德国、英国和沙俄的血液，我在欧洲大陆和在巴特西感到同样自在。至于他说到的白人至上主义者正在川普统治的美国占据上风，这一点我和他同样意见一致，我有许多亲爱的同事也是一样，无论以后他们如何存心摆出更中立的姿态。

话虽如此，但我还是有所顾虑，不愿给他他想要的答案。我的第一个问题永远是：他是不是在给我挖坑，是不是企图引我出洞或拉我下水？对此我有百分之百的信心能够说不：这个年轻人他做不到，太阳打西边出来也做不到。因此下一个问题是：我要不要无视汕头裔酒保老弗雷德插在吧台镜子上的手写字条：“不得大声讨论脱欧”？

最后一个问题，我要不要忘记我是一名公务员（无论秘密不秘密），发过誓要坚守我国政府的政策（前提是它真有什么政策）？还是我更愿意对自己说：这是个勇敢而真诚的小伙子——对，是有点不正常，不是每个人都会喜欢他，要我说多半是大多数人——但他的心放在正确的位置上，他需要别人的倾听，比我女儿只大个七八岁——她对任何已知话题的激进看法都是家庭生活的一部分——而且打得一手好羽毛球？

然后还要在这堆混合物里加上一个成分，直到现在我才愿意承认它的存在，尽管我猜自从我们第一次难堪的交流开始就埋在了我的心里。我说的是一种认识，我见到了我在我以往生活中极少见到的某些东西，尤其是在这么年轻的一个男人身上：真正的信念，不是出于贪婪、嫉妒、复仇或自我膨胀的驱动，而是纯粹的信念本身，没有任何附带条件。

酒保弗雷德把冰镇的窖藏啤酒倒进带纹章的香槟杯，动作缓慢而慎重，艾德盯着这杯酒，用修长手指的指尖触碰起雾的杯身，垂着头，等待我回答。

“唔，艾德，”我答道——我隔了好一会儿才开口，借此表达我经过了深思熟虑，“就让我这么说吧。对，脱欧确实是彻头彻尾的瞎鸡巴闹，但我不认为我们有任何办法能够逆转乾坤。这个答案你满意吗？”

不，不满意，我和他都知道。我所谓体面的沉默在艾德漫长的沉吟面前什么都不是，而随着时间的推移，我逐渐将其视为我们交谈的一个自然属性。

“那么唐纳德·特朗普总统呢？”他问，一个音节一个音节地说出这个名字，就好像那是恶魔本人，“你是否和我一样，将特朗普视为整个文明世界的威胁和肉中刺，以及他正在主导美国肆无忌惮的系统性纳粹化？”

听到这儿，我觉得我肯定笑了，但我没有在艾德阴沉的脸上见到回应信号；他侧着头面对我，就好像他只想听到我的回答，不想被面部表情分散注意力。

“唔，从不那么原教旨的角度来说，对，艾德，我同意你的看法，希望我这么说能让你安心，”我温和地赞同道，“但他又不是终身大总统，对吧？再说还有宪法约束他，他不能为所欲为。”

然而他并不满意。

“他网罗来的那些目光短浅的狂热分子呢？认为是耶稣创造了贪婪的原教旨基督徒？他们不会善罢甘休的，你觉得呢？”

“艾德啊，”我忍不住开起了玩笑，“等特朗普下台，那些人会像烟灰见风似的散开的。现在看在老天的面子上，咱们好好再喝一杯吧。”

聊到这儿，我非常期待他能用灿烂的笑容冲掉这一切。但他没有露出笑容，而是隔着酒桌向我伸出了一只瘦骨嶙峋的大手。

“那咱们就是好朋友了，对吧？”他说。

于是我和他握手，说，对，咱们是好朋友了，然后他去又买了一轮酒。

接下来的十几场周一晚间比赛里，我没有付出过任何努力去否定他或和稀泥，也就是说从以后的第二次碰面起（在我的日记里是二号比赛），我们每次打完球在老地方喝酒，都少不了艾德就当前的火热议题来一段慷慨激昂的独白。

随着时间的推移，他变得越来越好。忘记他生硬的开场白吧。艾德并非为人生硬。他只是投入了太深的感情。而正因为——现在比较容易说出口了——他投入了太深的感情，他变得痴迷其中。最迟不过四号比赛，他还暴露出了他的另外一面：他是一名消息灵通的新闻成瘾者，知道世界政治舞台上的每一个转折和变化——无论是脱欧、特朗普、叙利亚还是其他什么持续多年的灾难——将这些事情视为与个人息息相关，我要是不准他畅所欲言，那就未免太不为他考虑了。年轻这东西，你能给它的最好的礼物就是时间，而我总觉得我给斯黛的时间不够多，艾德的父母在这方面或许同样不怎么慷慨。

我亲爱的同事们非常愿意认为，就因为我把时间分给了他，我就引诱了他。他们指出我们的年龄差异和他们乐于称之为我的“职业魅力”的气质。纯属胡扯。艾德在他简单的头脑里认定我无疑是个富有同情心的倾听者之后，就算我只是公共汽车上坐在他旁边的陌生人也一样。即便到了今天，我也不记得有哪一次我的看法——哪怕在最能激起共鸣的时候——给他留下了最浅的一丝印象。他只是庆幸于自己找到了一个好听众，这个听众不会震惊，不会反驳，也不会听完一转头就去找别人说话，因为我不确定他在意识形态或政治讨论中能坚持多久而不大光其火。他不需要开口，我就能预料到他在任何一个议题上的观点，如此事实并不让我头疼。没错，他是个单线条的男人。我熟悉这种人。我招募过好几个。他在地缘政治方面很警觉。他年轻，在他固执的观点范围内相当聪明，而且——尽管我一直没找到机会试一试——在他的看法受到挑战时，很容易动怒。

除了我们在球场上的艰苦拼杀，我本人从这段关系中得到了什么呢？这是我亲爱的同事们一次又一次提到的另一个问题。在我接受盘问的时候，我一时间找不到任何现成的答案。然而在事后，我回想起艾德散发出的勇担道义负担的气场，在我身上似乎也唤醒了我的良知——还有伴随而来的灿烂但有点像丧家犬的笑容，能够驱散一切乌云。各种原因加起来，我产生了一种想要庇护某个濒危物种的冲动。我提议带他回家喝一杯或者请他星期天来吃顿便饭的时候，对普鲁肯定也说了类似的话。但睿智的普鲁不为所动：

“我听着怎么像是你俩臭味相投呢，亲爱的。你自己留着他吧，别让我碍了你们的好事。”

于是我很高兴地接受了她的建议，把他留给了我自己。我们的惯例雷打不动，一直到最后。我们会在球场上打得血流成河，然后换掉运动服，若是天冷就加条围巾，然后移师我们的老地方，输家径直走向吧台。我们会互相取笑几句，也许重演一两个球。他会语焉不详地问候我的家人，我会问他周末过得好不好，然后我们给出各自平淡的答案。接下来他会陷入某种期待性的沉默，我很快就明白了不该去打断，随后他会开始发表他当天的演说。我会赞同他，或者半心半意地赞同他，顶多不过说声哇，艾德，悠着点儿，然后像个年老成精者那样对他嘿嘿笑。偶尔我也会用最冷静的语气质疑他过于辛辣的某些看法，但说得总是很慎重，因为我从一开始对艾德的本能感觉就是他很脆弱。

有时候就仿佛是另一个人披着他的皮在发言。他一切正常时挺好听的声音会突然拔高一个八度，停留在那个水平上发表一段训诫演说，时间往往不长，但也足够让我心里打鼓了：啊哈，我认识这个音域，因为斯黛也有。你没法和这种时刻的他争论，因为他只会滔滔不绝地说下去，就好像你并不存在，因此你最好只是点头，等这段话自己说完。

主旨？从一个方面说，每一次的配方都和上一次一样。脱欧是自我毁灭。英国公众被一群伪装成人民代言人的精英主义富豪投机分子领向悬崖。特朗普是敌基督，普京是另一个。特朗普，逃服兵役的富家子弟，一个伟大但有缺陷的民主国家的造物，无论是这辈子还是来世他都无法赎罪。普京，他根本不知道民主为何物，反而还有一丝希望。而艾德，他的非国教信仰背景一步一步成了这些发泄的重要组成部分。

有任何发展吗，纳特？我亲爱的同事们问我。他的观点与时俱进吗？你有没有感觉到他在走向某种断然决心？我依然无法给出能让他们满意的答案。逐渐信任了他的听众（也就是我）之后，也许他变得越来越敢开口和直言不讳了。也许随着时间推移，我这个听众也变得和他越来越志趣相投了，然而我并不记得我俩什么时候真的志趣不同过。

但我不得不承认，有几次我和艾德在老地方喝酒聊天的时候，我的烦心事没平时那么多——无论是关于斯黛和普鲁，是新招募的情报员表现不好，还是流感在几周内让我们的半数操控者无法上岗——我几乎把全部注意力都给了艾德。在这些时候，我也许产生过反驳他某些格外激进的意见的念头，当然我不至于去直接挑战他，而是会想办法中和他武断的表达方式。因此从这个角度说：唔，我这头谈不上有什么发展，越来越熟悉他的套路倒是真的；而艾德呢，他变得更愿意——也许有点不情愿——时不时地嘲笑自己几句。

但请你记住这个简单的理由，这并不是我在为自己辩解，而是一个事实：我并不总是听得很认真，有时候我会彻底走神。假如我在“避难所”过得很有压力——凑巧我受到的压力确实越来越大——我必定会在我们准备前往老地方之前把情报局手机塞进臀袋，他慷慨陈词时我会偷偷拿出来查看。

有些时候，他饱含年轻人纯真和武断看法的独白弄得我心神不宁，我在和他上下使劲握手告别后不会直接回家投向普鲁的怀抱，而是会绕远路穿过公园走回去，给我的思绪一个冷静下来的机会。

*

最后让我说一说打羽毛球对艾德的意义，顺便还有对我的意义。在非信徒的眼里，羽毛球是壁球的娘娘腔版本，只有害怕心脏病突发的超重男性才会去打。在真信徒看来，世上不存在其他的运动。壁球是刀耕火种的原始玩意儿。羽毛球要的是狡诈、耐心、速度和不可思议的救球。小球画出悠闲的弧线，你埋伏着等待释放惊天一击。与壁球不同，羽毛球不懂何为阶层差别。它不是公学。它没有网球或五人制足球的户外魅力。它并不赏识优美的挥拍。它冷酷无情，不利于膝盖，据说对髋关节尤其不友好。我们球友之间很少会自然而然地欢聚，我们大体而言是一群独行侠。在其他运动员眼里，我们有点古怪，有点孤僻。

我父亲驻扎在新加坡的时候打羽毛球。只打单打。他代表陆军参加比赛，直到开始走下坡路。他也和我打。去诺曼底海滩度暑假的时候。在纽利的花园里打，用晾衣绳当网，空闲的那只手拿着红褐色的大酒杯，里面装着苏格兰威士忌。他最擅长的就是羽毛球。我收拾行囊去苏格兰他念过的那所该死的中学，在中学里我和他一样打羽毛球，后来我在英格兰中部的大学里继续打。我在情报局百无聊赖地等待第一次外派出任务时，网罗了几位一同受训的伙伴，顶着贝克街小分队成员的化名大杀四方。

而艾德呢？他是如何皈依这项运动之王的？我们坐在老地方。他神情恍惚地盯着酒杯——每当他露出这个神情，不是在忙着解决这个世界面对的诸多难题，就是在绞尽脑汁思考他的反手到底出现了什么问题，也可能只是不想说话，只想一个人静静。无论你向他提出什么问题，他都不可能给你一个简单的答案。一切都必须追根溯源找到起点。

“我小学有个体育老师，”他最后说。灿烂的笑容。“一天晚上带着我们几个人去了她的俱乐部。就是这样，真的。她穿短裙，白生生的大腿直晃眼睛。是啊。”

6

接下来，为了让我亲爱的同事们开开眼，请允许我来汇总一下我在球场上都捡取到了艾德的人生的哪些片段——直到 the Fall 为止。这会儿动笔一写，其内容的广泛程度委实令我吃惊，然而话也说回来，我毕竟是一名由训练和习惯造就的倾听者和记忆者。

英格兰北部一个古老的循道宗矿工家庭有两个孩子，年龄相差十岁，他是其中之一。他祖父二十多岁时从爱尔兰来到英格兰。矿场关闭后，他父亲成了一名商船上的水手：

从那以后就没怎么见过他，真的很少。他退休回家，得了癌症，就好像它在等他上岸——艾德。

他父亲也是一位老派的共产主义者，1979 年苏联入侵阿富汗后，他烧掉了党员证。我猜艾德一直照顾他到临终。

他父亲去世后，全家人搬到了唐克斯特附近的某处。艾德考进了一所文法学校，不过你别问我具体是哪一所。他母亲把工作之外的空闲时间全花在成人教育课程上，直到政府削减经费：

老妈的脑子比她有机会展现的好得多，另外她还要照顾劳拉——艾德。

劳拉是他的妹妹，有学习障碍，部分残疾。

十八岁时，他放弃了基督教信仰，投向他所谓的“无所不包的人道主义”，在我看来那就是非国教信仰减去上帝，但出于体贴，我没有向他点明这一点。

从文法学校毕业，他去了一所“新兴”大学，我不确定究竟是哪一所。电脑科学，辅修德语。他没具体说他的成绩，因此我猜应该是中等水平，“新兴”是他使用的蔑称。

至于女性——对于艾德来说永远是个敏感区域，也不是我会擅自闯入的那种领地——不是她们不喜欢他，就是他不喜欢她们。我猜过于操心世界大事以及其他的种种轻微怪癖把他变成了一个劳神费力的人生伴侣。另外我也怀疑他不知道自己有什么魅力。

至于男性友人，他们在健身房一起运动，还是一起梳理世界脉络，还是慢跑、骑行或逛酒吧？艾德没向我提起过任何一个这样的伙伴，我不确定他们在他的生活中到底存不存在。我猜他在内心深处将独来独往视为某种荣誉勋章。

他在羽毛球界的葡萄藤上听说了我，把我当作他相称的对手。我是他的猎物。他不愿与别人分享我。

我不得不问他，既然你如此憎恶媒体，那又是什么驱使你去从事这方面的工作的呢，刚开始他闪烁其词：

在某处看见一个广告，就去面试了呗。他们给我做什么试卷，然后说行啊，来做吧。就是这样。是啊——艾德。

然而当我问起他在单位里有没有志同道合的同事时，他只是摇摇头，就好像这个问题无关紧要。

艾德的孤寂宇宙里有什么能让我看见的好消息吗？德国。又是德国。

艾德喜欢德国到了无以复加的地步。我猜我本人也有这一面，或许就来自我母亲不情愿承认的德国血统。他在图宾根学习了一年，在柏林为媒体机构工作两年。德国可爱得就像猫咪的肉球。德国人是古往今来最好的欧洲人。说到理解欧盟的本质，任何一个国家都无法和德国相比——艾德说得趾高气扬。他考虑过抛弃一切，在德国从头开始，但他和一个姑娘没能相处下去，她是柏林大学的一名研究生。要是我没弄错，正是在她的影响下，艾德对 1920 年代德国国家主义之滥觞做了些研究，那似乎是她的研究方向。我能够确定的是，仅仅是因为这些一时兴起的研究，他就觉得他有权在欧洲独裁者的崛起与唐纳德 · 特朗普的上台之间画上令人不安的等号了。别让他开始说这个话题，否则你就会得到一个最专横武断的艾德。

在艾德的世界里，脱欧狂热分子和特朗普狂热拥护者之间不存在分界线。两者都是种族主义者和排外主义者。两者崇拜的是同一个旧时代的帝国主义。一旦在这个主题上启航，他就会失去一切客观性。特朗普主义者和脱欧论者在合谋剥夺他与生俱来的欧洲身份。在其他方面他或许确实独来独往，但提到欧洲，他就会无怨无悔地为他那一代人代言和指责我这一代人。

有一次，我们和以往一样打完艰苦卓绝的比赛，暂时耗尽了力气，坐在竞技场俱乐部的更衣室里。他从储物柜里翻出智能手机，执意要给我看一段录像：特朗普的内阁聚集在一张桌子前，轮流向他们敬爱的领袖宣誓永远忠诚。

“他们在发元首血誓，”他咬牙切齿地对我说，“往事重演了，纳特。你看。”

我听话地看录像。没错，令人作呕。

尽管我没问过他，但我认为德国对以往罪孽的忏悔最强有力地影响了他世俗化的循道宗灵魂：他认为一个曾经大开杀戒的伟大国家理当赎清它向全世界犯下的罪行。做过类似事情的其他国家该怎么做？他想知道答案。土耳其为屠杀亚美尼亚人和库尔德人道歉了吗？美国人向越南人民道歉了吗？英国佬为曾经殖民四分之三个地球并奴役了不计其数的普通人忏悔了吗？

上下使劲摇晃的握手？他没告诉过我，但我猜那是他驻扎柏林时从那姑娘的普鲁士家庭学到的，出于某种奇异的忠诚感，他保留了这个习惯。

7

上午十点——那是春天一个阳光灿烂的星期五，鸟儿全都知道这一点——佛罗伦丝和我见面去喝一杯早间的咖啡，我从巴特西来，我猜她从皮姆利科来，我们顺着泰晤士河筑堤走向总局。换了平时，从偏远边哨站回总局开会或开假条，见到我们过于显眼、有着诸多塔楼的大本营，想到它嗖嗖作响的电梯、明亮如医院的走廊和从桥上张嘴傻看的游客，我时常会感到阵阵怯意。

但今天不一样。

再过半小时，佛罗伦丝就要开始介绍伦敦总站三年来第一次需要全方位配合的特别行动了，计划书上还会有“避难所”的标记。她穿一身时髦的裤装，只化了一点淡妆。就算她怯场，也没有显露出任何痕迹。过去三周以来，我们一起熬夜，半夜三更在“避难所”没有窗户的行动室里埋头工作，研究街道地图、监控报告、电话与邮件的监控记录和奥尔森心怀不满的情妇阿斯特拉的最新密报。

是阿斯特拉首先报告称奥尔森即将在他的公园巷复式豪宅款待一个双人组合，他们是洗钱专家，以塞浦路斯为基地，与莫斯科关系匪浅，有斯洛伐克血统，在尼科西亚拥有一家私人银行，在伦敦老城有个分支机构。二人都是一个犯罪辛迪加的成员，身份已经得到确认，这个组织得到了克里姆林宫的首肯，以奥德赛为中心开展活动。得知他们即将来访，奥尔森下令在他的复式豪宅做一次电子大扫除。没有发现任何间谍设备。现在轮到珀西·普莱斯的潜入别动队去弥补这个缺失了。

在征得外出办事的部长布林·乔丹的同意后，俄罗斯部也朝这趟浑水里插了一两脚。他们的一名职员假扮佛罗伦丝在《每日邮报》的新闻总编，与夜班守门人敲定了协议。我们说服向复式豪宅供气的煤气公司谎报管道泄漏。由三名窃贼组成的团队在浮夸的埃里克带领下，假扮成煤气公司的工程师勘察了复式豪宅，拍下通往电脑室的加固铁门上的门锁。门锁出自一家英国制造商，他们提供了钥匙的复制品和解开密码锁的指南。

万事俱备，“玫瑰花蕾”只缺总局给我们正式开绿灯了，做出决定的是情报局的头头脑脑，他们有个共同的名称：行动理事会。

尽管佛罗伦丝和我之间的关系绝对是非接触式的——我和她都煞费苦心地做到了连手都不碰一下，更不用说其他方式的身体接触了——但另一方面我们也很亲近。我们发现我们的生活有所重叠，考虑到我们的年龄差别，重叠之处多得超乎想象。她父亲在英国驻莫斯科大使馆连续做过两任外交官，妻子和三个孩子陪同他赴任，佛罗伦丝是其中最大的孩子。普鲁和我只比他们晚六个月。

她在莫斯科上国际学校时，以年轻人的热诚全身心地投向了俄罗斯文化。连她的生活中也有一位加琳娜女爵：她是一位寡妇，丈夫生前在苏联时代是受到官方认可的一名诗人，住在旧时佩列杰尔基诺艺术家聚居区的一幢破败别墅里。到佛罗伦丝准备在英国上寄宿学校时，情报局的星探已经盯上了她。她参加 A 水平考试后，他们派出局里的俄语专家去评估她的语言能力。她获得了非俄罗斯人能得到的最高分，刚满十九岁时就被招募了。

进入大学，她在情报局的监督下继续学习，每次放假都有一部分时间花在低等级训练课上：贝尔格莱德、圣彼得堡和最后的塔林；正是在塔林，假如她没有伪装成一名森林学专业的学生，而我没有伪装成一名外交官，我们也许就会认识了。她和我一样爱跑步：我在巴特西公园跑，令我惊讶的是她在汉普斯特德西斯公园跑。我说汉普斯特德离皮姆利科很远，她毫不迟疑地说有辆公共汽车从她家到公园门口。某次百无聊赖时我查了查，没错：24 路，直达。

我对她还知道什么呢？她拥有强烈的天然正义感，这让我联想起普鲁。她喜爱实际行动的刺激感，在这方面有着超乎寻常的天赋。情报局总是惹她生气。她绝口不提私生活，甚至有些抵触。另外，有个晚上，漫长的一天工作结束后，我瞥见她窝在小隔间里，攥紧拳头，眼泪顺着面颊流淌。我从斯黛身上学到了一个惨痛的教训：千万别问出了什么事，给她足够的空间就好。我给了她足够的空间，没有问这问那，流泪的原因只有她自己知道。

但今天除了“玫瑰花蕾”行动，她对世上的其他一切都不在乎。

*

说到那天上午情报局精英济济一堂的会议，我的记忆总是带着一丝梦幻色彩，就仿佛事情原本会是另一番光景，又好像我在追忆逝水年华：顶楼的会议室，阳光照耀的天窗，蜜色的护墙板，聪明而专注于聆听的一张张脸对着佛罗伦丝和我，我们肩并肩坐在会议桌的客位上。我认识在场的所有听众，我在以往的生活中和他们都打过交道，每一位都以自己的方式赢得了我的尊重：吉塔·马斯登，我在的里雅斯特情报站时的上司，也是第一个爬到顶楼的有色人种女性；珀西·普莱斯，情报局永远在扩张的监控部门的老大。还要我说下去？盖伊·布拉梅尔，圆胖，老谋深算，五十五岁，俄国装备部的首脑，代表在华盛顿无法分身的布林·乔丹而来。马里恩，我们兄弟局的一位资深成员，列席。然后是盖伊·布拉梅尔最器重的两位女同事，贝丝（分管北高加索）和丽兹（分管俄罗斯乌克兰）。最后也是最不重要的，多姆·特伦奇，伦敦总站的部长，他特地等所有人落座后才进来，就因为害怕被引向末座。

“佛罗伦丝，”盖伊·布拉梅尔宠溺地在桌首说，“咱们听听你的提案吧，如何？”

一眨眼的工夫，她已经不在我身旁了，而是一身裤装站在六英尺之外：佛罗伦丝，我才华横溢但阴晴不定的第二年见习生，向她的长辈们侃侃而谈，而“避难所”的小个子伊利亚像地精似的蹲在放映室里，对着次序表用幻灯片为她助威。

佛罗伦丝今天的声音里没有情绪波动，没有像过去几个月那样用愤怒发泄内心的怒火，也没有泄露她在私人炼狱中为奥尔森安排了一个特别的位置。我提醒过她，必须按捺住情绪和保持语言的洁净。珀斯·普莱斯，我们的监控主管，他是虔诚的教徒，无法容忍英式咒骂。我猜吉塔也差不多，只是对我们异教徒比较宽容罢了。

到目前为止，佛罗伦丝还没有偏离剧本。读到奥尔森的罪孽时，她既不义愤填膺也不慷慨激昂——她随时都有可能变出这两种情绪——而是镇定自若得就像法庭上的普鲁，偶尔我会溜进法庭去听个十分钟，只是为了享受目睹她把对手当庭撕成碎片的乐趣。

她首先讲述奥尔森无法解释来源的财富——海量的离岸资产，从格恩西岛和伦敦老城管理，还能哪儿呢？——然后列数奥尔森的其他海外资产，在马德拉、迈阿密、采尔马特和黑海，然后他无法解释地出席了俄罗斯驻伦敦大使馆为脱欧派头面人物举办的招待会，他向分离主义者的斗争基金捐款上百万英镑。她讲述奥尔森在布鲁塞尔参加了一场秘密会议，与会者还有六名俄罗斯的赛博战专家，他们被怀疑向西方的多个民主论坛发起了大规模信息战。她在讲述这些和其他事情时，情绪都没有任何波动。

然而当她说到要在目标的复式豪宅里安装隐藏麦克风时，冷静背弃了她。伊利亚的幻灯片上标出了十几个麦克风，每一个都是一个红点。马里恩忽然打断了她：

"佛罗伦丝，"她严厉地说，"我无法理解你为什么会提议针对未成年儿童安装特种器材。"

在此之前，我似乎不记得我曾见过佛罗伦丝被说得哑口无言。身为她所属的分站站长，我连忙出来为她打圆场。

"我认为马里恩说的应该是我们推荐覆盖奥尔森家的所有房间，无论住在房间里的是什么人。"我用旁白的语气对她说。

但马里恩不肯善罢甘休。

"我质疑的是在育儿室安装音频和视频监控器材的伦理问题。还有保姆卧室，我认为同样甚至更加值得怀疑。还是说我们假定奥尔森的孩子和保姆同样有情报价值？"

佛罗伦丝已经镇定下来。更确切地说——假如你像我一样了解她——准备好了殊死搏斗。她吸了一口气，换上最甜美的切尔滕纳姆女子学院腔调。

“马里恩，每次奥尔森有特别机密的事情要和生意伙伴商讨，去的恰恰就是育儿室。而只要他的孩子们和保姆去索契海边度假，他妻子去卡地亚买珠宝，他就会在保姆卧室里和妓女寻欢作乐。情报源阿斯特拉说奥尔森喜欢在和女人交配时吹嘘他的生意经。我们认为我们应该听听他怎么说。”

答得好。哄堂大笑，盖伊·布拉梅尔笑得最响；连马里恩都笑了。多姆也在笑，具体而言是他面露微笑抖动身体，只是没有发出笑声。我们起立，咖啡桌前分成了几个小团体。吉塔在女性对女性地恭喜佛罗伦丝。一只看不见的手抓住了我的上臂，哪怕在最好的情况下，我也不会将这个姿态视为友好。

“纳特。多么成功的一次会议。伦敦总站得一分，‘避难所’得一分，你本人得一分。”

“很高兴你乐在其中，多姆。佛罗伦丝无疑前途无量。很高兴大家能认可她的署名权。这种事很容易就会被漏掉呢。”

“而背景里永远有你不徐不疾的声音，”多姆反唇相讥，显然并不喜欢听见我的俏皮话，“我听得明明白白的：那是你父性光辉的一面。”

“哎呀，谢谢，多姆。太谢谢你了。”我大度地答道，琢磨他的袖子里还藏了什么牌。

*

怀着大功告成的喜悦，佛罗伦丝和我在阳光下沿着河畔步道慢吞吞地往回走，彼此推想（主要是佛罗伦丝在推想）只要“玫瑰花蕾”行动能产出我们预测中的四分之一成果，奥尔森在伦敦扮演俄罗斯马前卒角色的日子就到头了，而他经由伦敦老城运转不休的洗钱机器藏在南半球各地的脏钱也能物归原主——这是她最诚挚的愿望。

因为我们还没吃饭，也因为我们为了这一刻投入了那么多个夜晚，时间都变得有点缺乏真实性了，于是我和她跳上地铁，钻进一家饭馆，找了个壁龛座位，就着鱼肉派和一瓶勃艮第红酒（与斯黛爱好相同，我忍不住告诉了她，而且她和我女儿都爱吃鱼），用足够隐晦的语言回顾整个上午的议程——事实上，会议比我在此叙述的要长得多，还探讨了许多技术细节——珀西·普莱斯和浮夸的窃贼埃里克贡献了大量话题，例如如何标记和监视目标对象，如何在目标人物的衣服和鞋子上做手脚，如何利用直升机和无人机，奥尔森及其随从若是意外返回目标住处而潜行别动队还在室内该怎么办。答案：会有一名制服警官有礼貌地通知他们称接到有人闯入这座建筑物的报警，因此能不能请先生女士帮个忙，去警方的厢车里坐一坐，舒舒服服喝杯热茶，等调查结束再上楼？

“真的就是这样了吗？”佛罗伦丝喝着第二或第三杯红酒，喃喃自语，“我们顺利完成任务。公民凯恩，你的好日子到头了。”

“等胖女士唱完歌再说。”我提醒她。

“那他妈又是谁？”

“财政部的一个附属委员会，要他们点头才行。”

“都有什么人？”

“由财政部、外交部、内务部和国防部组成的一个官僚团体。还有两名指派的议员，倒是可以相信别人怎么说他们就会怎么做。”

“怎么做？”

“给行动敲图章，发还情报局执行。”

“浪费他娘的时间，要我说。”

我们坐地铁回到“避难所”，发现伊利亚在我们之前赶了回来，通报我方大获全胜，佛罗伦丝是此刻最耀眼的明星。就连六十五岁的立陶宛暴躁老哥伊戈尔也走出巢穴，和她握手，也和我握手——尽管他私下里认为替换吉尔斯必定是俄国人的阴谋。我躲进我的办公室，把领带和上衣搭在椅背上，正在关电脑的时候，我的家庭手机忽然响了。我猜应该是普鲁，希望是斯黛终于肯打给我了，但从口袋里掏出手机一看，却是艾德。他听上去很着急。

“纳特，是你吗？”

“世界真奇妙，居然就是。您一定是艾德了。”我轻佻地说。

“是的，呃。”长久的停顿。“我想说的是劳拉，知道吧。星期一。”

劳拉，他有学习障碍的妹妹。

“没关系，艾德。要是劳拉有事，你就尽管去忙你的。咱们改日再打。你说一声就行，我看看我哪天有空。”

然而他打电话并不是为了这个。还有其他原因。对于艾德来说，总有其他原因。给他足够长的时间，他迟早会告诉你。

“就是她想要个双打，知道吧。”

“劳拉想要这个？”

“羽毛球。是的。”

“啊哈。羽毛球。”

“她情绪上来了就发疯似的想打球。但打得不好，你要知道。我是说，是真的非常不好。可是，你也明白的。特别狂热。”

“当然了。似乎没问题。什么样的双打？”

“混双，你知道的。和一个女人。也许你妻子？”他知道普鲁的名字，但似乎说不出口。我替他说出来，他说，“对，普鲁。”

“普鲁不行，艾德，很抱歉。我都不需要去问她。星期一晚上她要为时运不济的委托人做义工，没忘记吧？你的名单上有什么人吗？”

“没有。我也不知道还能找谁。劳拉打得真的很烂。是啊。”

这会儿我的视线滑向了我和佛罗伦丝的鸽子笼之间的毛玻璃门。她背对着我坐在办公桌前，也正在关电脑。但她似乎觉察到了什么。我的说话声停了，但我没挂断电话。她扭头看我，然后起身，打开玻璃门，探出脑袋。

“需要我吗？”她问。

“嗯。你的羽毛球会不会凑巧打得特别烂？”

8

这是星期天的晚上，明天我、艾德、劳拉和佛罗伦丝就要打约好的混双比赛了。普鲁和我在享受我从塔林回来后最愉快的一个周末。我能永久性地守在家里，对于我俩来说这都是个全新的现实，我们都明白它需要小心处理。普鲁爱她的花园。修剪草坪和搬运重物的活儿是我的，然而另一方面，下班回家我从她手里接过一杯金汤力，那才是我最开心的时刻。她的律师事务所想要参与一场针对大型药企的集体诉讼，协议谈得很顺利，我和她对此都很高兴。得知她要把我们的星期天上午让给和她富有奉献精神的法律团队共进“工作早午餐”，我自然就没那么高兴了，因为就我听到的一丁点商谈内容而言，他们更像无政府主义阴谋家，而不是经验老到的律师。我把这话说给普鲁听，她笑得前仰后合，说：“但是，亲爱的，那不就是我们吗！”

下午，我们去看电影，我忘了具体是什么电影，但我们都挺喜欢。回到家里，普鲁宣布我们应该一起做芝士舒芙蕾，按照斯黛的说法，这相当于老一代跳舞的美食版本，不过我和普鲁都挺喜欢。于是我去磨芝士，她打鸡蛋，我们把菲舍尔-迪斯考[①]的音量开到最大，因此无论是她还是我都没听见我的情报局手机在哔哔叫，直到普鲁从搅拌器上松开大拇指。

“是多姆。”我对她说，她板起脸来。

我走进客厅，关上门，因为我和普鲁早有共识：假如是情报局的那些烂事，普鲁就宁可什么都不知道。

“纳特。请原谅我不知好歹地打扰你过星期天。”

我原谅了他，不过也许有点生硬。听见他亲切的口吻，我以为他要说财政部给“玫瑰花蕾”开了绿灯，尽管这种消息等到星期一再说也没什么不行的。然而事与愿违：

“不，严格地说还没有，纳特，我很抱歉。随时都有可能，毫无疑问。”

严格地说还没有？这是什么意思？难道你会说严格地说还没有怀孕？然而他打电话并不是为了这个。

“纳特”——听见他最近养成习惯的句首“纳特”，我立刻警觉起来——“我能不能麻烦你帮我一个巨大的小忙？明天你会不会凑巧有空？我知道星期一总是很麻烦，但能不能为我破个例？”

“做什么？”

“替我跑一趟诺斯伍德。跨国机构的总部。你去过那儿吗？”

“没。”

“唔，这就是你一生一次的好机会了。我们的德国伙伴就莫斯科的混合战计划搞到了一个烫手的新活动情报源。他们想召集一批北约专家听听情况。我认为这事刚好符合你的领域。”

“你要我发言还是怎么？”

---

① 著名的德国男中音歌唱家。

“不，不，不。千万别。风向完全不对。那是个严格的泛欧洲行动，因此没人会认真听取英国人的意见。好消息是我为你申请了一辆车。最高级的，配司机。他会送你去那儿，一直等到散会，然后送你回巴特西家里。”

“多姆，这是俄罗斯部的事情，”我气恼地反对道，“不是伦敦总站的。老天在上，更不是‘避难所’的。你这是在凑人头吗？”

“纳特。盖伊·布拉梅尔看过材料，亲自向我保证过，俄罗斯部不认为会议中有他们能扮演的角色。因此你代表的将不只是伦敦总站，还包括俄罗斯部。我认为你会喜欢的。这是双份的荣誉。”

这根本不是什么荣誉，而是该死的跑腿活儿。然而无论喜不喜欢，多姆都有权命令我，光是这个理由就足够了。

“好吧，多姆。不过别费神派车了。我自己开车去。诺斯伍德那儿应该提供停车位吧？”

“你胡说什么，纳特！你听我的。这是有等级的全欧洲大会。情报局必须亮出旗号。我非常严肃地向车管处说明了这一点。”

我回到厨房里。普鲁拿着酒杯坐在餐台前读《卫报》，等我们的舒芙蕾发起来。

星期一傍晚终于到了，我和艾德的羽毛球之夜；今天是为他妹妹举办的慈善双打比赛，我不得不承认，我对此颇为期待。我在诺斯伍德的一个地下要塞里被痛苦地关了一天，在一个接一个的德语统计报告会上假装听讲。会间像仆人似的站在冷餐台前，向形形色色的欧洲情报专家为脱欧道歉。我到场时上交了手机，直到坐上配有司机的豪华轿车顶着小雨回家时才找到机会打给薇薇（多姆本人“无法接听”，这是最近的新趋势)，得知财政部附属委员会对“玫瑰花蕾”的裁决是“暂时搁置”。换了平时，我不会过度紧张，但多姆的“严格来说还没有”在脑海里挥之不去。

雨中碰到下班高峰，巴特西桥堵车了。我请司机直接送我去竞技场俱乐部。停车时我刚好看见佛罗伦丝穿着塑料雨衣走上台阶，消失在门廊里。

接下来的事情，我必须做个仔细的记录。

*

我跳下情报局的豪车，正想喊住佛罗伦丝，忽然想到急急忙忙定下双打比赛的时候，我们忘记了串供。我们是谁，我们是怎么认识的，艾德打电话来时我们为什么在同一个房间里？这些问题都需要解决，因此我们必须抓紧时间商量一下。

艾德和劳拉在大堂等我们，艾德身穿古老的油布雨衣，头戴我猜来自他海员父亲的针织帽。劳拉躲在他背后，揪着他的裤腿，不肯走到前面来。她个子很小，身材健壮，满头棕色鬈发，身穿蓝色的村姑裙，笑起来富有感染力。我还在思考该怎么和她打招呼呢——是该站得远远地欢快挥手，还是绕过艾德和她握手——却看见佛罗伦丝蹦蹦跳跳地跑向她，喊着：“哇，劳拉，多可爱的裙子！新买的吗？”劳拉粲然一笑，说“是艾德买的。在德国”——嗓音低沉而沙哑，崇拜地仰望她的兄长。

“全世界只有在德国才能买到。”佛罗伦丝大声说，抓住劳拉的手，领着她走向女更衣室，扭头说了句“等会儿见”，撇下艾德和我瞪着她的背影。

“你到底是在哪儿找到她的？”艾德嘟囔道，企图掩盖显而易见的强烈兴趣，我别无选择，只好抛出我临时拼凑出、尚未和佛罗伦丝串供的半个幌子。

“我只知道她是某个人位高权重的助理。”我语焉不详地说，赶在他抛出更多疑问前转身走向男更衣室。

来到更衣室，我松了一口气，因为他选择了抨击特朗普撕毁奥巴马与伊朗签订的核协议。

“美国佬就此正式宣布了自己说话就像放屁。”他大声说，“同意吗？”

“同意。”我答道——求你继续说下去吧，直到我找到机会把佛罗伦丝拉到一旁；我下定决心要尽快完成这个任务，因为艾德有可能会认为我不是一个半失业生意人的念头开始让我坐立不安了。

“至于他刚刚在渥太华做的事情”——他穿上五分裤的时候还在说特朗普——“知道吗？”

“知道什么？”

“他让俄罗斯在伊朗问题上长了脸，真是有史以来他妈的第一遭。”他带着狰狞的快意说。

“荒谬绝伦。”我赞同道，心想佛罗伦丝和我越快上赛场越好——也许她听说了“玫瑰花蕾”的什么我还不知道的消息，我也要问问她这个。

“而我们英国佬一门心思只想和美国自由贸易，因此我们会说是的唐纳德，不唐纳德，请让我亲亲您的屁股唐纳德，一路奔向末日战场”——他抬起头，目不转睛地盯着我。“你说是不是，纳特？你说说看。”

于是我第二次（还是第三次）赞成他，但你要知道，他通常总要捧着啤酒在老地方坐下才开始抨击这个世界。他还没说够，今天倒是刚好合我的意：

“那家伙的心里只有仇恨。他恨欧洲，他自己说的。他恨伊朗，恨加拿大，恨一切协议。他到底爱谁？”

“高尔夫？”我问。

三号球场通风良好，有点破旧。它位于俱乐部的后侧，是个独立的棚屋，因此没有观众，没有路人，我猜这就是艾德订它的原因。今天这场是为了哄劳拉开心，他不希望被人盯着看。我们无所事事地等姑娘们来。艾德也有可能会在这儿提出那个棘手的问题：佛罗伦丝和我是怎么认识的？于是我鼓励他继续说伊朗。

女更衣室的门只能从内部打开。劳拉迈着不平衡的步伐走进连接甬道，身穿全套行头：崭新的短裤、一尘不染的方格运动鞋和切·格瓦拉T恤，职业级的球拍还没拆掉包装。

佛罗伦丝紧随其后，她穿的不是职业休闲服，不是提案会上的裤装，也不是被雨水打湿的皮衣，而只是个无拘无束、自信而苗条的年轻女人，穿着短裙，白生生的大腿直晃眼睛，艾德的青春记忆像是活了过来。我偷看他一眼。他似乎不为所动，甚至露出了最不感兴趣的表情。我本人的反应是那种荒谬的愤慨：佛罗伦丝，你不该穿成这样的。我立刻控制住自己，变回一个负责任的驻家丈夫和父亲。

我们按照唯一有可能的方式分组。劳拉和艾德对佛罗伦丝和我。因此场上的站位是这样的：劳拉站在前场，鼻子贴在球网上，拦击飞向她的每一个球，艾德在后场抢救她没接住的所有球。这意味着在每个回合之间佛罗伦丝和我都有充足的机会可以说几句悄悄话。

“你是某人位高权重的助理，”她去后场捡球的时候，我对她说，“我对你只知道这么多。我是你老板的朋友。剩下的你随便编。”

没有回应，我也没在等她回应。好姑娘。艾德在修理劳拉的运动鞋上松脱的什么东西，反正她说松了，因为艾德的关注对她来说就是一切。

“我们是在我一个朋友的办公室里遇见的，”我继续道，“你坐在你的电脑前，我走进去。除此之外咱们对彼此就什么都不知道了。”我压低声音，像是又想到了什么：“今天我去诺斯伍德了，你有‘玫瑰花蕾’的什么消息吗？”

从头到尾我连半个字的回应都没等到。

我们三个人打得热火朝天，扔下劳拉守在网前。佛罗伦丝是天生的运动健将：时间掌握得极好，反应无比迅速，敏捷得像只瞪羚，优雅得令人嫉妒。艾德和平时一样跳跃扑击，但在回合之间一直垂着眼睛。我猜他存心假装对佛罗伦丝不感兴趣是为了劳拉：他不希望惹妹妹生气。

我们三个人又打了一个回合，劳拉抱怨说我们不理她，一点也不好玩了。我们停下来，艾德跪在地上安慰她。佛罗伦丝和我抓住这个好机会，漫不经心地面对面站在一旁，双手扶腰，圆我们的故事。

“我的朋友、你的老板是个日用品贸易商，你是个高级职业人士，临时为他工作。”

她没有理会我的故事，而是决定去关注劳拉的烦恼和尝试哄她开心的艾德。她喊了一声：“哎，你们俩，给我立刻分开！”蹦蹦跳跳跑到网前，宣布我们要立刻重新分组，现在是男人对女人的生死之战，三局两胜，她先发球。她走向对面场地，我拍了拍她赤裸的手臂。

“记住我说的了吧？你听见了。对吧？”

她蓦地转身，瞪着我。

“我没兴趣再他妈撒谎了，”她扯着嗓子吼道，眼睛冒火，“不管是对他还是对其他任何人。听懂了吗？”

我听懂了，但艾德呢？所幸他没流露出听懂了的任何迹象。她大踏步走到球网的另一侧，从艾德的手里夺过劳拉的手，命令他去和我做伴。我们打了我们的史诗级比赛，天选之男对天选之女，佛罗伦丝像杀人似的拦击飞向她的每一个球。在男性的巨大帮助下，女性宣告了对我们的优势地位，她们高举球拍，在凯旋中走向更衣室，而艾德和我也走向我们的更衣室。

是因为她的感情生活吗？我问自己。我看见但没多问的孤独眼泪？还是情报局心理医生喜欢称之为“驼峰综合征”的那种问题？不允许你谈论的事情忽然间压垮了允许你谈论的事情，你在压力下暂时崩溃？

我从储物柜里取出情报局手机，到走廊里打给佛罗伦丝，电子合成的声音说对方暂时无法接通。我又试了几次，依然一无所获。我回到更衣室里。艾德已经洗完澡了，坐在板条长凳上，毛巾搭在脖子上。

“我在想啊，”他怯生生地沉思道，没觉察到我出去又回来了，“呃，你知道的。当然了，主要看你有没有兴趣。也许咱们可以找个地方吃顿饭。不在这儿的酒吧。劳拉不喜欢。外面找个地方。咱们四个人。我请客。”

“你是说现在？”

“对。看你有没有兴趣了。不行吗？”

“和佛罗伦丝？”

“我说了。咱们四个人。”

“你怎么知道她有时间？”

“她有。我问过了。她说好的。”

快点想，然后：好的，我有兴趣。等我找到机会——最好在吃饭前而不是吃饭后——我要搞清楚她到底是着了什么魔。

“这条路往前有一家叫金月的，”我建议道，“中国菜。他们开到很晚。不妨试一试。”

话音未落，我的情报局加密手机就叫了起来。佛罗伦丝终于打回来了，我心想。谢天谢地。上一分钟她再也不在乎情报局的规矩了，下一分钟我们就要四个人共进晚餐了。

我嘟囔着说普鲁找我有事，然后退回走廊里。但打来的不是普鲁也不是佛罗伦丝，而是伊利亚，“避难所”今晚的值班人员，我猜他是要告诉我那个迟到的消息，附属委员会对“玫瑰花蕾”亮了黄灯，真是他妈的好时候。

但伊利亚打来并不是为了这个。

“加急情况，纳特。你的农场朋友。找彼得。”

“农场朋友”指的是“干草叉”，约克大学的一名俄罗斯研究生，我从吉尔斯那儿继承来的情报员。彼得指的就是纳特。

“什么事？”我问。

“你应该尽快去找他一趟。你本人，不能是其他人。另外，十万火急。”

“他的原话？”

“你要的话，我可以转发给你。”

我回到更衣室里。按照斯黛的说法，用脚后跟也想得出该怎么办。有时候我们是混球，有时候我们是撒玛利亚人，有时候我们会办错事。但我的导师布林 · 乔丹喜欢说：在一名情报员需要你的时候辜负他，那你就会永远失去他。艾德依然坐在板条长凳上，脑袋向前耷拉着。他膝盖分开，眼睛盯着两腿之间，我在手机上查铁路时刻表。去约克的末班列车将在 58 分钟后从国王十字站发车。

“只能说声爱你但对不起了，艾德，非常抱歉，”我说，“今晚我吃不上中国菜了。生意上出了点麻烦事，非得去处理一下不可。”

“辛苦了。”艾德说，但没有抬起头。

我走向房门。

“哎，纳特。”

“怎么？”

“谢谢，明白吗？你是好人，真的。还有佛罗伦丝。我对她说了。劳拉今天过得很开心。只可惜你没法一起去吃饭。”

“我也是。好好享用北京烤鸭吧。裹着薄饼和酱汁吃。你到底是怎么了？”

艾德像在演戏似的摊开双手，脑袋转了一圈，像是异常绝望。

“想知道我的结论吗？”

“只要你能两句话说完。”

“要么欧洲完蛋，要么哪个有卵蛋的去灭了特朗普。”

“这个人是谁呢？”我问他。

他没回答。他又陷入了自己的思绪，而我已经出发赶往约克。

9

我在做正确的事情。我在响应全世界每个间谍操控者到死都会听见的呼号。曲调或有不同，歌词或有区别，但到头来唱的都是同一首歌：我无法忍受自己了，彼得，压力要杀死我了，彼得，我再也不能承受叛国的负担了，我的情妇离开了我，我的妻子背着我偷情，我的邻居怀疑我，我的狗被车轧死了，而我最信任的操控者，全世界只有你能说服我不割腕自杀。

我们这些间谍操控者，为什么总是心急火燎地跑来跑去？因为我们欠他们的。

然而这位出奇地沉寂的情报员“干草叉”，我却不觉得我对他有什么亏欠，而我登上前往约克的晚点列车，和满满一车厢去伦敦远足后回家的尖叫孩童坐在一起时，他也不是我最大的担忧。我在思考佛罗伦丝为什么拒绝和我一起编故事，在我们的秘密生活之中，这是和刷牙一样自然而然的行为。我在思考“玫瑰花蕾”行动的绿灯为什么迟迟不肯点亮。我在思考我打给普鲁说今晚我没法回家，询问她有没有斯黛的消息时她的回答：

“只知道她搬家了，克里夫顿，时髦的新公寓，但没说和谁一起住。”

“克里夫顿。租金要多少?”

“很抱歉，轮不到咱们问她。就一封电子邮件。单向联系”——难得地无法掩饰声音里的一丝绝望。

等普鲁哀伤的声音不再在我耳畔震响之后，佛罗伦丝的声音又找上了我：我没兴趣再他妈撒谎了。不管是对他还是对其他任何人。听懂了吗？反过来我不得不重新面对一个疑问，自从多姆殷勤地打电话提出派车送我去开会后，这个疑问就一直折磨着我，因为多姆做事必然有个什么理由，无论他的理由有多么扭曲。我试了几次佛罗伦丝的情报局手机，回应我的永远是那个电子合成的声音。我的思绪依然留在多姆身上：今天你为什么要调开我？你会不会就是佛罗伦丝决定不再为国撒谎的原因？这个决定不可谓不重大，因为你毕竟选择了为国撒谎为你的职业。

因此，车到彼得伯勒，我这才在一份免费派发的《旗帜晚报》的掩护下，在手机上输入一大串数字，申请调阅情报员“干草叉”那无法令人满意的档案。

*

他真名叫谢尔盖·鲍里索维奇·库兹涅佐夫，以下请允许我违反我这一行所有的既定规则，就直接叫他谢尔盖了。他在圣彼得堡出生，是契卡人的儿子和孙子，祖父是内务人民委员部一位备受尊重的将军，去世后葬在克里姆林宫的院墙内，他父亲是克格勃的一名上校，死于在车臣受的多处创伤。到此为止都挺好。然而谢尔盖是不是这个神圣血脉的真正继承人呢？谁也无法确定。

已知的事实倾向于他是。然而这样的事实为数众多，你甚至会说太多了。十六岁，他被送往彼尔姆附近的一所特殊学校，除了体能课程，这里还教授“政治策略”——犯罪与谍报工作的委婉说法。

十九岁，他进入莫斯科国立大学。他以优异成绩毕业，取得了物理学和英语文学的学位，获选进入一所培训沉睡间谍的特殊学校。根据他的证词，从两年课程的第一天起，他就下决心要投诚他被分配前往的任何一个西方国家，这解释了为什么他晚上十点在爱丁堡机场刚一落地，就彬彬有礼地请求和一位“英国情报机构的高级别官员”谈一谈。

如此行为的表面理由好得无懈可击。他声称他从很小就开始暗中崇拜几位物理学巨擘和人道主义者：安德烈·萨哈罗夫、尼尔斯·玻尔、理查德·费曼和我们英国的斯蒂芬·霍金。他一向梦想为自由、为科学、为人道主义奉献一切。这么一来，他怎么可能不憎恨横行霸道、独断专行的弗拉基米尔·普金及其恶劣行径呢？

谢尔盖还自称是一名同性恋。仅凭这个事实，若是被同学或导师知道，他就会被立刻踢出校门。但根据谢尔盖所述，如此惨剧并没有发生。他想方设法维持异性恋的伪装，与女同学打情骂俏，甚至睡了其中的两个——按照他本人的说法，纯粹是为了掩饰真相。

作为对以上这些供述的证明，你就看一眼瞠目结舌的审问官面前从天而降的宝箱吧：两个手提箱和一个背包，里面有一整套正牌间谍的工具——用于秘密书写的墨水，使用几乎最新发明的化合物；在丹麦的虚构女友，信件的接受者，秘密信息用隐形墨水写在文字行间；伪装成钥匙扣的超微型摄像机；三千镑安置费，全都是十块和二十块的零钞，藏在一个手提箱的底部；一沓一次性密码本[1]；还有最后的甜点：巴黎的一个电话号码，仅供紧急时拨打。

一切都对得上，包括他对他的无名教官和训练伙伴的描述、他学习的行业窍门、他接受的训练课程、他身为忠于俄罗斯的沉睡间谍的神圣使命——他像念咒似的复述：认真学习，赢得科研同事的尊重，赞同他们的价值观和世界观，为他们的学术刊物撰写论文。遇到紧急情况，无论如何都不要尝试联系俄罗斯驻伦敦大使馆日薄西山的驻守情报站，因为他们没人听说过你，再说驻守情报站也不为沉睡间谍服务，他们是自我封闭的精英分子，不折不扣地从出生就开始培养，由莫斯科中央局一个严格保密的团队直接操控。你只能随波逐流，每个月联系我们一次，每晚在梦中与祖国母亲相见。

唯一的可疑之处——在审问官看来，已经超过了可疑——是这些东西里没有一丁点新的或值得注意的情报。先前的变节者早已抖搂出了他揭出的每一粒金沙：人员、教学手段、谍报技术，甚至间谍使用的小玩意儿，总局一楼有个著名的访客套间，那儿的暗黑博物馆就陈列了其中两样的复制品。

*

尽管审问官的态度有所保留，但在最近缺席的布林·乔丹的指示下，俄罗斯部给了“干草叉”变节者的全面待遇，请他吃大餐，看足球赛，每月与他共同编写报告寄给他在丹麦的虚构女友讲述科研同事的所作所为，窃听他的房间，破解他的通讯工具，间歇性地秘密监视

① 古典密码学中的一种加密算法，以随机密钥组成明文，每一本只使用一次。

他。以及等待。

但为了什么呢？费用高昂的六个月、八个月、十二个月过去了，莫斯科中央局的操控者没有闪出一丝生命的火花：没收到一封信（无论有没有秘密信息），没有一份电子邮件或一通电话，也没有在预定的电台节目里在预定时间上说出一个魔词。他们放弃他了？他们在磨炼他？他们发现他是个潜在的同性恋，做出了他们的决定？

一无所获的一个月接着一个月，俄罗斯部的耐心逐渐耗尽，最后把“干草叉”转给了“避难所”，等待“维持性与非主动性开发”——按照吉尔斯的说法：“就是戴上厚厚的橡胶手套，隔着一把长长的石棉钳子处理他，因为但凡我还闻到过一个三重间谍，那这小子就全是那股味儿了。”

也许他确实有那股味儿，但那已经是昨天的事情了。假如经验给了我什么提示，那就是今天的谢尔盖·鲍里索维奇仅仅是俄罗斯正反无常的游戏圈子里的又一颗倒霉棋子，他有过光辉时刻，用完后被无情地抛弃了。此刻他觉得他必须按下求救按钮了。

*

闹哄哄的孩子们去了餐车。我一个人坐在角落座位里，拨打我们给谢尔盖的手机，听见了一个拘谨而欠缺感情的声音——我记得这个声音，吉尔斯在二月份把他移交给我的时候我听见过。我说我来回你的电话。他说谢谢。我问他怎么样。他说彼得，我很好。我说我要到十一点半以后才能到约克，他想今晚见面还是愿意等到明天？他说我很累，彼得，所以明天比较好，谢谢。这就是所谓的“十万火急”。我说咱们还是按照“既往安排”来，问：“你觉得能接受吗？”因为还在活动的间谍，无论多么可疑，在谍报工作中都拥有最终决定权。谢谢，彼得，他能接受既往安排。

我在散发着怪味的旅馆房间再次拨打佛罗伦丝的情报局手机。时间已经过了午夜。依然是电子合成的声音回答我。我没有她的其他号码，于是打到“避难所”找伊利亚。他有没有收到“玫瑰花蕾”的新消息?

“抱歉，纳特，屁也没听说。”

“喂，没必要说得这么没礼貌吧。”我朝他吼道，气冲冲地挂断电话。

我本来想问他会不会凑巧有佛罗伦丝的消息，或者知不知道她的情报局手机为什么一直关机，但伊利亚年轻又轻浮，我不希望惊扰“避难所”的整个大家庭。在职人员有义务提供一个能在上班时间之外联系到的固定电话号码，以防手机失去信号。佛罗伦丝登记的最后一个固话号码位于汉普斯特德，我记得那是她也喜欢跑步的地方。似乎没人注意到汉普斯特德不符合她声称与父母住在皮姆利科的说法，然而正如佛罗伦丝告诉我的，毕竟还有 24 路公共汽车嘛。

我拨打汉普斯特德的那个号码，答录机接听电话，我说我是客户安全部的彼得，我们有理由相信她的账户已被侵入，因此为了保障她本人的权益，请尽快拨打我这个号码。我喝了好几口威士忌，勉强睡了一觉。

*

我强迫谢尔盖接受的“既定流程”始于我们还视他为有着良好开发前景的活动双重间谍的时期。接头地点是约克赛马场的前院。他应该坐公共汽车去，手持前一天的《约克郡邮报》，他的管理官开一辆情报局公车等在路边。谢尔盖应该在人群中逗留足够长的时间，等待珀西·普莱斯的监控团队确定敌方有没有监视这次会面——这个可能性不像听起来那么虚无缥缈。一旦本方团队打出安全信号，谢尔盖就应该去公共汽车站查看时刻表。报纸拿在左手上意思是放弃。右手意思是按原计划进行。

然而在吉尔斯的策划之下，移交仪式的流程相对而言就没那么既定了。他坚持我们去谢尔盖在大学校园内的住处完成交接，而他左手几个鲑鱼三明治，右手一瓶伏特加。至于我们该为自己披上何等经不起推敲的假身份？吉尔斯是来自牛津的访问学者，跑这一趟是为了猎头，而我是他的努比亚奴隶。

好吧，这次我们继续使用既定流程，只是没了鲑鱼三明治。我租了一辆破旧的沃克斯豪尔，这是租车行这会儿能找给我的最好的车辆了。我开着车，一只眼睛盯着后视镜，尽管不知道自己想找什么，但还是看得目不转睛。天空灰蒙蒙的，细雨纷纷扬扬，预报说还有雨要下。通往赛马场的路又平又直。或许罗马人也在这儿跑过马。白色的栏杆在我左侧掠过。插着彩旗的大门出现在我前方。我以步行速度缓缓挤过购物者和连雨天也要来寻欢作乐的人群。

没错，谢尔盖就在公共汽车站上，在一群等车的乘客中间，正在看黄色的时刻表。他右手拿着《约克郡邮报》，左手拎着个乐谱包——剧本里可没这东西——一把收起来的雨伞从包顶上冒出头来。我开过车站，在几码外停车，摇下车窗，喊道："哎，杰克！记得我吗？彼得！"

刚开始他假装没听见。这是教科书级的操作，在沉睡者学校里待了两年，他肯定很熟悉。他困惑地转动脑袋，终于发现了我，露出惊讶和喜悦的表情。

“彼得！我的好朋友！是你啊。真是不敢相信我的眼睛。”

好了，够了，快上车吧。他钻进车里。我们虚抱一下，做给观众看。他穿崭新的巴宝莉雨衣，浅黄褐色。他脱掉雨衣叠好，虔诚地放在后座上，但乐谱包一直夹在两膝之间。我们驱车离开时，车站上的一个男人朝他身边的女人做了个下流的表情。你瞅瞅我刚看见了什么？中年基佬在大庭广众之下捡了个好看的应召男郎。

我留意背后，看有没有车辆启动跟上我们，轿车、厢式货车或摩托车。我没看见值得注意的车辆。根据既定流程，谢尔盖不会被提前告知车会带他去哪儿，因此现在我也没有告诉他。他比我记忆中交接时瘦了也憔悴了。他有一头乱糟糟的黑发，一双忧郁的性感眼睛。他修长的手指在仪表盘上敲打节拍。在他的大学宿舍里，它们在他的椅子扶手上也敲打过同样的节拍。他身穿崭新的哈里斯花呢运动上衣，只是对他的肩膀来说太宽松了。

“乐谱包里是什么？”我问他。

“文件，彼得。给你的。”

“就是文件？”

“别这样。是非常重要的文件。”

“很高兴听见你这么说。”

我不说废话，他不为所动。也许他有所准备。也许他早有准备。也许他看不起我，就像我怀疑他看不起吉尔斯一样。

“除了乐谱包里的文件，你身上、你衣服里或其他地方还有什么东西是我应该知道的吗？没有摄影录音之类的设备吧？”

“省省吧，彼得，没有。我有非常好的好消息。你一定会高兴的。”

抵达目的地之前，说这么多就足够了。柴油发动机轰隆隆响，破旧的车身叮叮哐哐，我害怕他说出来的话我会听不清，情报局智能手机会无法录制并传回“避难所”。我们用英语交谈，在我决定应该换用其他语言前，我们会一直用英语交谈。吉尔斯的俄语糟糕得不值一提。我不认为有必要让谢尔盖知道我不一样。我选择了城外二十英里的一处小山顶，这儿据说能一览四周优美的荒野风光，然而等我停下沃克斯豪尔，熄灭引擎后，我们能看见的只有脚下的灰色云雾和打在挡风玻璃上的豆大雨点。根据谍报工作的法则，我们现在应该先确定几点：要是有人来打扰，我们是什么人；我们下次在什么地方再次碰头；他有没有火烧眉毛的急事？然而他拿起乐谱包放在大腿上，已经打开了带扣，取出一个 A4 纸尺寸的棕色气泡信封，信封没有封口。

“彼得，莫斯科中央局终于联系我了。过了整整一年啊，”他大声宣布，语气介于书生气的鄙弃和按捺不住的兴奋之间，“看样子非常重要。哥本哈根的安妮特用英语写给我一封优美而色情的长信，底下是我在莫斯科中央局的操控者用隐形墨水写给我的密信，我帮你翻译成了英语”——说着他特地举起信封亮给我看。

“谢尔盖，你等一等。”我接过气泡信封，但没往里看，“让我整理一下。你收到你在丹麦的女朋友写给你的情书。然后你调制了显形化学药剂，抄录密信的文字，解码，还把内容翻译成英语——为了让我看懂。全都是你一个人。单枪匹马。没错吧？”

“完全正确，彼得。咱们共同的耐心得到了奖赏。”

“你什么时候收到这封丹麦来信的？”

“星期五。中午。我都不敢相信我的眼睛了。”

“今天是星期二。你一直等到昨天下午才联系我们办公室。”

“整个周末我做事的时候脑子里只有你。我白天黑夜忙个不停，一边显影一边同时在脑海里翻译，我太高兴了，真希望咱们的好朋友诺曼能在这儿庆祝我们的成功。”

诺曼就是吉尔斯。

“因此莫斯科操控者寄给你的信从星期五就在你手上了。在这段时间里你拿给其他人看过吗？”

“没有，彼得。我没有。你先看信再说。”

我没有理会他的请求。他是不是丧失了一切畏惧心？有了学生身份，他就高于乌七八糟的普通间谍了吗？

“在你显影、解码和翻译的时候，你难道就没想到过吗？你接到的命令是一旦俄罗斯操控者用信件或其他方式联系你，你就必须立刻报告你的上级——”

“当然了。我就是这么做的，所以我刚解码完——”

“——然后你、我们或其他人才能采取下一步行动？因此一年前你抵达爱丁堡后你的审问官才会立刻没收你的显影剂？这样你就不能自己显影了？”

我等了好一会儿，让我并非完全出于伪装的怒火逐渐平息，但除了一声勉强克制的叹息，感慨我竟如此不知好歹，我没有得到任何回应：

“显影剂是从哪儿来的？你跑进离你最近的药店，念出一系列组分，任何一个有耳朵的人听见了都会心想：啊哈了不起，他要显影一封密信耶？校园里好像就有一家药店。对不对？”

我们肩并肩坐着，聆听雨声。

“别这样，彼得。我又不傻。我坐公共汽车去了城里。我在好几个不同的药店里买全了所有东西。我付现金，不和其他人交谈，我做得很隐秘。”

还是熟悉的镇定自若。还是天生高人一等的语气。对，这个人确实有可能是位高权重的契卡人的儿子和孙子。

直到说完这些，我才打开信封往里看。

首先，两封长信，原始信件和密信。他复印或拍摄下了显影过程的各个阶段，打印出来就摆在那儿等我验看，标着数字按顺序放得整整齐齐。

其次，印着丹麦邮戳的信封，正面写着他的姓名和校园内的地址，看字迹像是出自一个欧陆年轻女性之手，背面写着发信人的姓名和地址：安妮特·彼德森，住哥本哈根城郊一幢公寓楼底层的五号房间。

再次，英语的表面文字，密密麻麻地写满了六面纸，还是信封上那个年轻女性的字迹，用幼稚的口吻赞美他的性能力，声称光是想到他，就足以让写信者高潮了。

接下来，显影得到的密文，四个字母一组一栏一栏分开。然后是经过一次性密码本解码后的俄语文本。

最后，他从俄语明文翻译而来的英语文本，供我这个不懂俄语的人阅读。我对着俄语版皱皱眉头，假装看不懂，放在一旁，拿起他的英语译本，读了两三遍，谢尔盖露出满意的表情，把双手平放在仪表板上，释放紧张的情绪。

“莫斯科说暑假一开始你就去伦敦找地方住下，”我漫不经心地评论道，“你认为他们为什么要你这么做？”

“她说。”他用沙哑的声音纠正我。

“谁说？”

“安妮特。”

“所以你的意思是安妮特是个活生生的女人，而不是中央局的某个男人假装成女人？”

“我认识这个女人。”

“这个活生生的女人？安妮特？你说你认识她？”

“正确，彼得。就是那个为了隐秘活动而自称安妮特的女人。”

“我能问一声吗，你是如何做出这个令人惊叹的发现的？”

他克制住叹气的冲动，暗示他即将走进我没有能力跟上他的领域。

“在沉睡者学校，这个女人每周给我们上一小时课，但只用英语。她帮助我们做好在英国进行隐秘活动的准备。她向我们讲述了许多很有意思的案例，给我们建议，鼓励我们从事秘密工作。”

“然后你要告诉我她就叫安妮特？”

“与所有教官和学生一样，她只有一个工作化名。”

“叫什么？”

“安娜斯塔西娅。”

“所以不是安妮特？”

“这不重要。”

我咬紧牙关，没有说话。过了一会儿，他用居高临下的语气继续说。

“安娜斯塔西娅智慧出众，能够和我深入探讨物理学。我向你们的审问官详细描述过她。你似乎对这方面的资料一无所知。”

没错。他描述过安娜斯塔西娅。只是用词并非如此精确或生动，也绝口不提她未来将自称安妮特与他鸿雁往来。在审问官的概念中，她仅仅是莫斯科中央局的一个普通小干部，隔三差五去沉睡者学校刷一波存在感。

“你认为正是在沉睡者学校自称安娜斯塔西娅的那个女人写了这封信给你？”

“我深信不疑。”

“只写了密信，还是也写了表面信件？”

“都是她。安娜斯塔西娅变成了安妮特。这是给我的识别信号。莫斯科中央局的睿智导师安娜斯塔西娅变成了我热情洋溢的哥本哈根情人，只可惜那情人根本不存在。另外，我很熟悉她的笔迹。安娜斯塔西娅在沉睡者学校给我们上课时，教我们如何用欧陆风格写字，不表现出西里尔字母的影响。她教我们的一切都为了一个目标：融入我们的西方敌人——‘假以时日，你们会成为他们。你们会像他们一样思考，像他们一样说话。你们会像他们一样看世界，会像他们一样写字。只有在最秘密的心灵深处，你们依然是我们当中的一员。’她和我一样，也是老契卡家庭的后代。他父亲是，祖父也是。她对此非常自豪。她给我们上完最后一课，把我拉到旁边，对我说：你永远不会知道我的真名，但你和我流着相同的血液，我们是纯血人，我们是老契卡，我们是俄罗斯，我以我的灵魂祝福你旗开得胜。她拥抱我。”

是不是就在这时，从我执行外勤任务的过往传来了隐约的回声，在我记忆的耳朵中悄然回荡？很可能是的，因为我的第一反应是岔开话题：

“你用什么打字机？”

“只手写，彼得。我不用电子玩意儿。我们得到的教导就是这样。电子设备太危险。安娜斯塔西娅，安妮特，她也不用电子设备。她拥护传统，希望她的学生也能拥护传统。”

我使出久经考验的自控技能，假装视而不见谢尔盖对这个自称安妮特（或安娜斯塔西娅）的女人的痴迷，继续阅读他解码并翻译好的密信。

“你要租一个房间或一套公寓在七月和八月居住，地点在北伦敦范围内选定的三个区域中的一个，对吧？你的操控者——你所说的你以前的女教官——接下来为你列出了这三个区域。你觉得这些指令有什么含义吗？”

“她就是这么教我们的。为了准备一场秘密会议，你必须先定好可替换的几个地点。只有这样，我们才能保障后勤变动，确定安全与否。这也是她的外勤座右铭。”

“你去过北伦敦的这几个区域吗？”

“不，彼得，没有。”

“你上次去伦敦是什么时候？”

“五月的一个周末。”

“和谁？”

“不重要，彼得。”

“不，很重要。”

“一个朋友。”

“男女？”

“不重要。”

“所以是男的。这个朋友有名字吗？”

不回答。我继续读信：

“七月和八月在伦敦期间，你将使用马库斯·施韦泽这个名字，他是一名讲德语的瑞士自由记者，为此我们将提供额外的证明文件。你认识叫马库斯·施韦泽的人吗？”

“彼得，我不认识这么一个人。”

“你以前用过化名吗？”

“没有，彼得。”

“也没听过？”

“没有，彼得。”

“你带去伦敦的朋友不会就叫马库斯·施韦泽吧？”

“当然不，彼得。另外不是我带他去，而是他陪我去的。”

“但你会说德语。”

“凑合够用。”

“审问官说的可不是凑合够用。他们说你的德语很流利。我很有兴趣知道，你对莫斯科的指示有什么见解吗？”

我又和他失去了联系。他陷入和艾德一样的沉思，愣愣地盯着风雨中的挡风玻璃。他忽然有个声明要宣布：

“彼得，我恐怕没法冒充这个瑞士人了。我不能去伦敦。会刺激我的心灵。我辞职。”

“我在问你呢，莫斯科为什么要你扮演这个会说德语的独立记者马库斯·施韦泽，去伦敦东北部三个选定区域中的一个度两个月暑假？”我逼问道，对他的爆发置之不理。

“为了方便杀死我呗。任何一个人，只要熟悉莫斯科中央局的一贯作风，都能很容易就推理出这个结论。当然，未必包括你。向中央局提供一个伦敦的地址，就等于手把手教他们去哪儿和怎么处理掉我。对于疑似变节的情报员，这是标准做法。莫斯科会乐于为我选择一种最痛苦的死法。不，我不能去。”

“似乎有点太复杂了吧，你说呢？”我不为所动，“把你弄到伦敦去，只是为了杀你。为什么不带你去个荒郊野外，就像这儿，挖个洞，给你一枪，埋了你？然后告诉你在约克的朋友，就说你已经安全回到莫斯科的家里，任务完成？你为什么不回答我？你改变心意是不是和你不肯告诉我的那个朋友有什么关系？就是你带去伦敦的那个？我怎么觉得我认识他呢？有这个可能性吗？”

我在凭直觉做思路跳跃。我把二和二加在一起，得到了五。我想起我和吉尔斯在谢尔盖的大学住所交接时发生的一幕。有人敲都不敲就直接推开门，一个喜气洋洋的年轻人，戴着耳环，扎着马尾辫，脑袋伸进门里，一句话说到一半“哎，谢尔盖，你有没有——”他看见我们，喉咙眼里叫了声“哎哟”，然后轻轻地关上门，像是在说他根本没来过。

我脑海的另一块区域里，全面复苏的记忆汹涌而来。安娜斯塔西娅，又名安妮特，或者她喜欢用的其他什么化名，她不再是我过往人生中一个一闪而过的黑影。她是一个活人，拥有崇高的地位和了不起的技能，正如谢尔盖描述中的样子。

“谢尔盖，”我换上比先前柔和的嗓音，“还有其他原因使得你不想当马库斯·施韦泽，去伦敦过夏天吗？你打算和你的朋友去度假？你的压力很大。我们理解这些事情。”

"他们只想杀死我。"

"假如你已经做好了度假计划，而你愿意告诉我你的朋友是谁，那么或许咱们就可以商量出一个大家都能接受的方案来。"

"我没做过什么计划，彼得。事实上，我认为你代入了你自己。也许你有什么度假计划。我对你一无所知。诺曼对我很好。你就像一堵墙。你是彼得。你不是我的朋友。"

"所以谁是你的朋友呢？"我不肯让步，"别这样，谢尔盖。咱们都是凡人。你一个人在英国待了一年，你难道要说你还没找到什么人和你做伴？好的，也许你该知会我们一声的。但这个就算了。就当你只是玩玩而已。只是找了个人一起去度假。夏季伴侣。有什么不行的？"

他向我喷发出俄国式的愤怒，吼道：

"他才不是什么夏季伴侣呢！他是我的灵魂好友！"

"好的，如果是这样，"我说，"听起来他正是你需要的那种朋友，咱们必须想个办法让他开心。伦敦不行，但咱们总能想到办法的。他是学生吗？"

"他是研究生。他是 kulturny——"为了让我听懂，"他在各种艺术方面都很有教养。"

"也是学物理的吗？"

"不。学英语文学的。研究你们伟大的诗人。各种各样的诗人。"

"他知道你是俄罗斯间谍吗？"

"他会鄙视我的。"

"哪怕你为英国效劳？"

“他鄙视一切欺骗。”

“那咱们就没什么可担心的了，对吧？来，把他的名字写在这张纸上。”

他接过我的记事本和笔，转过去背对我，开始写字。

“还有他的生日，你肯定知道。”我又说。

他又写了几个字，撕下那张纸，叠好，恶狠狠地塞给我。我打开那张纸，看一眼上面的名字，连同他提供的其他材料一起塞进气泡信封，然后收回我的记事本。

“那么，谢尔盖，”我用更热情的语气说，“咱们这几天就解决一下你那位巴里的问题。保证解决。保证有创意。这样我就不必告诉女王陛下的内政部说你中止与我们的合作了，对吧？因为这么一来，就会违反你的居留条款。”

又一阵雨点扫过挡风玻璃。

“谢尔盖接受任务。”他正色道。

*

我开了一段距离，在一片栗树下停车，这儿的风雨没那么大。谢尔盖坐在我身旁，摆出超然的姿态，假装在欣赏风景。

“咱们再说说你那位安妮特吧，”我提议，选择了我最放松的语气，“还是继续叫她安娜斯塔西娅，她教你的时候用的名字？来，说说她擅长什么。”

“她是一位有建树的语言学家，品质出众，受过良好的教育，精通秘密工作的各种技能。”

“年龄？”

“要我说，大概五十。也许五十三。不漂亮，但有气质和魅力。也体现在脸上。这么一个女人有可能相信上帝。”

谢尔盖也相信上帝，他对审问官说过。然而他绝对不会向别人承认他的信仰。身为一名知识分子，他不能对圣职者有好感。

“身高？”我问。

“要我说，一米六五。”

“言谈？”

“安娜斯塔西娅和我们只说英语，她的英语无疑非常好。”

“你没听过她说俄语？”

“没有，彼得。从来没有。”

“一个字都没有过？”

“对。”

“德语呢？”

“她只说过一次德语，是背诵海涅。海涅是浪漫主义时期的德国诗人，犹太人。”

“你现在想起来，或者你听她说话的时候，感觉她是什么地方的人？来自哪个地区？”

我以为他会故弄玄虚地沉思片刻，但他立刻就回答了：

“根据她的言行、黑眼睛和面部特征，还有她的说话调门，给我的印象是她来自格鲁吉亚。”

悠着点儿，我劝告自己。扮演好你平庸的职业人员角色。

“谢尔盖？”

“什么，彼得？”

“你打算什么时候和巴里去度假？”

“应该是整个八月。我们打算步行探访英国各地的文化与灵性胜地。”

“大学开学是哪天？”

“九月二十四。”

“那为什么不把假期延后到九月呢？就说你在伦敦有个非常重要的研究项目。”

“我不能这么做。巴里只是想多陪陪我。”

但我脑袋里已经在考虑各种替代性方案了。

“那这样行不行？我们寄给你——举个例子——一封正式通知函，用哈佛大学物理系的信纸，恭喜你在约克完成了卓越的研究。我们给你一份助研奖学金，去哈佛待两个月，也就是七月和八月，我们承担所有费用，另有一笔车马费。你拿给巴里看，等你在伦敦扮演完马库斯·施韦泽，就回来和他继续度你们的暑假，拿着没花完的哈佛研究经费去享受美好时光。听起来怎么样？能不能行得通？”

“只要这封信足够可信，车马费是真金白银，我相信巴里一定会为我而自豪的。”他朗声道。

有些轻量级的间谍会假装是重量级。有些重量级的间谍则是身不由己。除非我令人恼火的记忆背叛了我，否则谢尔盖就刚刚把自己提升到了重量级上。

*

我们坐在前排座位上，像两名职业间谍一样讨论该如何回复哥本哈根的安妮特；我们拟好了密信的草稿，向中央局保证谢尔盖一定会执行命令，然后是表面信件，我建议留给他的色情想象力去自由发挥，但和密信一样，在发出前都必须经过我的批准。

我得出结论——很重要的一点是为了我自己方便——谢尔盖似乎更适合与一名女性联络员相处，因此我告诉他，以后在各种日常事务方面，他将和珍妮弗（也就是佛罗伦丝）合作。我承诺会带珍妮弗来约克介绍两人认识，然后讨论应该如何掩饰他们未来的关系：也许不是女朋友，因为珍妮弗高挑美貌，巴里说不定会恼羞成怒。我依然担任谢尔盖的操控者，珍妮弗会在各个节点上向我汇报。我记得当时我心想，无论佛罗伦丝在羽毛球上为了什么而烦恼，给她一个挑战性的谍报任务当礼物，无疑能恢复她的士气和磨炼她的技能。

我在约克城郊的一个加油站买了两个鸡蛋水芹三明治和两瓶柠檬汽水。换了吉尔斯，他无疑会准备一个福南梅森的野餐篮。我们吃完东西，一起清理完车上的面包渣，我送谢尔盖在一个公共汽车站下车。他企图拥抱我，但我抢先和他握手。出乎意料的是这会儿还只有两三点。我把车还到停车点，很幸运地搭上了一班快车，回到伦敦后还来得及请普鲁去家附近的印度餐厅吃饭。由于情报局事务不在可谈论的话题之内，我们吃饭时的交谈转向了大型药企的卑劣行径。回到家里，我们看重播的电视四台新闻，带着有事情没做完的感觉上床，但睡神迟迟不肯光顾我。

佛罗伦丝还是不肯回我的消息。财政部附属委员会对“玫瑰花蕾”的决定——根据薇薇最新一封谜一般的电子邮件——是“随时有可能做出但依然悬而未决”。假如我没有像我应该的那样觉察到这个兆头有多么不祥，那都是因为我还沉醉在谢尔盖和安妮特那难以想象的联系所带给我的欣喜之中。我想起我的导师布林·乔丹的箴言：间谍这一行做久了，老戏迟早会重演。

10

星期三一大早，乘地铁去卡姆登镇的一路上，我用清醒的头脑审视我面前彼此竞争的几项任务。佛罗伦丝不服从命令，这个问题该处理到什么程度？向人力资源部报告，把她推上正式的纪律法庭，莫伊拉主持审判？千万别。最好还是关起门来找她私下里谈一谈。顺便一鼓作气，把“干草叉”这位涨势喜人的间谍转给她。

我开门走进“避难所”暗沉沉的走廊，不寻常的寂静让我吃了一惊。我看见了伊利亚的自行车，但伊利亚的人呢？还有其他人呢？我爬楼梯上了一层：还是悄无声息。所有门都关着。我再上一层楼。佛罗伦丝那间鸽子笼的门被胶带封死了，上面还贴着一个红色的“禁止进入”牌子，门把手上喷过蜡。我的办公室的门敞开着，办公桌上摆着两份打印件。

第一份是来自薇薇的内部备忘录，通知我：伟大的财政部附属委员会经过审慎考虑后，认为风险高得不成比例，因此驳回了“玫瑰花蕾”行动的申请。

第二份是来自莫伊拉的内部备忘录，通知所有相关部门，佛罗伦丝已于星期一辞职退出情报局，根据人员解约后的处理规则，各种分离流程已经全面启动。

*

现在先思考，回头再着急。

按照莫伊拉的说法，佛罗伦丝的辞职发生在她去竞技场俱乐部和我、艾德还有劳拉打混双比赛前的仅仅四个小时，这就很能解释她异乎寻常的言行举止了。导致她辞职的是什么原因？表面上是“玫瑰花蕾”行动被取消，但你别忙着做出结论。我第三次逐字逐句读完两份文件，退回到楼梯平台上，用双手做个大喇叭，喊道：

“所有人都给我出来。快点！”

我的队员们小心翼翼地走出紧闭的房门，根据众人所知道或者愿意说出来的情况，我拼凑出了整个故事。星期一上午十一点左右，我被关在不见天日的诺斯伍德要塞里，佛罗伦丝告诉伊利亚说她和多姆·特伦奇约好了去他的办公室开会。按照伊利亚的说法（通常来说他是个靠得住的情报源），她对此事显得忧心忡忡，而不是兴高采烈。

下午一点十五分左右，伊利亚在楼上守通讯台，其他队员在楼下吃三明治午餐和玩手机，佛罗伦丝与多姆开完会回来，出现在厨房门口。苏格兰人丹妮斯和佛罗伦丝吃饭时向来最亲近，佛罗伦丝有事或休假时她总是代管佛罗伦丝的情报员。

“她就那么站在门口，纳特，好几分钟，直勾勾地看着我们，就好像我们都发疯了”——丹妮斯敬畏地说。

“佛罗伦丝说了什么吗？”

“一个字都没说，纳特。只是看着我们。”

离开厨房，佛罗伦丝上楼回她的办公室，把自己锁在房间里，然后——伊利亚继续叙述——她“过了五分钟出来，拎着一个乐购超市的袋子，里面装着她的凉鞋、她桌上那张去世母亲的照片、没暖气时穿的羊毛衫和抽屉里的姑娘家零碎”。伊利亚怎么一眼就能看清如此之多的东西，这我就不得而知了，权当是诗性的加工吧。

佛罗伦丝然后“按照俄罗斯方式吻了我三次”——伊利亚，情绪激动——“又拥抱了我一次，说这是给大家的。那个拥抱。于是我说，佛罗伦丝，这到底是怎么一回事？因为我们都知道不能叫她佛罗。佛罗伦丝说，其实没什么，伊利亚，只是老鼠已经占领这艘船，我要跳船。”

由于缺乏后续的证词，上面这句就是佛罗伦丝与“避难所”的告别词了。她与多姆面谈，递交辞呈，从总局回到“避难所”，收拾个人物品，大约于下午三时零五分以无业人员身份回到街上。她离开后没几分钟，国内事务调查处两名沉默不语的探员——不是占领了这艘船的老鼠，他们的外号叫“雪貂”——开着一辆情报局的绿色厢式货车赶到，取走了佛罗伦丝的电脑和不锈钢柜，挨个盘问我的组员，问佛罗伦丝有没有请他们保管任何物品或与他们讨论过离职原因。他们在两方面都得到了想要的保证，继而封锁了她的房间。

*

我命令所有人回去和平时一样做事（我知道可能性并不大），转身回到街上，拐进一条小巷，快步走了十分钟，然后坐进一家咖啡馆，点了一杯双份特浓。慢慢呼吸。理一理轻重缓急。我又试了试佛罗伦丝的手机，但没抱什么希望。死得像只渡渡鸟。她的汉普斯特德号码换了个留言提醒。说话的是个傲气十足的上等年轻男声：“假如你要找佛罗伦丝，她已经不用这个号码了，所以哪儿来回哪儿去吧。”我打给多姆，接电话的是薇薇：

“很抱歉，纳特，多姆一整天都要不停地开会。我能帮你做什么吗？”

哦，恐怕没什么你能做的，谢谢，薇薇。他这个不停开会是在总部，还是在外面？

她动摇了吗？对，她说了实话：

“纳特，多姆不接电话。”她说，挂断电话。

*

“纳特，我亲爱的朋友。”多姆用大吃一惊的语气说，沉迷于把我的名字当炮弹用的新爱好。“欢迎之至。咱们约好的吗？改明天行不行？实话实说，事情多得都快把我埋起来了。”

他的办公桌上摊满了文件，足以证明这一点，却告诉了我一个事实，那就是他从一大早就在等我了。多姆不擅长与人对质，我和他都知道。他的人生就是在他无法面对的事物之间迂回前进。我插上门上的插销，坐进一把休闲椅。多姆留在办公桌前，埋头于文书工作之中。

“你这是不肯走，对吧？”过了一阵，他问。

“只要你不反对，多姆。”

他从收件筐里又拿起一份文件，打开，专注地阅读内容。

“‘玫瑰花蕾’真是可惜了。”一段不长不短的沉默之后，我挑起话题。

他听不见我说话。他太专心致志了。

“佛罗伦丝也很可惜，”我沉思道，“情报局失去的最优秀的俄罗斯方面人员之一。我能看看报告吗？也许就放在这儿？”

他依然垂着脑袋。“报告？你在扯什么？”

“财政部附属委员会的报告。说风险高得不成比例的报告。能让我看一看吗？”

脑袋抬起来了一点，但没多少。他面前摊开的文件依然更加重要。

“纳特，我不得不告诉你，身为伦敦总站的一名临时雇员，你的密级还没高到那个程度。咱们还有什么其他问题吗？”

“有，多姆。咱们有。佛罗伦丝为什么辞职？你为什么打发我去诺斯伍德浪费人生？你是不是对她有不轨之心？”

听见最后这句，他的脑袋猛地抬了起来。

“我觉得你这么做的可能性比我大。”

“所以到底为什么？”

他往后靠。让双手的指尖找到彼此，习惯性地搭成拱门。拱门搭好了。打好腹稿的演说就此开始。

“纳特，你也许已经猜到了，我确实事先收到了附属委员会将做出什么决定的提醒，然而是在严格的单对单保密前提之下。”

“什么时候？”

“这就不在你关心的范围内了。能让我继续说下去吗？”

“请讲。”

“而佛罗伦丝，你我都知道，不是咱们能称之为成熟的那种人。这正是她难以晋升的核心原因。才华横溢，没人能够否定，尤其是我。然而，从她对‘玫瑰花蕾’行动的解说来看，我认为很明显她在行动结果中掺杂了个人感情——要我说，掺杂得太多了——无论对她本人还是对我们都没有好处。我原本希望，在正式宣布附属委员会的决定前，由我非正式地提点她几句，也许能够缓解她的失望情绪。”

“所以你打发我去诺斯伍德，方便你给她擦眼泪。非常体贴。”

但多姆不喜欢讽刺挖苦，尤其不喜欢他被讽刺挖苦。

“然而，至于她突然离开情报局这个更严重的问题，我们应该恭喜自己才是，”他说，“对于附属委员会出于国家利益而驳回‘玫瑰花蕾’的决定，她的反应过于强烈，甚至歇斯底里。情报局能摆脱她反而是件好事。现在来说一说你昨天和‘干草叉’谈得如何吧。老纳特精彩绝伦的表演——请允许我这么说。你怎么解读他从莫斯科接到的指令？”

多姆会从一个话题跳跃到另一个话题，借此避开敌意炮火，这个习惯对我来说同样不陌生。但今天他算是帮了我一个忙。通常来说我不认为我是个很有心机的人，但多姆提升了我的段位。只有佛罗伦丝能告诉我多姆和她之间究竟发生了什么，但我联系不上她。所以我就直奔主题吧。

“我怎么解读他接到的指令？你还是去问俄罗斯部怎么解读吧。”我答道，傲慢的语气和他刚好配成一对。

“那是怎么解读？”

傲慢，但也很坚定。我是个俄罗斯方面的老手，在欠缺经验的同事的热情上浇冷水。

“‘干草叉’是个沉睡间谍，多姆，你似乎忘了这一点。他来英国是为了长期潜伏。他沉睡了刚刚一年。莫斯科中央局现在想唤醒他，吹掉他身上的灰尘，打发他去跑个腿，确定他还忠于他们。等他证明了他还忠于他们，就可以回约克继续沉睡了。”

他似乎想争辩什么，但想了想没说出口。

“假设你的推测是正确的，尽管我未必会接受，那么我方的对策应该是什么呢？”他针锋相对地问我。

“观望，等待。”

“在观望和等待的同时，需要通知俄罗斯部我们在这么做吗？”

“假如你希望他们接手这个案子，一脚踢开伦敦总站，这会儿确实是个好时机。”我讥讽道。

他噘起嘴，从我身上转开视线，像是在咨询更高权威的意见。

“非常好，纳特”——哄我开心——“咱们就按照你的建议，观望和等待。我希望你能向我报告未来的一切进展，事无大小，第一时间。另外，谢谢你能抽空来看我。”他又说，继续埋头处理文件。

“但是。”我说，没有离开我的椅子。

“但是什么？”

“‘干草叉’收到的指令还有一层潜台词，我认为我们要面对的恐怕不单单是保持沉睡者警醒的一场普通演练。”

“你前面好像不是这么说的。”

“那是因为‘干草叉’的故事里有一个因素是你不了解的，因为你的密级无论如何都不够。”

“胡说八道。什么因素？”

“另外，这会儿你可千万别企图把自己的名字加到知情者名单里去，否则俄罗斯部肯定会追问原因。我向你保证，你和我都不可能希望见到这个结果。”

“为什么？”

“因为假如我的直觉没出错，那咱们眼前——当然，还有待证实——就是一个金不换的好机会了，由‘避难所’和伦敦总站主导一次行动，咱俩的名字写在封皮上，没有财政部附属委员会来捣乱。你是愿意听我说还是要我另外找个你更方便的时候来？”

他叹了口气，推开桌上的文件。

“我曾经有个情报员叫‘啄木鸟’，你应该非常熟悉他的案子吧？还是说你太年轻了？”我问他。

“我当然很熟悉‘啄木鸟’的案子。我仔细读过。谁没读过呢？的里雅斯特。他们的驻外特工，前克格勃人员，老手，伪装成领事馆人员。你在羽毛球场上招募了他，我没记错吧？他后来再次变节，重新加入了敌方——前提是他一开始曾经背叛过。要我说，算不上你值得自豪的成就。咱们为什么忽然在说‘啄木鸟’了？”

对于一名后来者来说，多姆的家庭作业做得相当仔细。

“‘啄木鸟’是一个可靠和有价值的情报源，直到他为我们工作的最后一年。”我告诉他。

“随你怎么说吧。其他人也许会有不同的看法。你能直接说重点吗？”

“我想和他谈一谈莫斯科中央局给‘干草叉’下的指令。”

“和谁？”

“‘啄木鸟’。问问他对它们的看法，从内部人员的角度。”

“你发疯了。”

“也许。”

“彻头彻尾地失心疯了。啄木鸟已经被正式列为有毒人员。意思是只要没有俄罗斯部首脑本人的书面批准，我们机构内的任何人都不能接触他，而部长这会儿凑巧正陷在华盛顿特区的泥潭里呢。‘啄木鸟’不值得信任，他是个两面派，一个骨子里的俄国罪犯。”

“所以你不同意了？”

“除非你从我尸体上跨过去的那种不同意。此时此地我把话说清楚了。我要立刻写下来，拷贝一份发给纪律委员会。”

“与此同时，在你的许可下，我想休假一周去打高尔夫。”

“你他妈又不打高尔夫。”

“假如‘啄木鸟’愿意见我，而他对莫斯科中央局给‘干草叉’的指令有什么好玩的见解，到时候你可以再决定是你派我去拜访他的嘛。另一方面，我建议你在写那封没礼貌的信给纪律委员会之前再多想一想。”

我已经走到门口了，他喊住我。我扭过头去，待在门口。

“纳特？”

“怎么？”

“说起来，你认为你能从他那儿问到些什么？”

“要是运气好，就没什么我本来不知道的。”

“那为什么要去问呢？”

“因为啊，多姆，没人能靠直觉的力量说服行动理事会。行动理事会喜欢可采取行动的情报，处理过两遍，三遍就更好了。也许你没听说过，但这儿有个术语叫‘基于证据’。言下之意就是一名外勤人员退居二线，陷在卡姆登的荒郊野外进退不得，他们通常不会理睬这么一个人只顾自己的胡言乱语，也不会理睬伦敦总站那位没经过什么考验的站长。”

“你疯了。”多姆又说了一遍，然后缩回文件堆之中。

*

我回到“避难所”。我打开门，看了看我手下的一张张哭丧脸，然后开始起草信件，收信人是我以前的间谍“啄木鸟”，又名阿尔卡迪。我声称是布莱顿一个虚构的羽毛球俱乐部的名誉秘书长，邀请他带领一支混合球队来这个美丽的海滨小城做客。我提出比赛的日期和时间，承诺食宿全包。明码密信出现得比《圣经》还早，有赖于写信者和收信人双方的共同约定。阿尔卡迪和我之间的约定不牵涉到任何密码本，核心概念是每一句话的内涵都与字面相反。因此我不是在邀请他，而是在等待他邀请我。那个虚构的俱乐部准备迎接客人的日期是我希望阿尔卡迪款待我的日期。我承诺食宿全包是在谦卑地询问他愿不愿意见我和在哪儿见面。比赛时间的意思是什么时间我都能接受。

在一个就明文而言无比接近事实的段落中，我提醒他注意，尽管大环境中的紧张局势永远变来变去，但我们两个俱乐部之间存在着历史悠久的友好关系，最后我落款妮可拉·哈利戴（夫人），因为在我们合作的那五年间，我对阿尔卡迪使用的化名就是尼克，尽管我的真名就印在驻的里雅斯特领事馆的正式人员名单里。哈利戴夫人没有留下家庭住址。假如阿尔卡迪决定和我联系，他知道好几个收信地址可供使用。

然后我往后一靠，开始了漫长的等待，因为阿尔卡迪从不匆忙做出重大决定。

*

假如我提前知道我会和阿尔卡迪陷入什么样的泥淖，我肯定会更加珍惜与艾德打球和事后在老地方探讨政治的机会——尽管我不怎么乐意俯首称臣，但艾德那天确实打了我一个落花流水。

变化似乎是一夜之间发生的。他忽然打得更快、更无拘无束也更快活了，我和他的年龄差距向我张开了血盆巨口。经历了一场或者两场，我这才能够客观地看待他的进步，尽可能喜悦地祝贺自己在其中扮演了一定的角色。换了其他时候，我也许会物色一位更年轻的球手来替换我，但听我向他提出这个想法，他仿佛受到了莫大的侮辱，我不得不放弃。

我人生中更大的难题解决起来就更加不容易了。每天上午我都会查看情报局的几个幌子地址，看阿尔卡迪有没有回复我。没有。就算阿尔卡迪不是我的难题，佛罗伦丝肯定是。她与伊利亚和丹妮斯交好，但无论我怎么逼问，他们也并不比其他队员更清楚她的下落和作为。即便莫伊拉知道该去哪儿找佛罗伦丝，她最不可能告诉的就是我了。每次我尝试想象佛罗伦丝（而不是其他任何人）如何能够抛弃她钟爱的情报工作，我的大脑都会卡壳。每次我企图重现她与多姆·特伦奇如何赤诚相见，我的大脑都会再次卡壳。

经过了大量精神自省之后，我试着去艾德身上碰运气。机会渺茫，我很清楚。在我临时编造的掩饰性故事中，佛罗伦丝和我仅仅在我虚构朋友的办公室里见过虚构的一面，然后我拉着她来和劳拉配对打球。此外我有一种越来越强烈的直觉：他们两人从第一眼就开始互相吸引，然而现在我知道了佛罗伦丝在竞技场俱乐部露面时的精神状态，我很难想象她当时的情绪允许她被人吸引。

我们坐在老地方。我们刚喝完第一杯啤酒，艾德去买第二轮。他刚打了我一个四比一，可想而知他的心情比我好得多。

"所以中国菜怎么样？"我见缝插针问他。

"什么中国菜？"——艾德一如既往地神游天外。

"这条路上的金月啊，还能是什么？咱们本来要一起去的，结果我不得不去挽救一笔业务，记得吗？"

"哦，对，当然。很好吃。她非常喜欢烤鸭。我是说劳拉。她吃过的最好吃的一顿饭。侍者都快把她夸到天上去了。"

"那个姑娘呢？叫什么来着？佛罗伦丝？值得你请她那一顿吧？"

"噢，太值得了。佛罗伦丝。她也非常好。"

他是在对我避而不谈，还是和平时一样简慢无礼？我反正豁出去了：

"你不会凑巧问她要了号码吧？我的哥们打电话给我，就是她临时当他秘书的那个人。说她非常厉害，想给她一份全职工作，但代理机构不肯配合。"

艾德思考了一会儿。皱着眉头想来想去。搜肠刮肚，也可能是在表演搜肠刮肚。

"没，唉，他们当然不肯，对吧？"他附和我，"代理机构那些孙子，但凡能做到，就恨不得把她拴一辈子。是啊。不好意思，帮不了你。可惜"——随后他恶毒咒骂我们在任的外交部部长，"狗娘养的伊顿崽子，自恋成性的精英狂，除了自己的两只脚，全身上下没有一丁点站得住的信念"，等等等等。

*

假如说在这个天晓得会持续多久的等待期间还有什么能安慰我的

话，那么除了我们每周一晚的羽毛球大战，无疑就是代号“干草叉”的谢尔盖了。一夜之间，他成了“避难所”的金牌间谍。从他这个学期结束的那一天起，瑞士自由记者马库斯·施韦泽就来到北伦敦三个区域中的第一个住下了。他的目标（莫斯科欣然批准）是轮流尝试三个区域并撰写报告。没了佛罗伦丝可供调遣，我指定丹妮斯担任他的联络员。谢尔盖投向她就仿佛她是他失散多年的姐姐。为了减轻丹妮斯的负担，我批准“避难所”队伍的其他人员去帮助她。他们的假身份不是什么问题。他们可以说自己是有抱负的记者或没工作的演员，甚至什么都不说。就算莫斯科的伦敦情报站出动整个反监控队伍，他们也会空手而归。莫斯科接连不断地要求他详细描述一些地点，换上最勤奋的沉睡特工，只怕也会累得筋疲力尽，然而谢尔盖正适合这个任务，而丹妮斯和伊利亚也随时听候调遣，提供协助。需要的照片只能用谢尔盖的手机拍摄。一切地形细节对安妮特（别名安娜斯塔西娅）来说都不会过于烦琐。每次莫斯科中央局提出新的要求，谢尔盖就先用英语起草回信，由我批准后他再翻译成俄语，在谢尔盖用一次性密码本加密前，我会先偷偷地核实俄语版本。如此一来，谢尔盖要从名义上为他自己的过错负责，而中央局后续信件中的暴躁语气也给人以可信的感觉。伪造部做了一份哈佛大学物理系的邀请函，看上去天衣无缝。谢尔盖的朋友巴里自然大为敬佩。多亏了布林·乔丹在华盛顿拔刀相助，哈佛的一位物理学教授会应付巴里或其他人提出的任何疑问。我写信给布林感谢他的帮助，但没收到回复。

然后又是等待。

等待莫斯科中央局停止牵着他乱跑，在北伦敦的一个地点安顿下来。等佛罗伦丝从地里把脑袋伸出来，告诉我她为什么要抛弃她的情报员和她的职业生涯。等待阿尔卡迪逾墙而来——或者拒绝我。

然后，一如既往地，所有事情同时开始发生。阿尔卡迪回复了我；语气谈不上热情，但毕竟有回音了。没有寄到伦敦，而是他更喜欢的伯尔尼的幌子地址：一封平信，寄给N.哈利戴，捷克邮票，机打文字，里面有一张捷克温泉胜地卡罗维发利的风景明信片，还有一份俄语的广告小册子，介绍的是城外十公里处的一家旅馆。旅馆小册子里折着一张预订表，我只需要在几个小方框里打钩：来去日期、房间等级、预计抵达时间、是否过敏。选项上用打字机打了一行字，通知我应该在下周一晚十点登记入住。考虑到我们以往关系的热络程度，你很难想象他的回复还能比这个更不情愿了，然而至少他在说“来吧”。

我用我没注销的“尼古拉斯·乔治·哈利戴”假护照（回到英国后我应该上交，但没人来找我要）订了周一上午去布拉格的机票，用我本人的信用卡付款。我发邮件给艾德，懊恼地取消了我们的羽毛球约会。他回复我“缩卵”。

星期五下午，我的个人手机上收到了佛罗伦丝发来的短信，说“要是你愿意，咱们可以聊一聊”，给了我不是发短信这个的另一个号码。我用预付费手机打过去，接电话的是应答服务台，我发现不用和她直接交谈让我松了一口气。我留言说我过几天再打给她，挂电话的时候觉得我说话像个我自己都不认识的陌生人。

同一天傍晚六点，我发了一封“致全员”的邮件到“避难所”，抄送人力资源部，通知所有人由于家庭原因，本人从6月25日至7月2日请事假一周。要问我是什么家庭原因捆住了我的手脚，光是一个斯黛就足够了——经过了长达数周的无线电静默，她终于宣布她星期天要屈尊带一位“素食朋友”回家吃午饭。有些场合制造出来是为了谨慎地和解。在我看来，这次并不属于这样的场合，然而我也知道本人的职责所在。

*

我在卧室里为卡罗维发利之旅收拾行李，挑出有洗衣店标签和不该属于尼克·哈利戴的衣物。普鲁刚和斯黛在电话上谈了很久，这会儿上楼来帮我收拾，顺便告诉我她们都谈了什么。她的第一个问题就不怎么和谐。

“你真的非要带着全套羽毛球装备去布拉格？”

“捷克间谍就喜欢打羽毛球，”我答道，“素食的男生还是女生？”

“男生。”

“咱们认识的那个，还是还不认识的那个？”

在斯黛诸多的男性朋友里，我有幸认识的不多不少只有两个。两个到头来都是同性恋。

“这次是朱诺，你还记得这个名字吧？他们要一起去巴拿马。她说朱诺是朱奈德的昵称，朱奈德的意思好像是斗士。不知道有没有让你觉得他更有魅力？”

“也许吧。”

“从卢顿来。凌晨三点到。所以他们不会在家里过夜，你肯定松了一口气对吧。”

她说得对。新男友睡在斯黛的卧室里，大麻烟从门底下飘出来，这并不怎么符合我对全家团圆的想象，更不要说我正在收拾行李准备去卡罗维发利了。

“谁会想去巴拿马那种鬼地方？”我气咻咻地问。

“唔，斯黛就想去。而且还特别起劲。”

我误会了她的语气，恶狠狠地扭头瞪她。

“你什么意思？她打算一去不返了？”——却发现她在微笑。

“知道她对我说什么吗？”

“你还没说呢。”

“我们可以一起做个法式咸派。斯黛和我。就我们俩。做个咸派午饭吃。朱诺喜欢芦笋，咱们不能说起伊斯兰，因为他是穆斯林，不喝酒。”

“听着就完美。”

“斯黛和我至少五年没一起做饭了。她认为下厨房的应该是你们男人。而不是我们女性。”

我尽可能地融入全家聚餐的气氛，拖着自己去超市买无盐黄油、苏打面包和斯黛烹制法式美食所需的材料；为了调和我的粗俗气质，我还买了一瓶冰镇香槟，尽管信仰禁止朱诺饮酒。既然朱诺不喝酒，我猜斯黛大概也不会喝，因为这会儿她很可能已经踏上了皈依伊斯兰教的旅程。

购物回来，我发现他俩就站在门厅里。两件事同时发生。一位彬彬有礼、衣着体面的印度年轻人上前接过我手里的购物袋。斯黛搂住我，把脸埋在我的肩窝里，过了好一会儿才放开，然后说：“老爸！看，朱诺，他是不是很棒？”彬彬有礼的印度年轻人再次上前，这次是为了正式介绍认识。此刻我瞥见斯黛的无名指上戴着一枚看上去很像样的戒指，我经验丰富，知道最好还是等斯黛先开口。

母女两人去厨房做咸派了。我打开香槟，倒了两杯给她们送去，然后回到会客室，递给朱诺一杯，因为我从不严格遵守斯黛关于男友们的指导意见。他接受了，没有反对，等待我请他坐下。这对我来说可是头一遭。他说他担心我们会觉得太意外。我保证说只要和斯黛有关系，什么都不会让我们觉得意外，他似乎心头大石落地了。我问他为什么去巴拿马？他解释说他是动物学研究生，史密森学会邀请他带队做实地研究，前往巴拿马运河的巴罗科罗拉多岛调查大型蝙蝠的情况，斯黛想一起去看看。

“但我不能带去任何昆虫，”斯黛插嘴道，穿着围裙，从厨房里探出脑袋，“我必须烟熏消毒，不能抽任何烟，甚至不能穿我的新斩男鞋，对吧，朱诺？”

“她可以穿自己的鞋，但必须套上鞋套，”朱诺向我解释，“也没人会被烟熏消毒。斯黛，那只是装点门面的。”

“咱们上岸的时候必须当心鳄鱼，但朱诺会抱着我的，对吧，朱诺？”

“抢走鳄鱼的一顿好饭？怎么可能。咱们去那儿是为了保护野生动物。”

斯黛笑得鬼哭狼嚎，关上门让我俩独处。吃饭的时候，她满桌子炫耀订婚戒指，但主要是为了给我看，因为她已经在厨房里向普鲁坦白了一切。

朱诺说他们要等到斯黛毕业再结婚，时间会稍微久一些，因为她转到了医科。斯黛从没向我们提过这个，但普鲁和我早已身经百战，这种人生大转折的消息不会引起我们的过度反应。

朱诺想正式征求我的同意去牵她的手，但斯黛坚持认为她的手不属于除她自己之外的任何人。不过他还是隔着桌子问了我，我说这是你们两个人的决定，你们需要花多少时间考虑就花多少时间。他保证他们一定会的。他们想生孩子——“六个，”斯黛插嘴道——但那是未来的事情；另一方面，朱诺想介绍我们认识他的父母，两人都在孟买当教师，计划在圣诞节期间来英国看看。朱诺说能不能问一句您是从事什么职业的，因为斯黛语焉不详，而他父母无疑会很想知道。是行政事务还是社会服务？斯黛似乎不太确定。

斯黛靠坐在桌子对面，一只手摸着下巴，另一只手抓着朱诺的手，等待着我的回答。我没指望她会把我们滑雪时的谈话内容藏在心里，也不认为我有资格要求她保守秘密。但显然她是这么做的。

“哦，彻头彻尾的行政人员，”我答道，哈哈一笑，“事实上是外交事务。女王陛下的旅行销售员，有一丁点外交地位，但也就那么回事。”

“所以是商务领事了？”朱诺问，“我能说您是英国驻外的一位商务领事吗？”

“没问题，”我对他说，“不过这个商务领事已经回到家乡，归隐田园了。”

普鲁对此评论道：“胡说八道，亲爱的。纳特喜欢自谦。”

而斯黛说：“他是女王陛下的忠实仆人，朱诺，而且非常狂热，对不对，老爸？”

两人告辞后，普鲁和我都说情况好得有点像童话故事了，但就算他们明天就分手，斯黛也许终于能拐出歧途，成为我们一向知道她本来就是的那个好姑娘。洗漱完毕，我们早早上床，因为我们要做爱，而我还要赶黎明时分的航班。

“所以你到底在布拉格藏了个什么人？”普鲁在门口淘气地问我。

我告诉她的是我要去布拉格开会，没告诉她其实我要去卡罗维发利，和阿尔卡迪一起在森林中漫步。

*

在这段漫长得似乎永无止境的等待期间，假如说有一份情报我一直留到了最后才说，那都是因为当时我没想到它存在任何重要性。星期五下午，就在“避难所”打扫卫生准备过周末的时候，国内事务调查处这个以懒惰而臭名昭著的部门签发了一份报告，其中涵盖了它就谢尔盖列出的北伦敦三个区域的研究结果。报告中包括大量毫无用处的资料，从公共河道、教堂、输电线路到历史名胜和著名建筑无所不包，还在一条脚注中指出从霍克斯顿到伦敦中心区的同一条自行车骑行线路串联起了这三个“涉事区域”。为了查阅方便，他们附上了一份大比例地图，骑行线路用粉色标出。写下这段文字的时候，地图就铺在我面前。

11

有些间谍把人生中最好的那些年头奉献给了我们，为我们刺探情报，收工资拿奖金和退职金，不惹麻烦，不被揭穿也不变节，退休后过着平静的生活，也许就在他们忠心耿耿地背叛了的那个国家，也许在其他什么同样有利于健康的环境中——很少有人会写到这些人，我希望最好永远也别写到他们。

“啄木鸟”——又名阿尔卡迪——就是这么一个人，他担任过莫斯科中央局驻的里雅斯特情报站的头目，曾经是我的羽毛球球友，英国间谍。想要讲述他向自由民主事业投诚的经过，首先要追溯一个本质上挺地道的男人（我的看法，无论如何都不能代表其他人）如何从出生开始就被绑上俄国现代史这部过山车的动荡旅程。

他是一名第比利斯犹太妓女和一名格鲁吉亚东正教神父的私生子，私下里接受了基督教信仰的教育，后来被马克思主义者教师相中，当作出类拔萃的学生来培养。他见到新天地，立刻皈依了马列主义。

十六岁他再次被相中，这次看上他的是克格勃，他们训练他成为一名潜伏间谍，派他打入北奥塞梯的基督教反革命组织。作为一名曾经的基督徒（后来也未必不是），他完全有资格去完成这项任务。他告发的许多人遭到枪决。

他的战绩得到赏识，被授予克格勃最低级别的职位，为自己赢得了服从命令和擅长“即决审判”的好名声。不过这并没有阻拦他去上夜校的脚步，他修习更高级的马克思主义辩证法，学会了数种外语，因此让自己成为了海外情报工作的优秀人选。

他被派往海外执行任务，协助对目标采取“法外措施”——刺杀的委婉说法。在他彻底陷入泥潭之前，他被召回莫斯科，受命投身于较为和缓的事业：伪装成外交人员。作为一名以外交身份为掩饰的一线谍报人员，他在布鲁塞尔、柏林和芝加哥的情报站工作过，从事实地考察和反监视工作，服务于从不和他见面的情报员，在无数个投递点发出和获取密信，继续参与“失能化”或真正或假想的国家敌人的工作。

然而，随着他逐渐成熟，无论多少爱国热情也不能阻止他开始重新评价他的人生旅程，从犹太母亲到不完全地弃绝基督信仰到他一头扑向马列主义的怀抱。随着柏林墙的倒塌，他对俄式自由民主制度、大众资本主义和普遍富裕的黄金时代的幻想从废墟中诞生。

然而阿尔卡迪将在祖国这迟到多年的复苏中扮演什么角色呢？他将肩负起他已经肩负多年的责任：坚定不移地保护祖国。他要捍卫祖国不受破坏分子和投机者的戕害，无论他们来自外国还是本土。他理解历史的复杂多变。胜利的果实来自战斗。克格勃不复存在了，很好。怀着高尚理想的新间谍机构将保卫俄罗斯的全体人民，而不仅仅是领导人物。

结果最终唤醒他的还是他从前的同志，弗拉基米尔·普京，首先是镇压要求独立的车臣，随后是他热爱的格鲁吉亚。普京一向是个不入流的间谍。现在这个间谍变成了总统，用秘密工作的方式看待一切生灵。俄罗斯没有向前走进光明的未来，而是倒退回到了充满虚妄的黑暗过去。

“你是伦敦方面的人？”他用英语朝着我的耳朵吼道。

我们是两名外交官——严格地说，是领事——一个俄国人，一个英国人，坐在除夕派对的舞池外，这儿是的里雅斯特最好的运动俱乐部，过去这三个月，我们打了五场羽毛球。那是2008年冬。八月的种种变故过后，格鲁吉亚现在被莫斯科的枪口指着脑门。乐队起劲地演奏着六十年代金曲。偷听者和隐蔽式麦克风没有可乘之机。阿尔卡迪的司机和保镖平时会在阳台上盯着我们打球，甚至会陪着我们去更衣室，今晚却和新勾搭上的女朋友在舞池一角闹腾。

我应该说了“对，我是伦敦方面的人”，但在喧嚣之中我肯定听不见自己的声音。第三次打球时我抓住机会，给他打了个信号，从此就一直在等待这一刻了。显而易见，阿尔卡迪也在等待时机。

“那就告诉伦敦他愿意吧。”他命令我。

他？他指的是他即将成为的那个人。

“他只为你工作，”他继续道，依然用英语说，“四周后他会带着一肚子牢骚在这儿再和你打一场，同一个时间，只打单打。他会打电话正式挑战你。告诉伦敦，他需要成套的空心杆球拍。球拍会在更衣室里找个合适的机会交换。你要为他安排这些。”

他要什么作为回报呢？我问。

“他的人民的解放。所有人。他不是物质主义者。他是理想主义者。”

也许还有其他人投诚投得如此贴心，反正我是闻所未闻。他在的里雅斯特任职两年后，以欧洲北部二把手的身份返回莫斯科中央局，我们和他断了联系。他在莫斯科期间拒绝与我们接触。后来他以文化参赞的伪装派驻贝尔格莱德，我在俄罗斯部的主子不希望我被见到跟着他跑，于是让我担任驻布达佩斯的商务领事，我从布达佩斯远程操控他。

直到他的职业生涯的最后几年，我们的分析师才开始在他的报告中窥见征兆，初期是夸大其词，后来是彻头彻尾的编造。他们看到的问题比我更大。在我看来，这只是又一名情报员上了年纪，变得疲惫，有点丧失胆气，但不希望被切断关系。然而还是在阿尔卡迪的两个主人（大张旗鼓的莫斯科中央局和比较偷偷摸摸的我们）向他送上溢美之词并用勋章表彰他为双方各自的事业做出了无私奉献以后，我们才从其他渠道得知，由于他的两条职业道路都在接近终点，他于是勤勤恳恳地在为第三条道路铺下基石：为自己在他祖国的犯罪版图中赢取一片江山，他在俄国和英国的老板在最狂野的梦中也无法想象其规模。

*

长途大巴离开布拉格，驶入更加幽深的黑暗。左右两侧的黑暗山峰在夜空下渐渐地越来越高。我不害怕高处，但厌恶深处，我不禁思考我到底来这儿干什么，我怎么会说服自己如此鲁莽地跑这一趟，换了十年前我肯定不会心甘情愿地来，甚至不会建议只有我一半年纪的同事来。上外勤人员训练课的时候，漫长的一天结束，我们会喝着苏格兰威士忌探讨恐惧因素：如何衡量风险，调整你对它们的恐惧，只是我们不说恐惧，而是说勇气。

车厢里充满光线。我们开进卡罗维发利的主干道，这座城市曾叫卡尔斯巴德，自从彼得大帝时代起就是俄罗斯权贵阶层钟爱的温泉胜地，如今更是完全在俄国人的掌控之下。璀璨夺目的酒店、浴场、赌场和珠宝店，灯火辉煌的橱窗在左右两侧沉静地掠过。一条河流穿过城市，宏伟的人行桥横跨而过。二十年前我来卡罗维发利见一名车臣情报员的时候（他和情妇正在度他完全应得的假期），这座城市还没摆脱苏联时代单调的灰色油漆。当时最好的旅馆叫莫斯科大饭店，唯有在与世隔绝的疗养院里才能找到奢侈的享受，没几年前那还只是党的高级干部和他们的美人在远离无产阶级视线之处戏耍的地方。

九点十分，大巴徐徐开进终点站。我下车，开始步行。永远不要表现得像是不知道该去哪儿。永远不要有目的地闲逛。我是一名刚到这儿的游客。我是一名步行观光者，档次最低的就是我这种人。我就像一名有经验的游客，正在观察环境。我背着一个旅行包，羽毛球拍的把手露在外面。我是那种看上去傻乎乎的英国中产步行者，就缺在脖子上挂一本塑封的导游书了。我站住欣赏卡罗维发利电影节的海报。我是不是该买张票？旁边的海报在宣传著名浴场的疗愈奇效。没有海报宣传这座城市也是俄罗斯犯罪组织高层最喜爱的水疗地点。

我前面的一对儿没法以正常步伐好好走路。我背后的女人背着一个巨大的毡制旅行包。我走完了高街的一侧。现在该走过宏伟的人行桥，去另一侧漫步了。我是一个身在国外的英国佬，假装他无法下定决心是该给老婆买卡地亚金表还是迪奥长裙还是钻石项链还是一套售价五万美元的帝俄时代复刻家具。

我来到了普普大酒店与赌场（也就是以前的莫斯科大饭店）亮着

水银灯的前院。各个国家的旗帜在灯光下随着晚风飘扬。我欣赏镶着铜牌的铺路石，上面刻着以往和当今名流访客的名字。歌德来过！斯汀也来过！我正在想这会儿可以叫出租车了，就有一辆在不到五码外停了下来。

一家德国人钻出车厢。成套的格子呢行李箱。两辆儿童自行车，崭新的。司机朝我点点头。我坐进他旁边的座位，把行李包扔到后座上。他会说俄语吗？瞪眼睛。Niet。英语？德语？微笑，摇头。我不会说捷克语。我们开上没有路灯的蜿蜒小路，爬上森林覆盖的山丘，驶下陡峭的山坡。一个湖出现在我们右侧。一辆车开着大灯，在错误的车道上冲向我们。我这位司机岿然不动。来车最终让步。

“俄国人有钱，”司机咬牙切齿道，“捷克人没钱。对！”——说到“对”，他猛踩刹车，出租车开进一条岔道，我以为是临时停车处，然而两道强光灯交叉开火，我们在光束中停下。

司机摇下车窗，喊了句什么。一个二十来岁、脸上有一块海星状伤疤的金发年轻人把脑袋伸进车窗，看看我旅行包上的英航标签，然后看着我。

“你叫什么，先生？”他用英语问我。

“哈利戴。尼克·哈利戴。”

“什么公司？”

“哈利戴有限公司。”

“你为什么来卡罗维发利？”

“和一个朋友打羽毛球。”

他用捷克语向司机下令。我们向前开了二十码，经过一个非常老的女人，她包着头巾，推着自己的轮椅。我们在一座牧场住宅式的建筑物前停下，门廊有着大理石的爱奥尼亚柱、金色的地毯和深红色丝绸的拉绳。最底下一级台阶上站着两个穿正装的男人。我付钱给司机，拿起后座上的行李，在两个男人毫无感情的视线下踩着高贵的金色台阶走进门厅，汗水、柴油、黑烟草和女性的芬芳气味扑鼻而来，任何一个俄国人闻到这些气味，都会知道他到家了。

我站在枝形吊灯底下，一个穿黑色正装、面无表情的姑娘在我的注视下检查我的护照。隔着一块玻璃隔断，挂着“客满”牌子、烟雾腾腾的酒吧里，一个戴哈萨克帽的老人在向一群满脸敬畏的追随者慷慨训话，听讲者全都是男的。前台姑娘的目光越过我的肩膀。脸上有伤疤的金发年轻人站在我背后。他肯定跟着我走上了金色地毯。她把护照交给他，他翻开，对比我的面容，说“哈利戴先生，请跟我来”，领着我走进一间巨大的办公室，房间的墙上有裸女壁画，法式落地窗面对湖水。我看见三台电脑前的三把椅子、两面更衣镜、扎着粉色绳子的一摞纸板箱和两个健壮的男人，他们穿牛仔裤和运动鞋，戴着金项链。

“是这儿的规矩，哈利戴先生，”年轻男人说，两个男人走向我，“我们有过一些不愉快的经历。我们非常抱歉。”

“我们”指的是阿尔卡迪？还是阿塞拜疆黑帮？根据我查阅的总局档案，他们用贩运人口的利润建造了这个场所。同一份档案还说，三十多年前，俄罗斯黑手党内部达成共识，卡罗维发利这个地方太美好了，他们不能在那儿自相残杀。还是把它建成一个安全的避风港吧，为了咱们的金钱、家人和情妇。

两个男人要看我的旅行包。一个人伸出手去拿，另一个人从旁戒备。本能告诉我，他们不是捷克人，而是俄罗斯人，很可能曾经是特种部队。要是他们微笑，那你就要当心了。我交出行李。往更衣镜里看，我发现伤疤脸比我想象中年轻，我猜他只是在假装凶狠。然而正在检查旅行包的这两个男人，他们没必要演戏。他们按摸衬里，打开电动牙刷，闻衬衫，捏球鞋的鞋跟。他们研究球拍把手，把缠布拆开了一大半，敲把手，晃把手，拿着球拍比画了几下。有人教过他们这么做吗？还是本能告诉他们：假如有什么地方能藏东西，那就肯定是这儿了？

他们把所有东西塞回旅行包里，伤疤脸伸出援手，想把东西装得整齐一些。他们想搜我的身。我抬起胳膊，但没举到头，只是表示我准备好了，你们来吧。我的姿态使得一个男人重新打量我，走向我的时候变得更加警觉，他的伙伴站在他背后一步处做好准备。手臂、腋窝、腰带、胸部，转身，摸后背。然后他跪下，搜裤裆和腿部内侧，用俄语吩咐年轻人——作为一名单纯的英国羽毛球手，我当然不懂俄语。伤疤脸年轻人翻译给我听。

“他们希望你能脱鞋。”

我解开鞋带，把鞋交给他们。他们一人拿着一只，弯曲，按摸，然后还给我。我穿上，系好鞋带。

“他们问你怎么没带手机？”

“我留在家里了。”

“为什么？”

“我旅行时喜欢没有牵绊。”我逗趣道。年轻人翻译。没人微笑。

“他们要你把手表、笔和钱包交给我，你离开时再还给你。”年轻人说。

我把笔和钱包交给他，然后解下手表。两个男人从鼻孔里笑。那是一块日本便宜货，只值五英镑。他们看着我，拿不定主意，似乎觉得还意犹未尽。

年轻男人用俄语对他们吼道，“行了。就这样吧。结束了。”权威得令人惊讶。

两人耸耸肩，挤出怀疑的假笑，穿过落地窗出去，只留下我和年轻人留在房间里。

“哈利戴先生，你来是为了和我父亲打羽毛球？”年轻人问。

“你父亲是谁？”

“阿尔卡迪。我叫迪米特里。”

“啊哈，迪米特里，很高兴认识你。”

我和他握手。迪米特里的手潮乎乎的，我的应该也一样。阿尔卡迪这家伙，我正式招募他的那一天，他信誓旦旦地对我说，他绝对不会把孩子带到这个腐朽糟糕的世界上来。迪米特里是收养的吗？还是阿尔卡迪从一开始就有孩子，只是藏了起来，羞愧于置孩子的未来于险境，因为替我们刺探情报？前台的黑色正装姑娘给我一把房间钥匙，钥匙上系着一个铜犀牛挂件，但迪米特里用拿腔拿调的英语说：“我的客人还会回来的。”然后领着我走下金色地毯，来到一辆梅赛德斯四驱车前，请我坐进前排乘客座。

“我父亲请你千万不要引人注意。”他说。

另一辆车跟着我们。我只能看见它的车头灯。我保证我不会引人注意。

*

按照车上的时钟，我们朝山上开了三十六分钟。道路再次变得陡峭而崎岖。过了一会儿，迪米特里开始盘问我。

“先生，你认识我父亲很多年了。”

“对，好些年了。”

“他当时是组织的人吗？”——俄罗斯秘密组织，情报机构。

我哈哈一笑。“我只知道他是外交官，喜欢打羽毛球。”

“你呢？你当时呢？”

“我也是外交官。商务方面的。”

“在的里雅斯特？”

“还有其他地方。只要我们能见面找个球场。”

“但你很多年不和他打羽毛球了？”

“是啊，不打了。”

“现在你们一起做生意。你们都是生意人。”

“迪米特里，那可都是秘密情报。”我警告他，阿尔卡迪向儿子编造的故事在我眼前逐渐成形。我问他都做些什么。

“很快我就要去加州念斯坦福大学了。”

“学什么？”

“我要成为一名海洋生物学家。我在莫斯科国立大学学的就是这个，还在贝桑松大学进修过。”

“在此之前呢？”

“我父亲想让我去伊顿公学，但他对安保条件不满意。于是我去了瑞士一所安保更好的高中。哈利戴先生，你是个不寻常的人。”

“这话怎么说？”

“我父亲非常尊重你。这很罕见。另外他说你的俄语非常好，但你没有在我面前表现出来。”

"但那是因为你想练习英语呀，迪米特里！"我开玩笑道，一时间想到了斯黛戴着护目镜和我一起坐在滑雪缆车上。

*

我们在路上的检查站停车。两个男人挥手拦住我们，检查后点头放行。枪没放在明处。卡罗维发利的俄国人都是守法好公民。枪支收在视线之外。我们开到哈布斯堡王朝时期的新艺术风格石柱大门前。探照灯亮着，监控摄像头俯视我们，从门房里走出来两个人，毫无必要地用手电筒照我们，然后挥手放行。

"安保措施很完善嘛。"我对迪米特里说。

"非常不幸，但也必不可少，"他答道，"我父亲热爱和平，但不是每次都能得到回报。"

左右两侧，高高的铁丝网深入森林。一只吓呆了的鹿堵在路中间。迪米特里按喇叭，鹿跳进黑暗。一座有角塔的别墅在前方浮现，一半像是猎人屋，另一半像是巴伐利亚的火车站。底楼的窗户没拉窗帘，能看见神态严肃的人来来去去。但迪米特里没有驶向别墅，他拐进一条林间小径。我们经过工人住的木屋，开进铺着卵石的庭院，庭院一侧是马厩，另一侧是没有窗户的谷仓，谷仓的壁板已经发黑。他停车，伸手打开我那一侧的车门。

"享受您的比赛吧，哈利戴先生。"

他开车离开。我孤零零地站在院子中央。半个月亮爬上树梢。借着月光，我看见两个人站在谷仓紧闭的大门前。门从里面打开了。强力手电筒的光束照得我一时间什么都看不见，带着格鲁吉亚口音的柔和俄国男声从黑暗中向我喊道：

“你是进来打一场还是要我出来打得你屁滚尿流？”

我走向谷仓。两个男人有礼貌地笑笑，分开让我过去。门在我背后关上。我孤零零地站在白色的过道路。我前方是又一道门，门开了，里面是个铺着人造草皮的羽毛球场。一个矮小精悍的男人身穿田径服面对我站着，正是我那位现年六十五岁的前情报员阿尔卡迪，代号啄木鸟。一双小脚谨慎地分开半步，双臂抬起准备战斗。略微前倾的体态属于水手或拳手。所剩无几的斑白头发剃成平头。多疑的眼神和紧咬的下巴倒还是老样子，只是眉头的皱纹更深了。绷紧的笑容依然如故，并不比多年前的那个晚上更加容易读懂，当时我在的里雅斯特的一场鸡尾酒会上走向他，挑战他打一场羽毛球。

他摆摆头，示意我过去，然后转身背对我，迈着军人的步伐向前走。我跟着他穿过球场，爬上开放式的木楼梯，来到观景露台上。我们踏上露台，他打开一扇门上的锁，示意我进去，然后重新锁上门。我们爬上又一段木楼梯，穿过狭长的阁楼房间，来到房间尽头嵌在山墙里的玻璃门前。他打开门锁，我们走上挂满藤蔓的阳台。他重新锁上门，对着手机用俄语说了两个字：“解散。”

两把木椅，一张小桌，一瓶伏特加，两个酒杯，一盘黑面包，半个月亮负责照明。有角塔的别墅从树顶上露出脑袋。水银灯下的草坪上，穿正装的男人们独个儿走来走去。喷泉洒出来的水落进宁芙石像脚下的池塘，阿尔卡迪以精准的动作倒了两杯伏特加，利落地递给我一杯，朝面包打个手势。我们坐下。

“国际刑警派你来的？”他用他连珠炮似的格鲁吉亚口音俄语问。

“不是。”

“你是来勒索我的吗？我不重新为伦敦工作，你就把我交给普京？”

“不是。”

“为什么不呢？局势对你们有利。我手下有一半人向普京的走狗打我的小报告。”

“非常抱歉，伦敦已经不再相信你的情报了。”

听到这个，他终于举起酒杯，默不作声地向我祝酒。我也向他祝酒，心想我和他风风雨雨打了这么多年交道，还是第一次见到他这么愤怒。

“所以你终究没回你深爱的俄罗斯，”我轻飘飘地开口道，“我以为你一直连做梦都想着白桦林里那座朴素的小别墅呢。要么就回格鲁吉亚，为什么没去？出什么问题了吗？”

“没出任何问题。我在圣彼得堡和第比利斯都有房子。然而，身为一名国际主义者，我最爱我的卡罗维发利。这儿有东正教教堂。虔诚的俄罗斯犯罪分子每周一次去做礼拜。等我死了就葬在这儿。我有个花瓶老婆，非常年轻。我所有的朋友都想睡她。大多数时候她不让他们得手。人生如此，夫复何求？”他语调低沉，说得很快。

“柳德米拉呢？”

“去世了。”

“非常抱歉。怎么去的？”

“军事级的神经毒素，名叫癌症。四年前。我哀悼了她两年。然后觉得没意思了。”

我和普鲁都没见过柳德米拉。阿尔卡迪说她和普鲁一样也是律师，在莫斯科执业。

“你家的小迪米特里——他是柳德米拉的儿子？”我问。

“喜欢他吗？”

“他挺好的。似乎前途光明。”

“没人前途光明。”

他用小小的拳头飞速敲打嘴唇，他的这个动作向来代表着紧张，然后眼睛越过树顶，恶狠狠地望着别墅和水银灯下的草坪。

“伦敦知道你在这儿吗？”

“回头再告诉伦敦好了。我想先和你谈谈。”

“你给自己干了？”

“不是。”

“为国家？”

“也不是。”

“那你是什么？”

“爱国者？应该吧。”

“爱哪儿？脸书？互联网公司？全球变暖？能囫囵吞掉你那个破产小祖国的大企业？谁付你工钱？”

“我们情报局。希望等我回去还有那份工资。”

“找我干什么？”

“想知道几个问题的答案。关于过去的事情。希望你能回答我。要是你愿意，我想证实一些猜想。”

“你从没对我撒过谎？”——似乎是指责。

“撒过一两次吧。有时候迫不得已。”

“这会儿你在骗我吗？”

“没有。阿尔卡迪，你也别对我撒谎。上次你骗我，险些结束了我美妙的职业生涯。”

“多大事儿呐。”他说，我们一起欣赏了一会儿夜景。

“所以你说说看，”他又喝了一口伏特加，“你们英国佬最近靠什么屁话收买我们这些叛国者？自由民主制度拯救全人类？我为什么会信那些破玩意儿？”

“也许你就是想相信。”

“你们英国佬跳出欧洲的圈子，都快把鼻子翘到天上去了。‘我们不一样。我们是英国人。我们不需要欧洲。我们单枪匹马赢了所有的战争。不靠美国人，不靠俄国人，不靠任何人。我们是超人。’我听说热爱自由的伟大总统唐纳德·特朗普会拯救你们的经济。你知道特朗普是什么吗？”

“你说吧。”

“他是给普京扫厕所的。小弗拉迪没法自己做的，他替小弗拉迪包圆了：在欧洲统一上撒尿，在人权上撒尿，在北约上撒尿。向所有人保证，克里米亚和乌克兰属于神圣的俄罗斯帝国，中东属于犹太人和沙特，全球秩序见鬼去吧。至于你们英国佬，你们干了什么？你们舔他的屁眼，邀请他和你们的女王喝茶。你们收下我们的黑钱，替我们洗干净。只要我们的摊子够大，你们就欢迎我们这些犯罪分子。你们把半个伦敦卖给了我们。我们毒杀我们的叛徒，你们绞着手说，求求你们，亲爱的俄国朋友，和我们贸易吧。我冒着生命危险就是为了这些？我觉得恐怕不是。我觉得你们英国佬卖给我的是一卡车伪善屁话。所以你别说你来这儿是为了唤醒我的自由主义良知和我的基督教价值观还有我对大英帝国的爱。那你可就大错特错了。听懂我的意思了吗？”

“说完了吗？”

“没有。”

“阿尔卡迪，我不认为你曾经为我的国家效力过。我认为你效力的对象是你的祖国，只可惜没什么成果。”

“我他妈不在乎你认为什么。我问你他妈到底想干什么。”

“做我一直想做的事。你参加你那些老同志的聚会吗？联欢会，授勋仪式？为了老时光的庆典？受到爱戴的大人物的葬礼？你这么一位倍受尊敬的老兵，差不多应该是非去不可吧？”

“要是去了又怎么样？”

“那我就要祝贺你了，你这个全身心的老一辈契卡人没有被揭破伪装。”

“我的伪装毫无问题。我是个功成名就的俄罗斯英雄。我没有任何不安全因素。”

“所以你才住在捷克的要塞里，养了一窝保镖。”

“我有竞争对手。这不是不安全因素，而是正常的生意行为。”

“根据我们的记录，过去十八个月你参加了四场老友聚会。”

“所以？”

“你有没有和老同事讨论过案子？特别是新的案子？”

“要是有人挑起这种话题，我也许会插几句。我从不挑起话题，也不撩拨别人挑起，你很清楚我的脾气。但假如你想派我去莫斯科执行钓鱼任务，那你就他妈的失心疯了。快说重点。”

“非常乐意。我来是想问你和瓦伦蒂娜——莫斯科中央局的骄傲——还有没有联系。”

他直勾勾地望着前方，下巴高傲地向前伸，后背像士兵一般挺直。

“从没听说过这个女人。”

“唔，阿尔卡迪，这我就要大吃一惊了，因为你说过你只爱过她这么一个女人。”

他面部的剪影毫无变化。从头到尾都没有。但他警觉的体态说明他在听我说话。

“你打算和柳德米拉离婚，娶瓦伦蒂娜。但听你前面说的，你现在的妻子不是她。瓦伦蒂娜只比你小几岁。在我看来并不符合花瓶妻子的定义。”

依然不动声色。

“要是你还记得，我们本来可以收服她的。我们有手段。你亲自提供的。她被派往的里雅斯特，执行中央局的重要任务。奥地利的一位资深外交官想出卖国家机密，但拒绝和俄罗斯官方做交易。不能是领事或外交人员。莫斯科把瓦伦蒂娜派给你。中央局那时候没多少女性职员，但瓦伦蒂娜是个例外：聪明，美丽，是你一生的梦想，你的原话。她搞定那个男人后，你和她密谋先瞒中央局一个星期，去亚得里亚海度一周浪漫假期。我好像还记得我们帮你们找到了合适的秘密住所。我们可以勒索她，但我们认为这么做就必定会破坏我们与你的关系。”

“我说过你们别碰她，否则我就宰了你们。”

“没错，你说过，我们也照你说的做了。她似乎同样是格鲁吉亚人，要是我没记错，也是契卡人的后代。完全符合你的爱好，你为她疯狂。一个完美主义者，你对我说过。工作完美，情爱也完美。”

我们傻坐着看了多久的夜色？

“也许太完美了。”他最后伤感地喃喃道。

“出什么事了？她嫁人了？有了新欢？那可拦不住你，对吧？”

又是一阵漫长的沉默，对阿尔卡迪来说，这无疑说明他正在酝酿血腥的念头。

“也许她一门心思嫁给了小弗拉迪·普京，”他杀气腾腾地说，“也许不是她的身体，而是她的灵魂。普京就是俄罗斯，她对我说。普京是彼得大帝。普京是纯粹的，普京是睿智的。他比堕落的西方更聪明。他把俄罗斯的尊严还给了我们。谁从国家窃取财富，就是邪恶的蟊贼，因为他在窃取普京本人的利益。”

“你就是其中一个邪恶的蟊贼？”

“契卡人绝不偷窃，她对我说。格鲁吉亚人也绝不偷窃。假如她知道我为你们工作，会亲手用钢琴弦勒死我。所以我们的婚姻恐怕不可能和谐”——他苦笑一声。

“是怎么结束的？真的结束了吗？”

“一点就太多了，而再多也不够。我想把这些全给她”——他摆了摆头，朝着森林、别墅、水银灯下的草坪、高高的铁丝网和单独巡逻的许多个黑西装哨兵。“她对我说：阿尔卡迪，你是魔鬼，你别把你偷来的王国献给我。我对她说：瓦伦蒂娜，请你行行好告诉我。在这个狗操的宇宙里，现如今有哪个富人不是小偷？我对她说成功不是罪孽，而是代表上帝爱我，是赦免的证明。但她不是上帝。我也不是。”

“你还见她吗？”

他耸耸肩。“人会对海洛因上瘾吗？我对瓦伦蒂娜上瘾。”

“她对你呢？”

我们以前就是这样，踮着脚尖一起行走于他分裂的忠诚的边缘，他是我难以预测的高价值情报员，我是全世界唯一一个他能安心托付秘密的人。

“但你时不时还会见她？”

他的身体突然僵住了，还是我的想象力在作怪？

“有时候在圣彼得堡，她愿意的时候。”他回答得很简洁。

“她的工作最近怎么样？”

“还是老样子。她从不冒充领事馆人员，从不冒充外交人员，从不冒充文化人员，从不冒充媒体人员。她是瓦伦蒂娜，经验丰富的匿名战士。”

“做些什么呢？”

“和以前一样。在莫斯科中央局操控编外情报员。以西欧为主。我以前的部门。”

“工作内容包括沉睡间谍吗？”

“沉睡间谍？在粪坑里刨个洞把自己埋进去躺十年，再把自己挖出来干二十年？废话。瓦伦蒂娜当然也操控沉睡间谍。和她睡一次，你就永远也醒不过来了。”

“她会让沉睡间谍冒险去为网络外的重要情报源服务吗？”

“只要赌注足够高就肯定会。假如中央局认为当地的情报站是一窝混账东西——事实上往往就是——那么就会授权使用她的编外人员。”

“包括她的沉睡间谍？”

“只要他们愿意被她唤醒，当然。”

“经过这么多年，即便到了今天，她也还是个匿名战士？”我问他。

“没错。最优秀的那种。”

“足以伪装成普通人去外勤？”

“她想去干什么就干什么。去哪儿都行。毫无问题。她是个天才。你去问她好了。”

“所以她有没有可能，我打个比方，去某个西方国家帮助或招募一个重要的情报源呢？”

“会，只要那条鱼足够大。”

“什么样的鱼？”

“大鱼。我说过了。必须够大。”

“和你一样大？”

“甚至更大。谁他妈在乎呢？”

今天想起来，后面发生的事情就好像是我能预测未来。但其实根本不是那回事，而是我在扮演我曾经扮演的角色，而是我比了解自己更了解我的情报员，而是我比他本人更早觉察到他身上的天象变化。许多个挤出来的夜晚，我坐在租来的车里，躲在某个荒凉的共党城市的陋巷里，听他倾述充满了一个人难以单独承受的历史的人生故事，这就是我得到的结果。然而在那些故事之中，最悲伤的正是此刻我正在向自己讲述的那一个：一个周而复始的悲剧，他孤独的爱情生活，这个看似不可一世的男子汉，在这个决定性的时刻变回了他从前的样子，一个迷路的孩子，虚弱，受到排斥和羞辱，欲望化为羞耻，愤怒在他内心积蓄。在他错误选择的诸多伴侣之中，瓦伦蒂娜是她们的原型，用漫不经心的爱抚回报他的激情，借着他满足她的骄傲；一旦她完全主宰了他，就把他扔回他出身的街头。

而她此刻与我们同在，我能感觉到：在他用来贬低她的过于淡漠的语气里，在对他来说并不自然的夸张的身体语言里。

“雄性的大鱼还是雌性的？”我继续问。

“我他妈怎么知道？”

“你知道是因为瓦伦蒂娜告诉了你。没错吧？”我猜测道，“不是所有的事情。只是细小的暗示，咬着你的耳朵说给你听，和以前一样。为了逗弄你。为了打动你。为了撩拨你。这条大鱼游进了她的网里。她会不会碰巧说过是一条英国大鱼？你没告诉我的是不是这个？”

月光下，汗珠淌下他枯槁、悲戚的面庞。他和他以往一样开口了，他内在的自我说得飞快，像往日一样背叛，同时憎恨自己，憎恨他背叛的目标，沉醉于他对她的爱，但又蔑视自己，为了他的无能而惩罚她。对，一条大鱼。对，英国佬。对。男人。自己送上门的。意识形态就像共产党时代。中产阶级。瓦伦蒂娜要亲自发展他。他会成为她的囊中物，她的门徒。甚至她的情人，她会知道答案的。

“还没问够吗？”他忽然吼道，转动他矮小的身躯面对我，“你来就是为了这个吧，你这坨英帝国主义狗屎？要我再一次把我的瓦伦蒂娜出卖给你？”

他一跃而起。

“你和她睡过，你这个色魔！”他疯狂地叫道，“你以为我不知道你睡了的里雅斯特的每一个女人？告诉我，你和她睡过！”

“非常抱歉，阿尔卡迪，我一直没有过那份荣幸。”我答道。

他走在我前面，双肘张开，甩开两条短腿。我跟着他穿过空荡荡的阁楼，爬下两段楼梯。来到羽毛球场上，他抓住我的胳膊。

“还记得第一次见面你对我说了什么吗？”

“当然记得。”

“再说一遍。”

“打扰一下，阿尔卡迪领事。听说你羽毛球打得很好。战争期间的两个伟大盟友打一场友谊赛如何？”

“拥抱我。”

我拥抱他。他如饥似渴地紧紧搂住我，然后一把推开我。

“价值一百万美元的金条存进我的瑞士银行户头，”他大声说，“英镑狗屁不是，明白吗？你不给我，我就去报告普京！”

“对不起，阿尔卡迪。非常抱歉，我们已经破产了。”我说；不知为何，我和他都在微笑。

“别再回来了，尼克。现在没人还做梦了，明白吗？我爱你。你再来我就宰了你。我说到做到。”

他再次推开我。门在我背后关上。我回到月光下的庭院里。微风轻轻吹。我感觉到他的眼泪留在我脸上。迪米特里在梅赛德斯车里闪了一下车头灯。

我们驱车离开，他紧张地问我：“你打败我老爸了吗？”

“我们打平了。”我回答他。

他把手表、钱包、护照和圆珠笔还给我。

*

搜我身的两个特种兵坐在大堂里，四条腿伸得老长。我经过时他们连眼皮都没抬，但等我走到楼梯顶上回头看时，却发现两人都盯着我。四帷柱床的床头上，仁慈的圣母马利亚俯视成对的天使。阿尔卡迪后悔允许我回到他苦难的人生中仅仅三十分钟了吗？他是不是决定我还是死了比较好？他经历过的种种人生早就超过了我有可能拥有的。他还没有过够其中任何一种。轻柔的脚步声在走廊里来来去去。我为我的保镖加了个房间，可惜没有保镖来住。我没有武器，身边只有房门钥匙、英镑零钱和一副中年人的躯体，恐怕敌不过他们中的任何一个。

和你一样大？甚至更大。谁他妈在乎呢？……和她睡一次，你就永远也醒不过来了……现在没人还做梦了，明白吗？

12

莫斯科开口了。阿尔卡迪开口了。我开口了，别人也听见了。多姆·特伦奇撕掉了他写给纪律委员会的信。伦敦总站报销了我的差旅费，但对我在卡罗维发利叫出租车去湖畔旅馆提出了疑问。明明通公共汽车，我为什么不去坐？由盖伊·布拉梅尔暂时代管的俄国部宣布“干草叉”案子有效且高优先级。他的上司布林·乔丹从华盛顿表示认可；某位职员不做报备就去探访一名有毒的前情报员也许让他有些想法，但他没有公之于众。我们当中出了个阿尔卡迪那种级别的叛徒，如此传闻在白厅的鸽子笼里掀起了相应的波澜。情报员“干草叉”住进伦敦内城北区一套两房的底层公寓，他所谓的丹麦甜心安妮特寄给他不少于三份加密隐形信件，其内容在“避难所”引起轰动，兴奋情绪沿着多姆·特伦奇、俄国部和行动理事会一路向上传递：

“彼得，这是上帝的裁决，”谢尔盖用敬畏的语气悄声对我说，“也许他希望我在一场大型行动中堪堪当个小卒子，而不是被蒙在鼓里。但这些对我并不重要。我只想证明我一心向善。”

尽管难以驱散一贯的怀疑，但珀西·普莱斯的监控团队还是在周二和周四下午两点到六点对他执行轻量级的反监视保护行动，珀西顶多只能投入这么多的力量。谢尔盖也问过他的联络员丹妮斯，假如他能加入英国国籍，她愿不愿意与他携手步入婚姻的殿堂。丹妮斯怀疑巴里有了新欢，而谢尔盖不愿承认现实，宁可认为自己是异性恋。然而如此未来的前景极其渺茫，因为丹妮斯是同性恋，已经有了妻子。

莫斯科中央局用密信肯定了谢尔盖选择的住所，要求他继续报告北伦敦另外两块区域的详细情况，因此证实了完美主义者安妮特对过度条理化的偏好。密信特别要求描述公园的情况，包括行人与车辆的进出口、开门与关门时间、是否有看门人或巡逻员及其他“警戒人员”。公园长凳、凉亭、演奏台和是否可停车同样是关注焦点。信号情报证实莫斯科中央局北方部出现了不寻常的出入流量暴涨。

从卡罗维发利回来后，我和多姆·特伦奇的关系不出所料地进入了蜜月期，虽说俄国部秘密解除了他在星尘行动相关所有事宜上的权限——“星尘”是总局电脑随意选出的代号，指的是对莫斯科中央局与情报源“干草叉”之间所传递信息的开发利用。然而多姆依然坚定不移地因为我会在报告上签上我和他两人的名字而兴奋，尽管我一扭头就可以回绝他的请求。他意识到了他必须仰仗我，因此感到焦躁不安，而我从中得到了莫大的乐趣。

*

我答应过要联系佛罗伦丝，但先前一时间过于激动，把这事忘到了九霄云外。在等待莫斯科中央局发来决定性的命令时，我们被迫安静下来，于是就有了个好机会可以弥补我的失礼。普鲁去外地探望一位生病的姐妹了，估计整个周末都不会回来。我打给她确认。她没有改变计划。我没从“避难所”打给佛罗伦丝，也没用情报局的手机。

我回到家里，吃了个冰凉的牛排与腰子馅饼，用几杯苏格兰威士忌冲下去，然后我带上一把零钱，顺着马路走向巴特西最后的几个电话亭之一，拨打她最后一次留给我的号码。我以为又会是答录机接电话，但佛罗伦丝气喘吁吁地拿起了听筒。

“你等一下。”她说，用手捂住听筒，朝另一个人喊了句什么，她似乎在一间空屋子里。我听不清他们具体在说什么，只能听见交谈的回声，就像海上浓雾笼罩的声音，佛罗伦丝先开口，然后一个男人说话。然后她对我说话，声音清晰，公事公办：

“纳特，什么事？”

“呃，你好，第二遍。”我说。

“你好。”

假如我期待的是一丝懊悔，那么无论是她的声音里还是回声中都听不见。

“我打电话是因为我说过我会打给你，咱们似乎还有事情没了结。”我说，惊讶于我居然不得不解释，而需要解释一下的明明是她。

“私事还是公事？”她问，我能感觉到我的火气开始上来了。

“你发短信说要是我愿意，咱们可以谈谈，”我提醒她，“考虑到你告辞的方式，我觉得很有可谈之处。”

“我的告别方式有什么不对了？”

“首先，也太突然了。其次，对你照管的某些人来说也未免太不负责任了，非要我说得这么清楚吗？”我吼道，漫长的沉默随之而来，我不禁为我的粗暴感到后悔。

“他们怎么样？”她的声音变得驯服。

“你照管的那些人？”

“还能是谁？”

“他们快想死你了。”我换上更和蔼的语气。

“包括布伦达？”——另一段漫长的沉默过后。

布伦达，阿斯特拉的本名，也就是奥尔森心怀不满的情妇，“玫瑰花蕾”行动的首要信息源。我正想带着怨气说布伦达得知她离开后就拒绝继续与我们合作了，然而佛罗伦丝声音里的哽咽变得过于明显，我只好含糊其词。

“还算可以吧，考虑到各种因素。问过你的情况，但完全理解人生必须向前看。你还在吗？”

“纳特？”

“怎么？”

“我觉得你不如请我吃个饭吧。”

“什么时候？”

“最近。”

“明天？”

“好的。”

“吃鱼可以吗？”我说，想起“玫瑰花蕾”演示会后我和她在饭馆吃的鱼肉派。

“我他妈不在乎吃什么。”她答道，挂断电话。

我只知道一家专门吃鱼的饭馆，它碰巧在财务科的可报销名单上，因此去了就有可能撞见情报局同事在和线人吃饭，无论是我还是她都不希望发生这种事。我另外选了一家西区的时髦餐厅，从提款机里取了些现金，因为我不想用我和妻子在巴克利银行的共用卡付账。

人生中有些时候，你明明没犯罪也会受罚。我订了个角落里的桌子，但其实没必要费事的。热浪看不到尽头，整个伦敦都中暑了。我按照习惯提前到了，点了一杯苏格兰威士忌。店里几乎没人，侍者一个个昏昏欲睡。十分钟后，佛罗伦丝出现了，身穿情报局工作装的夏季改版：长袖高领的军装衬衫，不化妆。“避难所”那会儿，我们见面会点头致意，然后隔空亲吻。现在我们回归了互道“你好”，她待我就像一个前男友，当然实际上我并不是。

我们捧着硕大无朋的菜单看，我问她要不要一杯酒庄香槟。她毫不客气地提醒我她只喝勃艮第红酒。她最后说要条多佛比目鱼好了，小一点的。要是我胃口好，再加个蟹肉鳄梨色拉当前菜。我胃口不错。我对她的双手很感兴趣。她戴在无名指上的男用图章戒指不见了，取而代之的是一枚镶着红色碎宝石的古老银戒指，戴在她手指上显得有点松，无法自然而然地盖住前任留下的白色印记。

我们完成点菜的任务，把厚实的菜单还给侍者。先前她一直拒绝和我视线接触。这会儿她直勾勾地盯着我，目光中连一丁点懊悔都找不到。

“特伦奇是怎么说的？”她问我。

“关于你？”

“对，关于我。”

我本以为该是我严厉地审问她，然而她有不同的想法。

“说你过于情绪化，大体而言是个错误人选，”我答道，“我说那不是我认识的你。然而当时你已经脱离情报局了，所以我们只能纸上谈兵。你可以在双打比赛的时候告诉我。你可以打电话告诉我。但你都没有。”

“你认为我过于情绪化，是个错误人选吗？”

“我刚刚说过了。正如我对特伦奇说的，那不是我认识的佛罗伦丝。”

“我问你怎么认为，不是你怎么说。”

“你要我怎么认为？‘玫瑰花蕾’让我们所有人大失所望。然而一场特别行动在最后一刻被叫停也并不稀奇。因此我确实认为你一时间被气昏了。另外我还认为你和多姆肯定有个人恩怨。不过那就和我没关系了。”我存心加上最后一句。

“关于我和多姆的谈话，他还说什么了？”

“没什么重要的。”

“他应该没提到他那位非常可爱的贵族太太——蕾切尔女爵，托利党女议员和资产管理人吧？”

“没。为什么要提到她？”

“你不会凑巧是她的朋友吧？”

“从没见过她。”

她喝一口勃艮第红酒，然后喝一口水，打量着我，像是在思考我是不是一个合适的听众，最后做了一次深呼吸。

“蕾切尔女爵和她兄弟一起建立了一所面向上流社会的资产管理公司，在老城有富丽堂皇的办公室，她担任 CEO。只接待私人客户，而且需要申请。低于五千万美元就免开尊口了。我猜你应该知道这些。”

“我不知道。”

“公司主营离岸业务：泽西岛，直布罗陀，尼维斯岛。知道尼维斯吗？”

“没听说过。”

“尼维斯是匿名业务的顶峰。尼维斯瞒过了整个世界。尼维斯岛上没人知道那儿不计其数的公司都属于谁。妈的。”

她的恼怒导向了刀叉，它们不受控制地颤抖起来。她扔下餐具，发出当啷一声，拿起勃艮第又喝了一大口。

“要我继续说下去？”

“请说。”

“蕾切尔女爵和她兄弟开设了四百五十三家不负责、不担责的离岸公司，它们互不关联，无名，独立运营，基本上全注册在尼维斯。你在听我说话对吧？看你的脸我不确定。”

“我会管好我的表情的。”

“除了要求绝对保密之外，他们的客户还要求高回报率。十五、二十个点，或者更高？女爵和她兄弟的专精领域是主权国家乌克兰。他们最优秀的操盘手有几位是乌克兰寡头。上面说的无名公司里有一百六十七家在伦敦拥有高级地产，以骑士桥和肯辛顿为主。其中有一处高级地产是一幢复式豪宅，位于公园巷，所有者是一家公司，它由另一家公司拥有，拥有者是奥尔森名下的一个信托基金。这都是事实。无可辩驳。我有证据。”

我不会做出夸张的反应，情报局不会赞成这种举动。因此我没有用叫喊来发泄震惊和愤慨，而是注意到我们的酒杯空了，于是打断三名侍者旷日持久的争论，叫他们过来斟酒，这无疑惹恼了佛罗伦丝。

“还想听下去吗？”她问我。

“那还用说。”

“蕾切尔女爵不去伺候那些贫穷又贪婪的寡头的时候，她会以上议院指派议员的身份坐镇财政部的几个附属委员会。‘玫瑰花蕾’行动做演示的时候，她就坐在底下。会议没有留下任何笔录。”

现在轮到我喝一大口酒压惊了。

“要是我没弄错，你追查这些或许存在的联系已经有段时间了吧？”我问。

“你没弄错。”

“这会儿先不说你怎么会知道这些和这些是不是真的，你和多姆见面的时候说了多少？”

“够多了。”

“够多是多少？”

“首先，他亲爱的贵族太太为奥尔森管理公司，同时假装没在这么做。”

“假如是真的。”

“我有朋友擅长查这种东西。”

“我也猜到了。你认识你这些朋友多久了？”

“这他妈和你有什么关系？”

“蕾切尔属于财政部附属委员会呢？也是你的朋友们告诉你的？”

“有可能。”

“你向多姆提到这一点了吗？”

“有必要吗？他知道。”

“你怎么知道他知道？”

“他们是夫妻啊，操！”

这是在讥讽我吗？有可能，尽管我俩并不存在的私情是个幻想，而且比起我，它在她的想象中更加根深蒂固。

“蕾切尔是一位了不起的女性，”她挖苦地说，“大众媒体热爱她。她成就斐然，得过勋章。萨伏伊的筹款宴会。去克拉里奇体察民情。等等等等。”

“但大众媒体应该不会提到她坐镇最高密级的财政部附属委员会。当然了，暗网也许会。”

“我怎么知道？”——过于义愤填膺了。

“所以我才会问你。你是怎么知道的？”

“别审问我，纳特。我已经不属于你了！”

“真是让人吃惊，你居然会认为你属于过我。”

情人间的第一次拌嘴，而我们还没做过爱。

“你这么说他的妻子，多姆是怎么回答的？”我过了一会儿问，先让激情冷却下来——主要是她的，我第一次注意到她动摇了，无法坚定不移地将我视为敌人。她隔着桌子俯身凑近我，压低声音说：

“第一。这个国家的最高当局了解这些联系的存在。他们研究过，批准了。”

“他说了哪个最高当局吗？”

“第二。不存在利益冲突。向各方都完全和坦诚地披露了情况。第三，关于‘玫瑰花蕾’的决定是仔细研究案子所有方面的因素并综合考虑了国家利益之后做出的。第四，我似乎掌握了我无权掌握的机密情报，所以我他妈应该闭嘴。你接下来也要对我说这句话了。”

她说得对，虽说出于不同的原因。

“你还告诉了谁吗？除了多姆和我？”我问。

“没人。我为什么要去说？”——恢复了最初的敌意。

“嗯，那就坚持下去。我可不想去老贝利[①]为你的优良品质作证。请允许我再问一遍：你和你那些朋友来往多久了？”

不回答我。

“在你加入情报局之前？”

“也许吧。”

“汉普斯特德住的是谁？”

“一个烂人。”

“什么样的？”

“四十岁的退休对冲基金经理。”

“我猜已经结婚了。”

“和你一样。”

“女爵为奥尔森管理离岸户头的消息是他告诉你的？”

“他说富得流油的乌克兰人最喜欢的老城金融家就是她。他说她摆布财政当局就像弹竖琴。他说他本人也用过她几次，结果相当理想。”

“用她做什么？”

“办事呗。绕过什么也管不了的法规。你以为呢？”

“而你把这些传闻——小道消息——告诉你的朋友，他们继续往下查。你想说的就是这个？”

“也许吧。”

“我该怎么处理你刚刚告诉我的这件事呢？假如确实是真的？”

“就当不知道。人人都这样，不是吗？”

她站起来。我跟着起身。侍者送上天价账单。她和我一起看着我

① 指英国的中央刑事法院。

数出几张二十块钞票放在盘子上。她跟着我走上街道，一把抓住我。我们得到了一直没有过的拥抱，但没接吻。

“千万记住你离职时人力资源部要你签的那些严酷文件，”分开时我提醒她，“结束得这么难看，我觉得很可惜。”

“唔，也许并没有结束，”她回答道，然后急急忙忙纠正自己，像是说错了话，“我是说我永远也不会忘记，没别的意思。你们这些超级好的同事。我负责的情报员。‘避难所’。你们全都好极了。”她说得有点过于欢腾。

她走到路上，拦下一辆过路的出租车，没等我听清她要去哪儿就忙不迭地摔上车门。

*

我一个人站在热烘烘的人行道上。十点过十分，但白昼的热气依然扑面而来。我们的幽会结束得过于迅猛，酒精上头，暑热难耐，我不禁怀疑到底有没有真的发生过。我接下来该怎么做？去和多姆谈一谈？她已经去谈过了。召唤情报局的禁卫军，让神罚落在她那些朋友们的头上？在我的想象中，他们是一帮理想主义愤怒青年，和斯黛年龄相仿，把醒着的每一分钟都花在尝试动摇体制上。还是我该消磨点时间，走路回家，睡觉，等明早醒来再看我怎么想？正要这么做的时候，我的情报局手机响了，铃声代表收到了一条特急短信。我从路灯底下走开，输入解锁密码。

情报源“干草叉”收到了决定性来信。全体“星尘”人员明早0700在我办公室集合。

落款是盖伊·布拉梅尔的符号，俄国部的代理部长。

13

接下来的十一天里，谍报行动、家庭变故和历史事件挤在一起发生，从我的角度来说，任何想要有条理地讲述它们的企图都注定要失败。微不足道的小插曲侵入了意义非凡的大戏。伦敦的街道在创纪录的热浪中凋零，却被举着横幅的愤怒游行队伍占领，普鲁和她的左倾律师朋友们就在其中。临时组建的乐队吼出抗议歌曲。充气人像在人群头顶摇摆。警车和救护车的警笛叫个不停。你无法靠近威斯敏斯特，不能穿过特拉法尔加广场。这场灾难的原因？英国铺开红地毯迎接美国总统，他来就是为了嘲笑我们与欧洲之间来之不易的纽带，羞辱邀请他到访的首相大人。

清晨七点在布拉梅尔办公室的会议是“星尘”作战指挥部的一连串会议之中的第一场。与会者包括监控部老大——头等要员珀西·普莱斯，还有俄国部和行动理事会的精英们。但没有多姆，有意思的是没人问他去了哪儿，因此我也没问。兄弟局那位可敬可畏的马里恩来了，陪同她的是两位身形笔直的男律师，尽管闷热难当，但他们依然身穿黑色正装。布拉梅尔亲自朗读谢尔盖从中央局得到的最新指令：

为一场秘密会晤提供外勤支持，会晤双方是一位性别未知的莫斯科特使和一名高价值的英国变节者，密信中没有提到更多的细节。我在星尘行动中的角色一方面得到了正式批准，另一方面也受到限制。我是不是觉察到了布林·乔丹在做手脚呢？还是我比平时更加多疑了？身为“避难所”分站的站长，我将“负责‘干草叉’及其操控者的安全与管理”；“干草叉”与莫斯科中央局之间往来的秘密联络都将通过我进行。但这些信息在流通前都必须经过盖伊·布拉梅尔（以俄国部代理部长的身份）的签字认可。

因此我的职责到此就戛然而止了，然而事实上并非如此，因为那不符合我的为人，而身在远方的布林应该比任何人都清楚这一点。对，我会去卡姆登城地铁站隔壁，躲在避难所破旧的安全屋公寓里，和谢尔盖还有他的联络员丹妮斯开无聊的碰头会。对，我会为谢尔盖撰写密信，和他下象棋直到深夜，等待东欧某个商业电台用预设暗语确认我们寄往哥本哈根的新情书已经收到。

但我是外勤特工，不是坐办公室的文员，更不是一名社工。尽管我被放逐到了“避难所”，但我也是星尘行动的第一作者。是谁走出至关重要的一步，听取谢尔盖的报告，从中闻到了血腥味？是谁带他去伦敦，又冒着违规的风险去找阿尔卡迪，找到决定性的证据，确认这并不是什么不值一提的俄罗斯抢座位游戏，而是一次高端的秘密情报行动，围绕着一个或潜在或活动的高价值英国情报源展开，由莫斯科中央局编外情报员的女王亲自主导？

在我们的黄金年代，珀西·普莱斯和我——用俗话说——一起偷过几匹好马，那可不仅仅是波兹南的那枚俄罗斯地对空导弹。因此最顶上的人知道了也不会觉得吃惊：第一次星尘作战会议后没几天，珀西和我坐在一辆装满了现代监控科技最新奇迹的洗衣店货车里，先去北伦敦谢尔盖受命侦察的三个区域中的第一个走了一遍，然后第二个，现在是最后一个。珀西将其命名为贝塔地点，我没问他为什么。

在我们一起巡游的时候，我们缅怀我们共同参与过的老案子、老情报员和老同事，我们说话就像两个老家伙。珀西私下里介绍我认识了他的监视者大军，这是一项特权，总部特别不鼓励他这么做：说到底，有朝一日他们也有可能来监视你。见面地点是贝塔地点边缘一座已经弃用、等待拆除的礼拜堂。我们假装聚集在此纪念逝去的灵魂。珀西召集了足足上百人。

“纳特，欢迎你给这些孩子们打打气，我会感激不尽的，”他用东区土腔对我说，“他们有奉献精神，但工作有时候非常枯燥，尤其是最近这么热。允许我说一句，你似乎有点担心。请记住我的孩子们喜欢好看的脸蛋。他们是监视者，明白吗，所以这是理所当然的。”

为了我和珀西的感情，我和他们握手，拍他们的肩膀，他邀请我对他的忠诚战士们说几句鼓鼓劲，我没有让他失望。

“这个星期五傍晚，”我听见我的声音在油松房椽间令人愉快地回荡，“也就是七月二十日，我们希望能成功监视的是一场经过精密策划的秘密会晤，双方在此之前从没见过面。其中一个代号伽玛，是一名久经考验的谍报人员，他或她的袖子里塞满了这个行当的花招。另一个代号德尔塔，年龄、职业和性别一概未知。”我如此提点他们，对我的情报源一如既往地保护有加。“他或她的动机不但在你们看来是个谜，对我们来说也一样。但有一点我可以告诉你们：即便在我说话的这会儿，确凿的情报也还在陆续传来，假如其中存在任何意义，那么大不列颠的公众就要欠你们一份不可谓不巨大的感谢了，尽管他们恐怕永远不会知道。”

掌声雷动，我始料未及，不禁为之感动。

*

我的面部表情对珀西那帮手下的影响或许会让珀西感到不安，但普鲁并不会产生这样的忧虑。我们在吃早午餐。

“能看见你对这一天充满渴望的样子真是太好了，”她对我说，放下手里的《卫报》，“无论你要去干什么。我为你感到高兴，因为之前你对回归英国和回家后能做什么充满了可怕的念头。天晓得你到底要去干什么，我只希望别太违法了。还是说就有那么违法？”

这个问题，要是我没理解错，意味着我们在回归彼此坦诚的道路上迈出了一大步。自从莫斯科的那段岁月以来，我和她之间有个共识，那就是即便我不遵守情报局的规则，把一切都告诉她，她对于深层政府①的原则性反对也不允许她分享我的快乐。反过来为了有来有往——也许做得有点过头——我也不去探听她的法务秘闻，哪怕是她的事务所正在与大型药企展开堪称壮丽的战斗。

“唔，说来有趣，普鲁，也算难得一见，这次完全不是坏事，”我答道，“事实上，连你都有可能会赞成。从各方面的兆头来看，我们即将揪出一名高级别的俄国间谍”——这不只是不遵守情报局的规则，而是在践踏了。

“等你揪出他或她，不管是谁，你们都会送他或她上法庭。当然会的，对吧？公开审理。”

---

① 阴谋论术语，由政府官僚、公务员、军事工业复合体、金融业、财团和情报机构所组成的秘密集团，为保护其既得利益在幕后真正并实际控制国家。

"那要看上面的人怎么决定了。"我谨慎地答道，因为情报局逮住敌方特工后最不想做的事情就是移送司法系统处理。

"在把他或她熏出地洞的行动中，你扮演的是个关键角色？"

"既然你这么问了，普鲁，那我也实话实说，没错。"我承认道。

"包括去布拉格与捷克那面的联络员讨论？"

"有捷克那方面的因素。暂且就这么说吧。"

"好吧，看来你真是聪明绝顶了，纳特，我为你感到非常自豪。"她说，抛开苦苦维持多年的矜持。

哦，对了，她的事务所觉得他们已经把大型药企赶进死胡同了。另外，斯黛昨晚打电话的时候嘴里像是抹了蜜。

*

就这样，在一个阳光灿烂的上午，所有事情以我不敢企望的方式走上正轨，星尘行动开始积蓄不可阻挡的能量。谢尔盖从莫斯科中央局得到的最新指令要他上午十一点去莱斯特广场旁的一家啤酒餐厅。他要在"西北角"选个座位，然后点一份巧克力拿铁和一个汉堡，配菜要西红柿色拉。十一点一刻到十一点半之间，在经过辨识信号的确认后，一个人会接近他，声称是他的老相识，对方会拥抱他，分开时说他约会要迟到了。在拥抱的过程中，谢尔盖会获得一部"未经污染的"手机（莫斯科的描述用语），里面装有一张全新的 SIM 卡，还有一截包含了下一步指令的缩微胶片。

在同样沸腾的人群与热浪的包围下——这两者都给珀西·普莱斯对会面的监视带来了麻烦——谢尔盖按照指示在啤酒餐厅里落座点

餐，欣喜地发现张开双臂走向他的不是别人，正是热情洋溢、永远年轻的菲利克斯·伊万诺夫（至少他在沉睡者学校里的化名就是这个），他往日的同班同学。

手机的秘密交接顺利完成，然而会面出乎意料地变成了社交活动。见到他的老朋友谢尔盖过得如此快活，伊万诺夫委实惊喜交加。他没有声称还约了人所以急着要走，而是在谢尔盖身旁坐下，两名沉睡间谍愉快地聊了起来，他们的教官见到了一定会羞愤绝望。尽管环境闹哄哄的，但珀西的团队不但能听见他们在聊什么，甚至用镜头拍摄下了整个会面。伊万诺夫（俄罗斯部的电脑将他随机命名为塔奇奥）离开后，珀西派了小分队去跟踪他，发现塔奇奥住在格德斯绿地的一家青年旅馆里。与他文气的代号刚好相反，塔奇奥身材魁梧，嗓音嘶哑，生性爱笑，是个典型的俄罗斯熊，深受同学尤其是女同学的喜爱。

随着情报像洪水似的涌入总局，资料处理人员发现伊万诺夫现在已经不叫伊万诺夫，甚至都不是俄罗斯人了。从沉睡者学校毕业后，他获得了新的身份：波兰人，姓斯特列利斯基，工科研究生，以学生签证就读于伦敦经济学院。他的申请书上说他会说俄语、英语和流利的德语，在波恩和苏黎世念过大学，他的教名不再是菲利克斯，而是米哈伊尔——人类的守护者。因此，他在俄罗斯部成为了一个备受关注的人物，因为他属于新一代间谍，他们甩掉了老一辈克格勃的蠢笨手法，说我们西方的语言就像在说母语，把我们的小伎俩学到了骨子里去。

“避难所”在卡姆登破旧的安全屋里，谢尔盖和丹妮斯肩并肩坐在高低不平的沙发上。我坐在一张扶手椅里，拆开塔奇奥给的手机——技术部在此之前已经暂时休眠了手机——取出那一小截缩微胶片，放在放大镜底下查看。在谢尔盖的一次性密码本的指引下，我们解出了莫斯科的最新指令。俄语。我和之前一样请谢尔盖为我翻译成英语。已经到了这个节骨眼上，我不能冒险让他发现我从我们见面那天起就在欺骗他。

指令一如既往地无懈可击，按照阿尔卡迪的说法：过于完美了。谢尔盖要在地下室公寓的推拉窗的左上角贴一张“禁止核能”的标贴。他需要在回信中确认是否从两个方向经过都能看见它和在多远距离外能看见。由于已知的抗议团体都不提供这样的标贴，因为现如今大家都贴“禁止压裂开采”了，伪造部只好替我们做了一个。谢尔盖还要买一个维多利亚时代的斯塔福郡斗牛㹴摆件，高度在十二到十八英寸之间。eBay 上多得是。

在这些快乐、兴奋、阳光灿烂的日子里，普鲁和我有没有和巴拿马那边拉过几次家常呢？当然有了，那是一连串轻松愉快的夜间 Skype 通话，有时候朱诺出去搜寻蝙蝠，留下斯黛一个人，有时候两个人一起，因为就算星尘行动包围着你，真实世界（普鲁坚持用这个说法）的生活也还是要继续下去。

吼猴凌晨两点开始捶打胸膛，吵醒了整个营地，斯黛告诉我们。还有巨型蝙蝠一旦确定飞行路径，就会关闭它们的雷达，因此你在棕榈树之间张开绳网，很容易就能抓住它们。然而等你解开绳网，给它们做好标记，老妈，那时候你才真的必须要当心了，因为它们会咬人，它们会传播狂犬病，你必须戴上厚得吓死人的手套，就像掏阴沟的工人，而蝙蝠的幼崽一样可怕。斯黛又变回了孩子，我和普鲁欣慰地这么认为。至于朱诺，在我们敢于确定的范围内，是个地道、真诚的年轻人，表现得非常爱我们的女儿，因此世界没有崩溃。

然而生活中的一切有因就会有果。一天傍晚——按照我不可靠的记忆，应该是星尘之夜前八天——家里的电话响了。普鲁接电话。朱诺的父母一时心血来潮飞到伦敦。他们住在布鲁姆伯利的一家旅馆里，旅馆老板是朱诺母亲的朋友，他们有温布尔登的球票，还有劳德球场英国对印度板球赛的一日票。他们希望能有幸见一见未来媳妇的父母，"什么时候都行，只要商务领事和您本人方便。"普鲁高兴得都站不起来了，好不容易才把这个好消息告诉我——确实不容易，因为当时我坐在珀西·普莱斯的监控车里，车停在贝塔地点，普莱斯正在说明他打算把固定哨位放在哪些地方。

话虽如此，两天后（星尘之夜前六天）我还是奇迹般地出现在我家客厅的煤气壁炉前，身穿漂亮的正装，普鲁站在我身旁，以英国商务领事的身份会见我们女儿未来的公婆，探讨英国脱欧后与次大陆之间的贸易关系和印度板球投手库尔迪普·亚达夫令人眼花缭乱的投掷步动作；普鲁，身为一名律师，尽管在需要的时候很擅长板着扑克脸，却捂着嘴险些笑出声来。

至于在那段压力巨大的日子里，我和艾德不可或缺的晚间羽毛球大赛，我不得不说它们不可能更不可或缺了，而我们俩的竞技状态都上了一层楼。为了那最后三次比赛，我提高了我在健身房和公园里的运动强度，发疯般地企图反制艾德近期的控场趋势，直到某一天，有史以来第一次，无论我如何挣扎都无济于事了。

那一天是 7 月 16 日，我和他都永远不可能忘记。我们一如既往地激烈拼杀。我又输了，但我不介意，因为我已经习惯了。我们把毛巾搭在脖子上，漫不经心地走向老地方，准备与平时一样走进几乎全空的酒吧，听着星期一晚上稀稀拉拉的交谈声和酒杯碰撞声。然而迎接我们的却是不寻常得令人不安的寂静。吧台前，我们的五六个中国会员盯着电视机，这台电视总在播放某个地方的某种运动。然而今晚出现在屏幕上的既不是美式足球也不是冰岛冰球，而是唐纳德 · 特朗普和弗拉基米尔 · 普京。

两名领导人在赫尔辛基共同出席记者发布会。他们肩并肩站在各自国家的国旗前。特朗普发言像是在点菜，他否定自己国家情报机构的成就——他们挖出了令人头疼的真相：俄罗斯干预了 2016 年美国总统大选。普京笑得像个自豪的狱卒。

艾德和我踉踉跄跄地来到老地方坐下。评论员提醒我们——就好像我们会忘记似的——就在昨天，特朗普刚刚宣布欧洲是他的敌人，顺便还踩了一脚北约。

按照普鲁的说法，我掉到脑袋的哪个角落里去了？半个我和我以前的情报员阿尔卡迪在一起。我想起他把特朗普说成给普京扫厕所的。我想起“小弗拉迪没法自己做的，他替小弗拉迪包圆了”。另外半个我和身陷华盛顿的布林 · 乔丹在一起，他和我们的美国同侪彼此取暖，难以置信地望着总统卖国的同一幕景象。

艾德掉到他脑袋的哪个角落里去了呢？他僵硬得像块铁。他缩回了自我的硬壳之中，躲得前所未有地深和远。刚开始他还张着嘴，像是不敢相信他听见的东西。他的嘴唇缓缓合上，他舔了舔嘴唇，然后茫然地用手背擦了擦。酒保老弗雷德有他自己的优先顺序，他换了个频道，一群女车手在赛道上疯狂蹬车，然而艾德的视线依然没有离开屏幕。

“往事重演，”他最后说，因为发现了真相而声音颤抖，“1939年重头再来了。莫洛托夫—里宾特洛甫条约，塑造整个世界。”

我觉得这么说有点过头了，我就这么告诉他。特朗普也许是美国有史以来最差劲的总统，我说，然而他不是希特勒，尽管他或许想当，但也有很多好美国人不会袖手旁观。

刚开始他似乎没听见我在说什么。

“唉，是吧，”他用恍惚的声音说，这个声音属于一个刚从麻醉中醒来的人，“当时也有很多好德国人的。他们做的好事可真他妈多。”

14

星尘之夜即将到来。总局最顶层的行动指挥室里风平浪静。仿橡木双开门上的 LED 挂钟说这会儿是 19:20。假如你的密级够高，就知道大戏将在五十五分钟后开演。假如不够高，那么两位眼如鹰隼的守门人就会乐于提醒你走错了地方。

气氛颇为悠闲，随着最终期限临近，变得更加悠闲了。没人惊慌失措，每个人都有充足的时间做好一切准备。助理拿着打开的笔记本电脑、保温杯、瓶装水和冷餐台上的三明治跑进跑出。一个嘴贱的家伙问有没有爆米花。一个戴着荧光色挂绳姓名牌的胖子在摆弄墙上的两台平板电视。两台电视此刻显示的都是温德米尔湖的秋日胜景。耳机里传来叽叽喳喳的说话声，都来自珀西 · 普莱斯的监控团队。他的上百名部下将伪装成下班回家的购物者、货摊的经营者、女招待、自行车手和优步司机，还有除了看姑娘和拿着手机聊天就无事可做的闲散路人。只有他们自己知道他们拿的是加密手机，交谈对象不是朋友、家人、情人和毒贩，而是珀西 · 普莱斯的控制中心——今晚控制中心是个双层玻璃的巢穴，筑在我左侧墙壁的半中央高处。珀西坐在房间里，身穿他标志性的白色板球衫，袖子卷起来，头戴耳麦，向他分散各处的队员发号施令，隔着玻璃我听不见他在说什么，只能看见他的嘴在动。

我们有十六个人，其他人还在陆续到来。济济一堂听取佛罗伦丝为玫瑰花蕾行动所作的失败宗教剧的正是我们这支能量巨大的队伍，另外还多了几位可喜的客人。兄弟局的马里恩再次出席，依然带着那两个穿黑西装的扛枪小弟——也就是律师。据说马里恩来意不善。顶层拒绝把星尘行动摆在盘子上送给她所属的情报局，因此她很不高兴：既然白厅内部有可能存在一名身处高位的叛徒，那么这个案子理所当然应该归他们局处理。恐怕不是这样的，马里恩，我们顶层的大佬说。情报源是我们的，因此情报是我们的，因此案子是我们的，祝你晚安。我猜在莫斯科，在卢比扬卡广场（往日的捷尔任斯基广场）的幽深内部，类似的紧张争论同样在爆发，北方部编外科的人员非要挤进行动，共度这个漫漫长夜。

我得到了晋升。我取代佛罗伦丝坐在办公桌的客位上，多姆·特伦奇坐在对面正中的主位上。我和他后来没再谈过玫瑰花蕾行动，因此当他俯身撑住台面，压低声音说话时，我感到万分迷惑。

“关于不久前派车送你去诺斯伍德的那一次，纳特，我相信咱俩之间没有不同意见吧？”

“为什么会有呢？”

“要是有人问起，我希望你能为我说话。”

“说什么？你别说车队闹起来了！”

“关于某些有关的事情。”他阴郁地答道，然后缩回壳里。仅仅十分钟前，我用最漫不经心的语气问他，他的女爵夫人目前在哪些非正式国务机构里任职？

“她跳来跳去，纳特，”他当时这么说，挺胸抬头，像是在面见皇室成员，“我亲爱的蕾切尔从骨子里喜欢跑来跑去。不是去威斯敏斯特某个你我闻所未闻的半官方机构，就是去剑桥和位高权重之辈讨论该如何拯救卫生部。我猜你家普鲁也差不多。”

唔，多姆，谢天谢地，普鲁不一样，所以我家门厅里才横着一块超级大的标语牌，上面毫无创意地印着“撒谎精特朗普”，每次我进门都要绊一下。

温德米尔湖变成白屏，抖了抖，又回来了。行动指挥室的灯光变暗。迟到者的黑影偷偷摸摸地进门，在长会议桌旁落座。温德米尔湖依依不舍地告别，取而代之的是珀西·普莱斯人员的监控画面，镜头推进拉远，我们看见快乐的市民在北伦敦公园里享受阳光，这是夏季的一个溽热傍晚，此刻是七点半。

就在一场生死攸关的情报行动收网前几分钟，你无论如何也想不到你对自己同胞的羡慕情绪有可能会占据你的心灵。然而出现在电视屏幕上的正是我们理想中的伦敦：多种族的孩子在打街头篮球，永不落的太阳照耀着穿夏季裙装的姑娘，老人手挽手散步，母亲推着婴儿车，人们坐在郁郁葱葱的大树下野餐，在屋外下象棋，在高谈阔论。一个好脾气的警察在人群中慢悠悠地向前走。我们上次见到警察单独上街是什么时候？有人在弹吉他。我花了几分钟才回想起来，仅仅三十六个小时之前，这些快乐百姓中有很多人还在那所废弃礼拜堂里听我训话，礼拜堂粗笨的尖塔此刻统治了天际线。

多亏了珀西，星尘行动的团队对贝塔地点烂熟于心，我也一样。公园以六个没网的残破网球场和带攀爬架、跷跷板及爬行隧道的儿童操场而自豪。这里有个气味难闻的划船池塘。一条公共汽车车道、一条自行车车道和一条禁止停车的繁忙干道构成了公园西侧的边界；东侧由一幢高耸的市政建筑物占据，北侧是一片士绅化的乔治王朝风格排屋。谢尔盖经过莫斯科首肯的公寓就位于其中一幢屋子的半地下室里。公寓有两间卧室。丹妮斯睡其中一间，房门上锁。谢尔盖睡另一间。有一道铸铁楼梯通向公寓。隔着推拉窗的上半截，你能看见公园的操场和一条狭窄的水泥步道，步道左右各有三张固定长椅，彼此相隔二十英尺。每张长椅长十二英尺。谢尔盖从一号到六号拍摄照片，发给莫斯科。

公园还以一家广受欢迎的自助式餐厅而自豪，从街面和从公园内都能通过一道铁门进去。今天餐厅临时被新管理方接管，原团队得到一整天的带薪假期——珀西懊恼地说，成本就是从这种地方来的。餐厅有十六张室内餐桌和二十四张露天餐桌。露天餐桌装着固定式的大伞，可以遮阴挡雨。食物和饮料由室内的自助餐台供应。热天有个室外冰激凌吧，牌子上是一头快乐的奶牛在舔香草双球蛋筒。餐厅后侧是公共卫生间，有母婴室和残疾人设施，还向遛狗者提供塑料袋和绿色垃圾箱。谢尔盖尽心尽力地将这些写在冗长的密信里，发给他贪得无厌的丹麦甜心，完美主义者安妮特。

在莫斯科的要求下，我们还提供了餐厅的照片，包括内部、外部和接近途径。应操控者的命令，谢尔盖在那里吃了两次饭，一次室内，一次露天，两次都在傍晚七八点之间；向莫斯科报告就餐者的密度后，谢尔盖收到命令：在得到进一步通知前，不要再在餐厅露面。他要待在半地下室公寓里，等待他尚不知情的事情发生。

“我将扮演多重角色，彼得。半个安全屋管理员，半个反监视人员。”

他说半个是因为他得知他和老同学塔奇奥将共同负责行动环节。万一他们偶然撞见，就假装彼此不认识。

我扫视人群，怀着见到熟悉面孔的渺茫希望。阿尔卡迪的瓦伦蒂娜在的里雅斯特和亚得里亚海逗留期间，我方录制和拍摄了她的大量影像资料，将她归为莫斯科中央局的使节和潜在的双重间谍。然而她长着一张大众脸，而且又过了二十年，她愿意变成什么样都有可能。想象力找出了为数众多的可能性。她们其中任何一个都有可能是现在的瓦伦蒂娜，又名安妮特或其他天晓得什么名字。我抱着开放的心态，看见年龄各异的五六个女人在公共汽车站下车，但没有一个走向通往餐厅的铁门和公园的开阔区域。珀西的镜头落在一个留胡子的老神父身上，他披着紫红色的法衣，戴着教士领。

“和你有关系吗，纳特？”耳麦里响起他的声音。

“没有，珀西，和我没关系，谢谢。”

笑声此起彼伏。我们重新安静下来。另一个镜头晃动着扫过柏油小径旁的长椅。我猜镜头装在那位友善的警察身上，他朝着左右两侧的微笑公众点头致意。镜头在一个中年女人身上停留片刻，她穿粗花呢裙子和漂亮的棕色拷花皮鞋，正在读免费的《旗帜晚报》。她戴一顶宽檐草帽，身旁长椅上放着一个购物袋。她也许是某个女性保龄球俱乐部的成员。也许是瓦伦蒂娜在等待接头。也许只是一位普普通通的英国老处女，不怎么介意酷暑。

“纳特，有可能吗？”珀西问我。

“有可能，珀西。”

屏幕上换成餐厅的露天区域。镜头俯视丰满的胸部和晃来晃去的托盘。托盘上有一个小茶壶、一只带碟子的茶杯、一把塑料茶匙和一袋牛奶。还有一块玻璃纸裹着的热那亚水果蛋糕搁在纸碟上。腿、脚、伞、手和面部一闪而过，镜头的主人捧着东西向前走。镜头停下。一个女人对着颈部麦克风说话，声音不做作、友好，受过珀西的训练：

“不好意思，先生。那把椅子有人坐吗？”

塔奇奥抬起长着雀斑的放肆面容看镜头。他对着镜头说话。他的英语堪称完美。就算带着一丝口音，也是德国或者——我想到了苏黎世大学——瑞士的：

“非常抱歉，这儿有人。女士去倒茶了。我答应替她看着的。”

镜头转向他身旁的空座位。椅背上搭着一件牛仔上衣，就是塔奇奥在莱斯特广场啤酒餐厅里和谢尔盖见面时穿的那件。

一个更高级的镜头从这儿接手：类似狙击瞄准镜，我猜是从一辆抛锚的双层巴士的上层窗口拍摄的，巴士上挂着三角警告标牌，是珀西今天上午安插的固定哨位之一。镜头不再抖动。画面放大，拍摄塔奇奥单独坐在桌边，用麦管吸可乐，玩手机。

一个女人的背部进入画面。不是粗花呢衣服的背部。不是丰满女人的背部。而是一个优雅女性的背部，腰部很细。带着出入健身房的气息。这个女人穿长袖白衬衫和巴伐利亚式薄外套。细长的颈部往上是一顶男用爵士草帽。她的声音——通过两个不同步的音频源传来，一个我猜就在桌上的调味瓶里，另一个是较远处的指向式麦克风——很有力量，外国口音，愉快地说：

“不好意思，这位先生。这把椅子是真的有人坐，还是仅供你的上衣享用？”

塔奇奥像是听到了命令，他一跃而起，兴奋地大声说：“这是您的，女士，保证没人坐！”

他从椅背上抓起牛仔上衣，一副存心献殷勤的模样，然后把衣服搭在自己的椅背上，重新坐回去。

另一个角度，另一个摄像头。震耳欲聋的咚的一声，细腰窄背的女人放下托盘，拿起一个纸杯（装的应该是茶或咖啡）、两袋糖、一把塑料叉和一块海绵蛋糕放在桌上，把托盘放在不远处的手推车上，然后在塔奇奥身旁坐下，但没有转向镜头。两人没再交谈，她拿起叉子，切开海绵蛋糕，喝了一口茶。帽檐投下的黑影落在脸上，她低着头。她抬起头，回应我们尚未听见的什么问题。与此同时，塔奇奥看了看手表，不出声地惊呼一声，跳起来，抓起牛仔上衣，像是忽然想到还约了人，飞快地离开餐桌。就在这时，我们终于看清了他留下的这个女人。她身材瘦削，端庄优雅，黑头发，五官分明，年龄在五十五到六十之间，保养得很好。她穿墨绿色棉布长裙。对于一名伪装成普通人的女性巡回情报人员来说，她的存在感过于强烈了。她一向如此，否则阿尔卡迪为什么会为她倾倒？她曾经是他的瓦伦蒂娜，现在她是我们的瓦伦蒂娜了。我们所在这座建筑物的外围某处，面部识别团队无疑得出了相同的结论，因为预先指定的代号伽玛已经在两块屏幕上向我们闪烁红色的磷光印记了。

“先生，有何贵干？”她对着镜头问，声音里充满了喜悦。

“哦，嗯。我在想我能不能坐在这儿。”艾德答道，把托盘撂在桌上，发出砰的一声巨响，然后坐进几秒钟前塔奇奥让出的那把椅子。

*

时至今日，假如要我说我立刻就确凿无疑地认出了艾德，那恐怕无法正确地描述我当时的反应。不，那不是艾德。不可能是。那是德尔塔。体型很像艾德，对，我承认。几乎就是艾德，就像三峰度假村的那个艾德副本，当时普鲁和我正在享用奶酪吐司和白葡萄酒，而他在门口出现，浑身积雪。高大，笨拙，肩膀同样向左倾斜，同样不肯站得笔直：没错。声音呢？对，嗯，也很像艾德，毫无疑问：含混，北方口音，谈不上优雅，直到你明白这就是英国年轻人希望你知道他们没打算把你当回事时用的通用腔调。因此，他说话像艾德，是的。长相也像艾德。但他不是你认识的艾德，不可能。哪怕他同时出现在两块屏幕上。

如此毅然决然拒绝承认现实的状态只持续了短暂的一小会儿，按照我粗略的估算，仅仅十秒或十二秒，我没能（也可能是不肯）听清艾德落座后与伽玛之间的后续寒暄。别人向我保证——因为我没能看到录像——我没漏掉任何实质性的内容，他们聊的都是琐碎小事，而那是有意为之的。等我回过神来，屏幕下方的数字时钟向回跳了二十九秒，因为珀西·普莱斯觉得这是个欣赏猎物的闪回画面的好时机，这就进一步扰乱了我的记忆。艾德站在餐厅里排队，一只手拎着棕色公文箱，另一只手拿着白铁托盘。他慢吞吞地走过三明治、蛋糕和点心货架。他选中了奶酪腌黄瓜棍子面包。他来到饮料柜台前，要了一杯英式早餐茶。麦克风把他的声音变成了铿锵的咆哮：

"对，大杯那就最好了。多谢。"

他站在收银台前，笨手笨脚地折腾，一只手保持茶杯和面包的平衡，另一只手拍打口袋找钱包，公文箱夹在两只大脚之间。他是代号德尔塔的艾德，他走向通往露天座位区的门，一只手拿着托盘，另一只手拎着公文箱，眨巴着眼睛东张西望，像是戴错了眼镜。我想起多年前我在一本契卡手册里读到的内容：带着食物会让秘密会面显得更真实可信。

15

我记得这时候我扫视了一眼我亲爱的同事们，发现他们一个个都盯着两块平板显示屏，除此之外没什么共同的反应。我记得我发现只有我看的方向和大家不一样，连忙重新调整脑袋的角度。我不记得我看见了多姆。我记得房间里有一两个人坐立不安，样子像极了看无聊剧目时的那种烦躁；还有几个人跷着腿，时不时有人清清喉咙——这声音主要来自顶层的大佬们，其中以盖伊 · 布拉梅尔为首。至于兄弟局那位永远咄咄逼人的马里恩：我看见她蹑手蹑脚地大步走出房间，这本身就是个矛盾，因为你蹑手蹑脚走路又怎么能迈大步呢？但她做到了，尽管穿的还是长裙，身穿黑西装的两个扛枪小弟紧随其后。耀眼的阳光一闪而逝，三道剪影穿过门洞，门卫在他们背后关上了门。我记得我想咽唾沫，但我做不到，我的胃里直翻腾，像是肚子中了一拳，而我没来得及绷紧肌肉去抵挡。然后我开始用难以回答的问题轰炸自己——回想起来，职业情报人员幡然醒悟的过程中必然会有这一步，他意识到他的情报员一直在蒙骗他，他满地乱转搜寻借口，却什么都找不到。

监视不会因为你而半途而废。演出还在继续。我亲爱的同事们还在坚持。我也咬牙忍耐。我实时观看影片的剩余部分，通过屏幕上的现场直播，一个字都没说，连最细微的手势都没打一个，没有以任何方式破坏和我一起看戏的同伴们的快乐——即便是三十个小时之后，我站在淋浴龙头下，普鲁注意到了我用指甲在左腕上掐出来的血印子。她拒绝接受我编造的打球受伤的说法，甚至难得一见地谴责我，怀疑留下印记的不是我本人的指甲。

演出剩下的时间里，我不只是在看艾德。我以在座诸君无人能及的熟悉程度感受着他的一举一动。从羽毛球场到喝啤酒的老地方，只有我了解他的身体语言。我知道当他心里有火需要发泄时会如何扭曲身体，当他有一肚子话想倒出来时词句会如何堵在嘴里。也许正因为这样，珀西回放他笨拙地走向露天座位区的镜头时，我才敢于确定他点头致意的对象不是瓦伦蒂娜，而是塔奇奥。

艾德和塔奇奥打过招呼后才走向瓦伦蒂娜。此时塔奇奥已经快要走出这个场景了，这个事实无疑证明了哪怕在危机时刻，我也依然能像一名经验丰富的谍报人员那样做出判断。艾德和塔奇奥有过来往。塔奇奥向艾德介绍瓦伦蒂娜，他的任务到这儿就结束了，因此他才会突然离开现场，留下艾德和瓦伦蒂娜悠然自得地坐在那儿，轻松愉快地聊天，就像两个陌生人碰巧坐在一起喝茶，吃着各自的奶酪面包和海绵蛋糕。总而言之，这是一次经典的秘密接头，编排得堪称完美（阿尔卡迪会说过于完美了），牛仔上衣尤其用得精妙绝伦。

音轨方面也还是一样。我依然拥有其他观众不具备的优势。艾德和瓦伦蒂娜从头到尾都说英语。瓦伦蒂娜的英语很好，但还是没能完全摆脱甜美轻快的格鲁吉亚调门，十几年前阿尔卡迪曾经深陷其中。她的声音里还有点别的东西折磨着我——是音色？口音？——就像一首遗忘多年的歌曲，但我越是想确定那是什么，它就变得越是难以捉摸。

而艾德的声音呢？没有任何谜团。还是我们第一次在球场上相遇时那个没礼貌的大嗓门：受过伤害，满腹牢骚，心不在焉，偶尔异常粗鲁。它会陪着我直到我的日子到头。

伽玛和艾德凑得很近，脑袋贴脑袋交谈。伽玛是职业特工，声音有时候几不可闻，连桌上的麦克风都无法拾音。艾德刚好相反，似乎无法把音量压到某个水平之下。

伽玛：你还好吗，艾德？来这儿的路上没什么烦心事或问题吧？

艾德：我挺好。就是找不到地方锁我该死的自行车。在这儿买辆新的也没意思。你都还没锁好就会被人卸了轮子。

伽玛：没看见你认识的人吧？让你觉得不安的人？

艾德：不，应该没有。其实我没怎么看。主要是有点迟到了。你呢？

伽玛：看见威利在街上拦住你，你吃了一惊吗？（威利的重音在前面，就像德语）他说你险些从自行车上掉下来。

艾德：他说得太他妈对了。他就站在人行道上朝我招手。我以为他在叫出租车呢。根本没想到他是你的人，因为玛利亚叫我滚蛋。

伽玛：要我说，玛利亚在当时的环境下表现出了良好的判断力。我们有理由为她小小地自豪一下，你同意吗？

艾德：行，行，好得很。从头到尾都是高级打法。前一分钟你拿着根船篙都不肯碰我。下一分钟威利用德语招呼我，说他是玛利亚的朋友，一切全都是你们的安排，我们回到正轨了，咱们出发吧。实话实说，有点让人发怵。

伽玛：也许确实如此，但也完全有必要。威利必须引起你的注意。假如他用英语叫你，你会当他是附近的醉鬼，骑车过去根本不理他。总而言之，希望你依然做好了协助我们的准备。是吧？

艾德：唉，该做的总得有人去做，对不对？你不能坐在那儿说这事儿太不对了，但和你没关系，因为它是机密，你说呢？只要你还算是半个体面的人类就不行，你说呢？

伽玛：艾德，你本人当然是个体面的人类。我们钦佩你的勇气，但也钦佩你的判断力。

（长久的沉默。伽玛等待艾德开口。艾德陷入沉思。）

艾德：唉，怎么说呢，听见玛利亚叫我滚蛋，我其实松了一口气。心里卸下了好大一块石头，说真的。但没持续多久。因为我知道我必须采取行动，否则我也和其他人一个样了。

伽玛：（换上愉快的声音）艾德，我有个建议。（看手机）一个很好的建议——我希望。现在咱们只是两个陌生人，一边舒舒服服地喝着茶一边寒暄。过一分钟我要站起来，祝你晚上过得愉快，谢谢你陪我聊天。过两分钟，你吃完你的面包，慢慢起身，别忘记拿你的公文箱，然后走向你的自行车。威利会找到你，陪你去个更好的场所，咱们可以无拘无束地私下里交谈。可以吗？我的建议有没有你不喜欢的地方？

艾德：也没什么。只要我的自行车没事就行。

伽玛：威利一直在帮你看着自行车。没有破坏分子去糟蹋它。那么，先生，再见了。（握手，几乎就是艾德的风格）在贵国和陌生人聊天永远令人愉快，尤其是和你这么一位英俊的年轻人。别起来了。

再见。

她挥挥手，沿着小径走向主路。艾德装模作样地也挥挥手，咬了一口面包，扔下没吃完的。他喝了两口茶，皱起眉头看手表。我们盯着他看了一分五十秒，他低着头，摆弄茶杯，他在竞技场俱乐部也喜欢这么摆弄啤酒杯。根据我对他的了解，他正在决定是要按她说的做还是忘记这一切回家去。一分五十一秒，他拎起公文箱，起身，考虑了一下，然后拿起托盘，慢悠悠地走向垃圾箱。他倒掉垃圾，完全是个好市民的模样，把自己的托盘放在一摞托盘上，皱起整张脸，又想了一会儿，最后下定决心，跟着瓦伦蒂娜走上水泥小径。

*

第二卷影片——我这么说是为了方便起见——拍摄于谢尔盖的半地下室公寓，但谢尔盖本人没有扮演角色。他通过他“未经污染的”手机得到命令，暗中转发给“避难所”和总局，命令要他再次检查公园，看是否有“敌方监控的蛛丝马迹”，然后就开溜。因此在监控团队看来，可以稳妥地认为谢尔盖被视为一名外围人员，不允许直接接触艾德。而塔奇奥则相反，他已经知道艾德的存在，艾德也认识他，他将满足艾德活动中的一切需求。然而当莫斯科中央局这位尊贵特使和我的周一球友兼聊友爱德华·香农在谢尔盖的半地下室公寓会面时，塔奇奥和谢尔盖都不会出席。

*

伽玛：那好，艾德。再说一声你好。就剩咱们俩了，这儿既安全又私密，咱们可以谈一谈了。首先我想代表我方所有人感谢你，在我们需要的时候提供帮助。

艾德：没什么。只要真的有用就行。

伽玛：但有一些问题我不得不问一下。可以吗？你的部门里，协助你的同事之中，还有其他人与你想法接近吗？和你灵魂相通，也愿意接受我们的感谢？

艾德：只有我。另外我也不喜欢去麻烦其他人帮我找文件。我的情况不像是有同谋，你说呢？

伽玛：咱们能稍微聊一聊你是怎么做事的吗？你和玛利亚说了很多，我们当然全都录下来了。要么再说说一些你在复印机上的特别工作吧。你对玛利亚说你有时候单独操作它。

艾德：嗯，对，这正是重点，对吧？假如文件比较敏感，那我就必须单独处理它。我进去，普通工作人员只能出去待得远远的。他们没有经过消毒。

伽玛：消毒？

艾德：深度筛选。除我以外只有一个文员有足够的密级，所以我们轮流上。不是她就是我。现在没人信任电子设备了，明白吗？尤其是真正敏感的文件。全都是纸张和人手递送，就像回到了过去。要是必须做拷贝，那就用古老的蒸汽复印机。

伽玛：蒸汽？

艾德：老式的。基础型号的。是开玩笑。

伽玛：你是在操作蒸汽复印机的时候，见到了耶利哥文件的第一眼。对吗？

艾德：不止一眼。足有一分钟。机器卡住了。我就站在那儿盯着看。

伽玛：所以那就是你的主显瞬间，可以这么说吗？

艾德：我的什么？

伽玛：启示。顿悟。就在那一瞬间，你决定你必须迈出英雄的一步，联系玛利亚。

艾德：呃，我并不知道会是玛利亚，你说呢？是他们把玛利亚给我的。

伽玛：你决定投向我们的决定是立刻做出的，还是在接下来几小时或几天内逐渐成形的呢？

艾德：我看见文件，我心想，天哪，就是这个了。

伽玛：你看见的关键段落标着“绝密，耶利哥”，对吗？

艾德：这些我全对她说过了。

伽玛：但我不是玛利亚。你说你看见的段落里没有收件人。

艾德：不可能有，对吧？我只看见了中间的一段。没有收件人，没有落款。只有页眉上的“绝密，耶利哥”和代号。

伽玛：先不说这个了，你对玛利亚说文件是发往财政部的。

艾德：有个财政部的打手就站在一英尺外等着我复印，因此它显然是发往财政部的。你是在试探我吗？

伽玛：我是想证实——正如玛利亚报告的——你拥有出色的记忆力，不会为了效果而渲染你的情报。至于代号，是——

艾德：KIM 划一。

伽玛：KIM 是哪个单位的代号？

艾德：英国联合情报任务，华盛顿。

伽玛：数字 1 呢？

艾德：英方团队的首脑。

伽玛：你知道那个人的名字吗？

艾德：不知道。

伽玛：艾德，你非常有智慧。玛利亚没有夸大其词。感谢你的耐心。我们是非常谨慎的一群人。你会不会凑巧拥有一部智能手机呢？

艾德：我不是把号码告诉玛利亚了吗？

伽玛：为了安全起见，你还是再告诉我一遍吧。

（艾德耐着性子念出号码。伽玛假模假式地写在日志里。）

伽玛：他们允许你把手机带进工作区域？

艾德：不可能。大门口要检查的。所有金属物品都不行。钥匙，笔，零钱。几天前他们他妈的逼着我脱鞋。

伽玛：因为他们怀疑你？

艾德：因为那一周轮到文员。再上一周是产线管理人员。

伽玛：也许我们能给你一台不会引起怀疑的设备，能拍照，不是金属的，看上去也不像智能手机。你愿意接受吗？

艾德：不。

伽玛：不？

艾德：间谍才用那东西。我不感兴趣。我帮助你们是因为我愿意。我只会做这么多。

伽玛：你还给了玛利亚一些你们驻欧洲各国使馆发回来的无暗码保护的材料。

艾德：对，嗯，所以才能让她相信我不是什么骗子。

伽玛：但依然是有保密等级的“秘密”。

艾德：嗯，对，必须是，你说呢？否则随便什么人都能和你们搭上线了。

伽玛：你今天带来了类似的资料吗？就装在你那个难看的公文箱里吗？

艾德：威利说我能找到什么就拿上什么，所以我就带上了。

（长久的沉默，然后艾德明显不情愿地打开公文箱的搭扣，取出一个浅黄色的文件夹，在大腿上打开，然后递给她。）

艾德：（伽玛读文件）要是没用，那我就不费这个劲了。这话你也可以说给他们听。

伽玛：显而易见，对我们来说，优先级最高的是代码为耶利哥的文件。至于其他的可能性，我必须去请教我的同事们。

艾德：嗯，反正别告诉他们你是从哪儿弄来的。

伽玛：这个密级的材料——仅仅是“机密”，没有代码——你不费什么力气就能把复印件拿给我们？

艾德：嗯，对。不过最好是午餐时间。

（她从包里取出手机，拍了十二张纸。）

伽玛：威利说了我是谁吗？

艾德：他说你的位置很高。最顶上的什么人物。

伽玛：威利说得对。我就是最顶上的。不过，对你来说我就是安妮特，我是一名丹麦教师，教二年级英语，住在哥本哈根。你在图宾根念书时认识了我。我们上了同一门德国文化的夏季基础课程。我比你年纪大，结过婚，你是我的秘密情人。我偶尔来英国，咱们在这儿做爱。我借用一个记者朋友马库斯的这套公寓。你在听我说吗？

艾德：当然在听了。我的天。

伽玛：你没必要认识马库斯本人。他是这儿的租客。就这么简单。然而，咱们无法见面的时候，你就在骑车路过时把文件或信件送到这儿来，作为我的好朋友，马库斯会确保咱们的通讯完全保密。我们管这个叫套路。这个套路让你满意吗？还是你想商量着换一个？

艾德：听着没问题。对。就这样吧。

伽玛：艾德，我们希望能奖励你。我们想表达我们的谢意。用财物或者你喜欢的其他方式。也许我们可以给你在其他国家存一笔储备金，以后你可以去领用。可以吗？

艾德：不需要，谢谢。是啊。他们给我的薪水很不错。另外我还有点积蓄。（尴尬地咧嘴笑笑）窗帘花了些钱。新的卫生间。感谢你们的好意，但还是算了吧。可以吧？就这么说定了。以后别再提这个了。

伽玛：你的女朋友对你好吗？

艾德：这又有什么关系了？

伽玛：她和你有着相同的感受吗？

艾德：大多数吧。有时候。

伽玛：她知道你和我们接触吗？

艾德：应该不知道。

伽玛：也许她能帮助你。担任你的中间人。她认为你这会儿在哪儿？

艾德：回家路上，应该吧。她有她自己的生活，和我一样。

伽玛：她的工作和你的性质类似吗？

艾德：不。完全不。绝对不。想想都不可能。

伽玛：她从事的是哪方面的工作？

艾德：别他妈说她了，不介意吧？

伽玛：当然不。你没有引来别人对你的关注吧？

艾德：我为什么会那么做？

伽玛：你没有偷过雇主的钱，没有像咱们这样和别人偷情吧？（等待艾德听懂这个笑话。他终于听懂了，挤出一个勉强的笑容）你没有和上级争论过吧，他们不认为你有破坏性或不守纪律吧，你没有因为你做过或没能做成的什么事成为内部调查的对象吧？他们没有意识到你不赞成他们的政策吧？肯定？还是否定？

（艾德再次陷入沉思。他皱着眉头，表情阴沉。假如伽玛更了解他一些，她会耐心地等他自己回过神来。）

伽玛：（开玩笑地）你不会有什么让人尴尬的事情不想让我知道吧？艾德，我们能够包容一切。我们有着人道主义的长久传统。

艾德：（又沉思了一段时间后）我只是个普通人，明白吗？假如你要我说，我们这种人已经不多了。其他人都坐在那儿，栅栏都戳进屁股半截了，却还在等别人去采取行动。现在我来采取行动了。就这么简单。

*

斯塔福郡斗牛㹴摆件是安全信号，她正在对她说，或者我认为她在这么说，因为我的耳朵嗡嗡响。狗不在窗口，就代表放弃，她对他说。也可能说的是代表可以进去。“禁止核能”标贴代表我们有重要信息要告诉你。也可能是下次你路过的时候我们会有，或是完全相反：再也别走这条路了。谍报工作的标准做法是情报员先离开。艾德和瓦伦蒂娜面对面站着。艾德看上去晕乎乎的，非常疲惫，像条丧家犬，我还能在七局四胜生死战中打败他的时候，我们坐下准备喝啤酒前他就是这个模样。瓦伦蒂娜用双手抓住他的一只手，把他拉向她，给他两侧面颊各印上一个吻，但没有像俄国人那样吻第三下。艾德不情不愿地接受了。室外的一个摄像头拍摄他爬上铸铁楼梯，手里拎着公文箱。一个空中摄像头拍摄他解开自行车的车锁，把公文箱放进前筐，朝着霍克斯顿的方向去了。

*

行动指挥室的双开门打开了。马里恩和扛枪小弟回来了。门关上，请开灯。鹰巢的隔音玻璃墙里，珀西·普莱斯在给队员分配任务，内容不难猜到：一个小组继续监视伽玛，另一个监视艾德，全覆盖，但仅限远程。空中传来一个女性声音，通知我们称目标伽玛已“标记成功”，具体是用什么标记的我们就只能瞎猜了。艾德和他的自行车似乎也一样。珀西心满意足。

屏幕闪了闪，随即变暗。没有温德米尔湖的秋色。马里恩在长桌尽头像卫兵似的站得笔直。她戴着眼镜，黑西装扛枪小弟一左一右。她深吸一口气，从右手边拿起一份文件，用缓慢而谨慎的语气大声朗读。

“我们很抱歉地通知各位，你们刚刚看到的监控视频中，被称为艾德的男人是我局的一名全职员工。他名叫爱德华·斯坦利·香农，职级为A类书记官，拥有机密及以上的密级。他有计算机科学的二级荣誉学位。他是一名一级电脑专员，基础年薪三万两千英镑，超时工作、周末加班和语言技能的激励性奖金另算。他是一名三等德语专家，负责处理白厅下属一个高保密等级的跨局协作部门欧洲方面的工作。从2015至2017年，他服务于所属部门驻柏林的联络处。他不被认为也未被考虑过适合谍报工作。他目前的职责包括对我方交给欧洲合作伙伴的机密材料进行脱敏和消毒处理。事实上，这项工作要求他必须在周密考虑下去除仅供美方使用的情报材料。这些材料中有一些也许会被认为不利于欧洲利益。正如香农在各位刚刚看到的视频中提到的，有资格复印极为敏感的文件的一级专员只有两名，他就是其中之一。香农成功地通过了深度筛选，因此他的密级非常高。”

她的嘴唇粘住了。她噘起嘴，小心翼翼地舔了舔嘴唇，继续念下去：

“在柏林期间，香农发生了一次精神崩溃，原因一是饮酒，一是被迫由他主动结束与一名德国女性的婚外情关系。他接受了心理治疗，被判断身体和心理都完全恢复了健康。除此之外，他没有不守纪律、持不同政见和行为可疑的记录。他在工作单位被视为一名独行者。他的产线管理员形容他‘没有朋友’。他未婚，档案中是异性恋，目前没有已知的伴侣。他没有已知的政治背景。”

她又舔了舔嘴唇。

“我们正在紧急评估损失情况，同时调查香农过往和目前的联系人。在得出调查结果之前，不能——重复一遍，不能——让香农觉察到他在受到监视。考虑到本案的背景和发展前景，我得到授权，在此宣布我局愿意加入组建一支联合行动队伍。谢谢各位。”

“能允许我补充两句吗？”

我惊讶地发现我站了起来，多姆瞪着我，就好像我发疯了。开口说话时，我坚定不移地认为我的语气既自信又放松：

“我碰巧和这个人有私交。艾德。周一晚上我们经常打羽毛球。事实上，就在巴特西。离我住的地方很近。在我们的俱乐部，名叫竞技场。打完球我们通常会一起喝两杯啤酒。显而易见，我乐于尽我所能出一份力气。”

然后我坐下了，但肯定非常突兀，同时精神变得恍惚，因为接下来我记得的就是盖伊·布拉梅尔在建议咱们稍微休息一下了。

16

我永远不会知道他们把我在那个小房间里晾了多久，但不可能短于一个小时，我没东西可读，只能盯着什么都没有的黄色墙壁，因为他们没收了我的情报局手机。直到今天，我也想不起来当时我是在行动指挥室里站着或坐着还是没头苍蝇似的乱转，然后有一名警卫拍拍我的胳膊，没头没尾地说了一句“麻烦你跟我来，先生”。

但我记得门口还有一名警卫，两个人陪着我走向电梯，我们聊最近这难以忍受的惊人热浪和以后每年夏天是不是都要变成这样了？我记得“没有朋友”这个评语不停地跳进我的脑海，就像在指责我：不是我指责自己和艾德交朋友，而是我似乎是他唯一的朋友，因此我就肩负起了更大的责任——什么责任呢？进了那些没有标记的电梯，你的胃部永远也分不清你在上升还是下降，尤其是它自己正忙着翻腾的时候，我的胃此刻就是这样；警卫陪着我走出逼仄的行动指挥室，把我送进囚笼。

就算是过了一个小时好了，一直守在玻璃门外面的警卫——他叫安迪，喜欢板球——把脑袋探进房间，说，“纳特，走吧，”然后还是乐呵呵地领着我走进另一个房间，这个房间要大得多，但依然没有窗户，连假窗户都没有，摆着一圈舒舒服服的沙发椅，椅子和椅子没有区别，因为我们情报局里不分高下，他说你随便坐哪一张椅子都行，其他人马上就到。

于是我选了一把椅子坐下，双手抓住两个胳膊肘，开始琢磨其他人都有谁。我隐约记得，刚被护送离开行动指挥室时，有一小撮顶层大佬在一个角落里窃窃私语，多姆·特伦奇和平时一样想挤进去插一鼻子，盖伊·布拉梅尔却颇为坚决地对他说："不，多姆，你不行。"

我亲爱的同事们鱼贯而入，没错，多姆不在队伍里，因此我有一瞬间再次起了疑心：关于他为我要的那辆配司机的豪车，他为什么在乎我帮不帮他说话呢？第一个进来的是吉塔·马斯登，她友善地对我笑笑，说"又见面了，纳特"，这话按理说是想让我安心，但她的"又"是什么意思，难道说我们重生了吗？然后是我们兄弟局怒目圆睁的马里恩和她的一个扛枪小弟，这个块头比较大，脸色也更阴森，说咱们没介绍过，我叫安东尼，然后伸出爪子，险些捏碎我的手。

"我本人也喜欢打羽毛球。"他对我说，像是这么一来就能天下太平了。于是我说："好极了，安东尼，你在哪儿打？"——但他好像没听见。

然后是珀西·普莱斯，虔诚的信徒，饱经风霜的老脸戒备森严。我为之震惊，倒不是因为珀西不搭理我，而是因为他肯定把星尘行动的指挥权暂时交给了他的众多副手，好亲自来参加这次会议。紧随其后的是盖伊·布拉梅尔，他拿着一个塑料茶杯，很像自助餐厅里艾德托盘上的那个杯子，神情出奇地泰然自若，矮小的乔·拉文德陪着他，那是情报局内务处的隐形人。乔拿着一个硬壳文件夹，我记得我开玩笑似的问他——只是为了拉近距离——警卫有没有在门口检查里面的东西，他的回答是一个凶恶的眼神。

看着他们一个一个进来，我开始思考除了狰狞的表情，他们还有什么共通之处，因为这么一支队伍不会随随便便聚集起来。现在大家都知道了，艾德是我们兄弟局的人员，因此若是爆发什么机构间的甩锅大战，那么他就是我们的成果和他们的错误，所以你们就受着吧。因此两个局会就蛋糕的哪一块归谁没完没了地扯皮。等一切谈完，尘埃落定，会有人在最后一刻跑去确定房间的音视频监控系统在运行，因为我们不想像上次那样搞砸，具体上次是哪次就没人知道了。

等所有人都舒舒服服地坐下了，护送我的两名警卫再次现身，送来了刚才电影欣赏室里没人碰过的咖啡壶、水瓶和三明治，板球迷安迪朝我使个眼色。他们出去后，格洛丽亚·福克斯顿幽灵似的飘了进来，她是情报局的高级心理医生，看上去像是刚从床上被拽起来——事实上恐怕就是这样。落后她三步的是人力资源部我的老相识莫伊拉，她抱着一个厚厚的绿色文件夹，我猜多半是我的，因为她特地把空白的一面对着外面。

“说起来，纳特，你会不会凑巧有佛罗伦丝的消息？”她忧心忡忡地问我，在我身旁停下。

“唉，杳无音讯，莫伊拉。”我说得理直气壮。

我为什么要撒谎？直到今天我也说不上来。我不是个习惯性撒谎的人，也不是存心要撒谎。我根本没什么好撒谎的。再看她一眼，我意识到她在提问前就知道答案了，只是在测试我老不老实，因此我觉得我更加愚蠢了。

“纳特，”格洛丽亚·福克斯顿带着心理治疗师那种急切的同情神态说，“你怎么样？”

“惨得没法说了，格洛丽亚，谢谢。你怎么样？”我喜滋滋地答道，得到一个冷若冰霜的笑容，提醒我任何人落到我这种境地（无论是什么境地），都没资格问心理医生好不好。

“亲爱的普鲁呢？”她问我，想赢得额外的好感。

“好极了。开足所有马力。盯上了大型药企。”

但我的真实感受是慨然激愤油然而生，因为我想到了五年前格洛丽亚吐出的伤人箴言，那时我不明智地为了斯黛向她求教，她说什么：“有没有这么一种可能性，纳特，通过委身于班上的所有男生，斯蒂芬妮是在就她永远缺席的父亲发表某种声明？”最触怒我的一点是她多半说对了。

我们终于坐好了，一切准备就绪。两个低级心理医生加入了格洛丽亚的队伍，里奥和弗兰齐斯卡两个人看着都只有十六岁。于是我整整一打亲爱的同事坐成半圆形，每个人都能毫无阻碍地直视我，因为不知道什么时候，椅子重新排列了阵势，现在我一个人孤零零地坐着，就像油画里的那个男孩，人们正在问他最后一次见到父亲是什么时候[①]，只是他们想知道的不是我可怜的父亲，而是艾德。

*

盖伊·布拉梅尔决定开球——他肯定会这么说，而且挺有道理，因为他受过诉讼律师的训练，在圣奥尔本斯的住宅气势恢宏，有自己的板球队。这些年来，他偶尔会拖着我去打一场比赛。

“好了，纳特，”他用波尔图红酒炖雏鸡般的愉快嗓门说，“要我

---

① 指 William Frederick Yeames 的油画，1878 年，And when did you last see your father?

说，你也算是倒了血霉。你和一位老兄清清白白地打羽毛球，结果他不但是我们兄弟局的人员，还他妈是个俄国间谍。咱们还是从头说起吧，如何？你们是怎么认识的，都在什么时候做了什么，不要省略任何细节，无论多么微不足道。”

于是我们从头说起。不，我从头说起。竞技场俱乐部的那个星期六傍晚。我和河对岸切尔西的印度对手正在享用赛后啤酒。艾德跟着爱丽丝进来了。艾德向我发起挑战。我们的第一场比赛。他如何不客气地评论雇主（马里恩和扛枪小弟听得非常专注）。我们第一次打完球在老地方喝酒。艾德把脱欧和唐纳德·特朗普说成是一个恶魔身上的两个部件。

“纳特，你和他聊这方面的内容了吗？”布拉梅尔问得不可谓不亲切。

“附和了几句吧。他反对脱欧。我也反对。现在还反对。我猜房间里的绝大多数人都反对。”我做出有力的回击。

“那特朗普呢？”布拉梅尔问，“你和他聊特朗普了吗？”

“唉，我的天，盖伊。特朗普在这儿又不是什么本月最受欢迎人物，对吧？那家伙逮啥毁啥。”

我环顾四周，寻求支持。没人伸出援手，但我不肯就此认输。这会儿先别管我在莫伊拉面前铸成的大错了。我是老手。我受过这方面的训练，还把诀窍教给了我的情报员。

“在香农看来，特朗普和普京联手就是恶魔与恶魔订了契约，”我壮着胆子说，“各方联合起来向欧洲施压，他不喜欢这样。他心里有这么一只德国蜜蜂在喋喋不休。”

“于是他挑战你打一场，”盖伊·布拉梅尔不肯松口，把我的辩解扫进垃圾堆，“当着所有人的面。他费了很大的周折找到你，结果就是这样了。”

“我碰巧是俱乐部的单打冠军。他听说我的名字，觉得他有机会能赢我。”我说，还在维护我的尊严。

“找到你，骑着自行车横穿伦敦，研究你的比赛？”

“他也许就这么做了。”

“然后他来挑战你，而不是其他任何人。不是你那位刚刚和你打完的切尔西对手，他明明可以选他的，但他非要找你。”

“假如你所谓的我那位切尔西对手打败了我，要是我没猜错，香农就肯定会去挑战他了。”我大声说，这不完全是实话，但盖伊的语气里有些东西让我开始不喜欢了。

马里恩递给他一张纸。他戴上近视眼镜，不慌不忙地看了一会儿。

“根据竞技场俱乐部接待员的说法，从香农挑战你的那天开始，你就只和他一个人打球了。你们成了一双。描述得准确吗？”

“一对儿，不介意的话。”

“好的。一对儿。”

“我和他旗鼓相当。他打得漂亮，输赢都很大度。有风度的好球手难得一见。”

“那是当然。你还和他出双入对。你们成了酒友。”

“言过其实了，盖伊。我们只是定期打一场，然后喝两杯。”

“每周一次，有时甚至两次，也未免太频繁了，哪怕对你这么一个运动狂来说。你说你们经常聊天。”

“是的。”

“你们会聊多久？边喝边聊？”

“半小时。也可能一小时。取决于我们的心情。”

“加起来有十六、十八个小时吗？二十？二十太多了吗？”

“二十也有可能。但有什么区别呢？”

“他是自学成才的那种小子？”

“完全不是。文法学校出来的。”

“你说过你靠什么为生吗？”

“别他妈犯傻了。”

“你怎么对他说的？”

“随便搪塞他。从国外回来的生意人，到处寻找商业机会。”

“你觉得他相信了吗？”

“没表现出好奇，对他本人的职业也含糊其词。他说是媒体工作，但没仔细解释。我和他都没多说。”

“你通常会和只有你一半年纪的球友谈二十个小时的政治吗？”

“只要他们的球打得好，有一肚子的话想往外倒，又有什么不行呢？”

“我问的是你会吗？不是为什么。我的问题很简单，我想知道你以前有没有和类似年纪的其他球友长时间谈论过政治？”

“我和他们打球，赛后总会喝一杯。”

“但不会像你和爱德华·香农这样有规律地打球、喝酒和交谈吧？”

“应该不会。”

“你自己没有儿子。至少我们不知道你有，然而你在国外待的时间很长。”

"没有。"

"记录之外也没有？"

"没有。"

"乔，"布拉梅尔转向乔·拉文德，内部安全之星，"你有几个问题想问。"

*

但乔·拉文德只能等待机会了。一个莎士比亚式的信使冒了出来，化身为马里恩的另一个扛枪小弟。他想在盖伊的允许下问我一个问题，这个问题是他们局的调查小组刚刚传给他的。问题写在一个小纸条上，纸条夹在他两只大手的指尖之间。

"纳特。在你和爱德华·斯坦利·香农的多次会谈中，"这个问题明确得咄咄逼人，"你是否知晓或在某个时候意识到，他母亲艾丽莎是一名记录在案的游行常客、抗议者和民权活动家，关注为数众多的和平与类似议题？"

"不，我没这个意识。"我讥讽道，尽管我努力克制，但感觉到脾气渐渐起来了。

"而你的夫人，据我们所知，同样执着于维护我们的基本人权——没有不敬的意思。正确吗？"

"对，非常执着。"

"对此我确定我们都只有为她鼓掌的念头。那么，能允许我再问一句吗——据你所知，艾丽莎·玛丽·香农和你夫人之间是否存在任何互动或交流？"

"据我所知，不存在这样的互动或交流。"

“非常感谢。”

“是我的荣幸。”

信使转身离开。

*

接下来我回答了一堆乱七八糟的问题，有点像自由发言时间，在我的记忆里非常模糊；我亲爱的同事们抓住机会，按照布拉梅尔的说法，轮流对纳特的说法“查漏补缺”。众人陷入沉默，乔·拉文德终于登上舞台。他的声音没给我留下任何印象，听不出社会阶层或地理位置。这是一个没有故乡、带着鼻音、慢条斯理的平淡声音。

“我想从香农在竞技场俱乐部搭上你的第一刻谈起。”他说。

“不介意的话，还是说挑战我吧。”

“为了拯救他的颜面——这是你的原话——你接受了他的挑战。身为本局一名训练有素的成员，你有没有注意到，或者现在能不能想起来，当时酒吧里是否有陌生人——比方说新会员，男女都行，会员的客人——在此过程中显示出了异乎寻常的兴趣？”

“没有。”

“我听说那家俱乐部向公众开放。会员可以带客人。只要有会员作陪，客人就可以在酒吧买酒。你的意思是说，你能够肯定香农接近你——”

“挑战。”

“——挑战你的时候，没有以任何方式引起其他人的关注或兴趣吗？当然了，我们会找借口联系俱乐部，挖出他们拥有的所有录像视频。”

“当时我没注意到，现在也想不起来，有任何人显示出了异乎寻常的兴趣。”

“然而假如他们是职业人员，就未必会被你注意到了，对吧？”

“吧台前有一群人在聊天说笑，但都是熟悉的老面孔。另外别费神去找录像了。我们没安装视频监控设备。”

乔像演戏似的吃惊地瞪大眼睛。

“咦？没有视频监控？我的天哪。放在现在好像有点稀奇了，对吧？那么大的地方，许多人来来往往，金钱换手，但没有监控。”

“是委员会作出的决定。”

“据说你本人就在委员会里。你支持不安装视频监控的决定吗？”

“对，我支持。”

“是因为你同意你妻子的看法，对全国监控持否定态度吗？”

“不介意的话，别把我妻子牵涉进来好吗？”

他听见我说话了吗？似乎没有。他忙着呢。

“所以你为什么没登记他？”他问我，都懒得从大腿上的文件夹里抬起脑袋。

“登记谁？”

“爱德华·香农。你每周甚至一周两次的羽毛球球友。情报局的规定要求你向人力资源部报备所有的频繁联系对象，无论性别，无论行为性质。你在竞技场俱乐部的记录告诉我们，在一段有高度连贯性的时间内，你与香农见面了不少于十四次。我想知道你为什么会没有登记他。”

我挤出一个轻松的笑容。问得好。“呃，乔，我打球这么多年，球友恐怕有好几百个了。其中有些人和我打过——多少？——二三十次球。我不认为你会想把他们全都登记在我的个人档案里。”

“你是蓄意决定不登记香农的吗？”

“不是决定不决定的问题。这个念头都没进过我的脑袋。”

“要是你不反对，我想换个稍微不太一样的问法。这样你就能给我一个明确的答案了。你没有把爱德华·香农登记为一名频繁联系对象与玩伴，这是你有意识做出的决定吗？是或者不是。”

“球友，要是你不介意的话。不是，不登记他不是一个有意识做出的决定。”

“但结果你也看见了，你和一名已识别的俄国间谍交往了好几个月，但你一直没有登记他。‘没进过你的脑袋’并不能解释这种行为。”

“乔，我不知道他是个该死的俄国间谍。对吧？你应该也不知道。雇用他的情报局也不知道。还是我弄错了，马里恩？也许你们局早就知道他是俄国间谍，只是存心不告诉我们。”我撩拨道。

我的反击犹如石沉大海。我亲爱的同事们坐成半圆形围着我，眼睛不是盯着笔记本电脑就是渺渺虚空。

“纳特，你带香农回过家吗？”乔假装随意地问我。

“我他妈为什么要带他回家？”

“为什么不呢？你不想介绍他认识你妻子？她那么一位激进的好夫人，我觉得他肯定合她的口味。”

“我妻子是一位有点名声的忙碌律师，没时间也没兴趣认识和我打羽毛球的每一个人，”我气呼呼地说，“另外她也不是你说的那种激进，她在这个故事里不扮演任何角色，所以我再说一遍：请别把她牵涉进来。”

“香农带你回过家吗？”

我受够了。

“我跟你说句老实话吧，乔，我们在公园里互相吹一管就足够了。你想听的是不是这个？”我转向布拉梅尔，“盖伊，我的天，听我一句吧。”

“怎么了，老弟？”

“假如香农是一名俄罗斯间谍——没错，表面上看他似乎就是——你告诉我，咱们一帮人坐在这儿谈我到底有什么意义？就当他愚弄了我好了。他做到了，满意了吗？非常了不起。就像他愚弄了他的情报局和其他所有人。为什么没人问是谁相中了他，是谁招募了他，是在英国还是在德国还是在哪儿？一次又一次冒出来的那个玛利亚又是谁？假装叫他立刻滚蛋的那个玛利亚？”

盖伊·布拉梅尔只是马马虎虎点了一下头，然后就接过了盘问我的话头。

“你那个伴儿，这小子喜欢摆臭脸，对吧？”他说。

“我哪个伴儿？”

“香农。”

“他时不时地确实会摆臭脸，和咱们大多数人一个样。但很快就会阴转晴了。”

“可他干吗偏偏要在伽玛面前摆臭脸呢？”他困惑道，“他千辛万苦才和俄国人搭上线。莫斯科中央局一开始觉得——当然，这是我的猜想——他是个鱼饵。没人能在这方面骗过他们。但随后他们改变了对他的看法，认为他是个金矿。塔奇奥在街上拦住他，告诉他好消息，伽玛随后现身，为玛利亚的行为道歉，决定和他合作。那他为什么吊着脸呢？他应该高兴得要上天了。假装不明白‘主显’是什么意思。那是在干什么？现如今谁还没个主显瞬间了？你他妈过个街都能听见有人在说主显。”

“也许他不喜欢他在做的事情，”我猜测道，“根据他在我面前说的那些话，他对西方也许在道德方面还有期望。”

“忽然说这个干什么？”

“我只是忽然想到，他的清教徒一面也许认为西方需要惩罚。就这么简单。”

“我没听错吧？你想说西方惹怒了他，就因为无法满足他的道德期望？”

“我说了，也许。”

“于是他就投向普京？就算被道德咬了屁股，那家伙也不会知道啥是道德。我没听错你的意思吧？要我说，他这个清教徒真够有意思的。当然了，我不是专家。”

“只是忽然想到的。我不相信他在做的就是这个。”

“那你他妈到底相信什么？”

“我只能说他并不是我认识的那个人——曾经认识。”

“他从来就不是我们认识的那个人，我的天哪！”布拉梅尔暴怒道，“假如一个叛徒没有让我们吃惊得都要尿出来，那他就是个不称职的间谍了。对吧，你说呢？你肯定比任何人都清楚这个道理。你以前操控过好些个叛徒。他们不会随便拉住一个阿猫阿狗就宣扬颠覆思想。否则他们肯定做不长久。对吧，你说呢？”

正是在这个时候——也许是出于挫折感，也许是困惑，也许是保护性本能不由自主地觉醒——我觉得有必要代表艾德辩解一下了，若是我的头脑冷静一点，我必定会再斟酌一下的。

我选择了马里恩。

“马里恩，我忽然想到，”我说，用上了普鲁某个学院派律师朋友的猜测语气，“从法律角度来说，香农到底有没有犯罪。他在交谈中只是提到了他声称瞥了一眼的某个代号下的绝密材料。他说的是现实中的事情，还是他的幻想呢？他给出的其他材料似乎都是为了建立他的可信度。甚至未必有密级，或者存在任何重要性。所以我想说，你们还不如把他叫回来呢，给他念念《暴乱法》，交给心理医生去处理，岂不是能省掉你们很多麻烦？”

马里恩转向险些捏碎我的手的扛枪小弟。他诧异地盯着我看。

“你不会是认真的吧？”他问我。

我硬着头皮说我这辈子都没这么认真过。

“请允许我向你援引 1989 年《公务员保密法》的第三条，原文如下：担任或曾担任政府职员或政府承包商的个人，未经合法授权披露有可能造成危害、与国际关系相关的任何信息、档案或相关文件，将被视为违法之举。香农曾正式签字宣誓他不会泄露国家机密，他也知道他这么做会有什么后果。综上所述，要我说，他的下场就是上秘密法庭，审判过程会很简短，有期徒刑十到十二年，直接认罪可减刑六年，他主动提出还能得到免费的心理治疗，事实上我认为他想都不用想就该这么做。”

*

我一个人在空荡荡的等候室里坐了一个多小时，赌咒要保持镇定，不再挑起辩论。接受事实吧，我一遍又一遍对自己说。承认吧。你不会一醒来发现这只是在做梦。艾德 · 香农，竞技场俱乐部那位爱脸红的新成员，害羞得甚至需要爱丽丝为他介绍，他其实是我们兄弟局的长期职员，也是个主动投向俄罗斯的间谍。在他的人生道路上，出于某些尚未解释的原因，他选中了我。很好。了不起。给他鼓掌。干得确实不赖。他培育你，和你闲聊，牵着你的鼻子走。他显然知道。知道我是一名老谍报人员，肚子里可能有怨气，因此是个合适的培育对象。

然后他来哄我开心，老天在上！把我当情报源培育！等你完成培育，要么自己冒险来拖我下水，要么把我交给你的俄罗斯操控者去开发！所以你为什么不想方设法接近我呢？争取情报员的最基本的求偶信号在哪儿？曾经出现过吗？纳特，你岌岌可危的婚姻怎么样了？你从没问过我。纳特，你欠债吗？纳特，你觉得没人赏识你吗？晋升的时候永远轮不到你？他们给你几个小钱，一笔退休金，就打发你滚蛋了？你知道教官是怎么说的。每个人都有软肋。招募者的任务就是找到它！但你根本连找都没找过！从不刺探我，从不朝边缘多走一步。从不冒险。

我们只要坐下，你就会滔滔不绝地发你的政治牢骚，即便我想插话也连开口的机会都找不到，你这样还谈什么冒险呢？

我亲爱的同事们并不怎么喜欢我为艾德辩解。没关系。我已经恢复了。我镇定下来了。盖伊 · 布拉梅尔朝马里恩马马虎虎点了一下头，示意她可以盘问被告了。

“纳特。”

“马里恩。”

“早些时候你暗示过，你和香农都完全不知道对方的工作情况。我没说错吧？”

“非常抱歉，马里恩，完全不正确，”我得意扬扬地说，“我们很清楚对方的情况。艾德为他憎恨的某个媒体帝国工作，我一方面在帮一个以前的生意伙伴做事，另一方面在寻找商业机会。”

“香农有没有具体说过他为哪个媒体帝国工作？”

“答案就一个字，没。他提到他负责过滤新闻报道，然后提交给客户。他的雇主——怎么说呢——他们毫不关心他的需要。”我微笑着补充道，尽管我知道我们两个情报局之间保持良好的关系有多么重要。

“所以可以这么说吗？假设你的说法站得住脚，你和他之间的关系基于彼此对另一方身份的错误认知？”她继续道。

“你想这么说也没问题，马里恩。总的来说，这并不重要。”

“因为你和他都盲目地相信了对方的掩盖性说法，是这个意思吧？”

“盲目这个词就有点太强烈了。我和他都有合适的理由不去刨根问底。”

“根据我们的现场调查，你和爱德华·香农在竞技场俱乐部的男更衣室各自租了自己的储物柜。正确吗？”她问我，既不停顿也不道歉。

“呃，你不会觉得我们会共用一个吧？”——没有回答，更没有我希望听见的笑声。“艾德有他的储物柜，我有我的储物柜。正确。”我继续道，想象可怜的爱丽丝在这个该死的钟点从床上被叫起来，然后在注视下翻开各种登记册。

“带钥匙吗？”马里恩问，“我问的是储物柜用的是钥匙锁还是密码锁？”

“钥匙，马里恩。全都是钥匙锁，”我答道——从短暂的失神中恢复归来，“扁平的小锁，和一枚邮票差不多大。”

“你打球的时候把钥匙放在口袋里吗？”

“钥匙上有带子，”我答道，我们第一次打球时艾德在更衣室里的举动浮现在眼前，“你可以解开带子，把钥匙放在口袋里，也可以留着带子，把钥匙挂在脖子上。看你喜欢怎么样了。艾德和我都是解开带子的。”

“然后把钥匙放在裤子口袋里？”

“我放在侧面口袋里，臀部口袋用来放去酒吧用的信用卡，还有一张二十块的钞票，免得有时候我想付现金，换点给停车场的找零。这回答了你的疑问吗？”

显然并没有。“根据你的工作记录，你过去曾把羽毛球技能用做招募手段，拉拢了至少一名俄罗斯情报员，并通过交换外形相同的球拍进行秘密通信。你为此还得到了嘉奖。正确吗？”

“太正确了，马里恩。”

“因此以下推测也并非毫无根据——”她继续道，“假如你愿意，就能够通过相同的隐秘手段向香农提供你们局的秘密情报。”

我缓缓地环顾面前的半圈人。珀西·普莱斯平时友善的面容依然眉头紧锁。布拉梅尔、拉文德和马里恩的两个扛枪小弟也一样。格洛丽亚低着头，像是放弃了听我们交谈。两名低级心理医生绷紧的身体向前倾斜，紧扣的手放在大腿上，像是在进行什么生物反应。吉塔坐得笔直，就像有教养的好姑娘上了餐桌。莫伊拉在看窗外，只可惜这个房间没窗户。

“有人赞同这个令人愉快的动议吗？”我问，愤怒的汗水顺着我的肋骨流淌，“按照马里恩的说法，我是艾德发展的情报员。我向他输送机密情报，由他转给莫斯科。是咱们全都他妈的发疯了，还是只有我？”

没人接话。按理说也不该有。我们拿薪水就是为了跳出常规思考，而我们正在这么做。马里恩的推测或许并不是那么离谱。天晓得，情报局的历史上也出过不少坏分子。纳特说不定只是其中之一。

但纳特并不是其中之一，而纳特只想清楚明白地说给他们听。

“好吧，各位。要是可以的话，请和我说实话。一个从骨子里拥护欧洲一体化的公务员，为什么偏偏选中俄罗斯去免费奉送英国的机密情报，而根据他的判断，统治俄罗斯这个国家的是个彻头彻尾的反欧洲一体化暴君，名叫弗拉基米尔·普京？另外，既然你们自己都没法回答这个问题，凭什么他妈的选我当你们的出气包，就因为香农和我都是羽毛球好手，会边喝一两杯啤酒边聊政治？”

然后我又补充了一段，尽管实在不太明智：

“哦，对了，这儿有谁能说说耶利哥是什么吗？我知道它有暗码保护，不该公开讨论，而我的密级显然不够。然而玛利亚也没有密级，伽玛和莫斯科中央局按理说也没有。香农当然更不该有。因此，咱们能不能法外开恩破个例？因为咱们都听见了，正是耶利哥这个词触发了艾德的开关，是耶利哥把他推进玛利亚的怀抱，然后是伽玛的。但咱们一个个坐在这儿，哪怕到了现在，也都还在假装没人说过这个该死的词！”

他们知道，我心想。除了我，房间里的每一个人都有资格接触耶利哥。不，不可能。他们和我一样茫然无知，他们全都陷入了震惊，因为我提到了不可提及之物。

首先恢复语言能力的是布拉梅尔。

“纳特，我们想听你再说一遍。”他大声说。

“说什么？”我问。

“香农的世界观。他的行为动机。他在你面前喷吐的所有屁话，无论关于特朗普、欧洲还是宇宙，你似乎整个儿全吞进了肚子。”

*

我从远处听自己说话，所有声音听上去似乎都这样。我小心翼翼地不说“艾德”，而是说“香农”，但时不时还是会说漏嘴。我说艾德如何评论脱欧。我说艾德如何评论特朗普，我已经不知道话题是怎么从一个转到另一个的了。出于谨慎，我把所有话都推到艾德的头上。他们想知道的毕竟是他的世界观，而不是我的。

“在香农眼中，特朗普是魔鬼的代言人，是全世界每一个劣质煽动者和腐败政客的榜样，”我用我最散漫的语气说，“在香农看来，特朗普是最不值一提的垃圾。暴民演说家。但对于全世界最底层等待着被搅动的那些人来说，他就是恶魔的化身。你们也许会说这个看法过于简单化，不是每个人都会这么认为。然而在心底里大家都这么看。假如你凑巧执着地拥护欧洲一体化，那就更加如此了。而香农刚好就是。”我坚定不移地补充道，惟恐我还没和他划清界限。

我怀念地哈哈一笑，笑声怪异地回荡在寂静的房间里。我选择了吉塔。她是最稳妥的人选。

“你绝对不会相信的，吉塔，但香农某个晚上确实对我说，真是太可耻了，美国的所有刺客似乎都来自极右翼。现在该左派出手，派出自己的枪手了！”

沉默还有可能变得更沉默吗？眼前的沉默似乎就能。

“而你赞同了他？”吉塔替所有人问我。

“在酒桌上、开玩笑地、间接地随口附和了一句吧，因为我不想和他吵，这没啥大不了的——我同意要是没了特朗普，这个世界肯定会好上一万倍。我甚至都不确定他说的是不是‘刺杀’。也许是‘做掉’或‘崩掉’。”

先前我没注意到手边的瓶装水，此刻我注意到了。情报局原则上只提供自来水。要是有瓶装水，那肯定是从顶层来的。我给自己倒了一杯，喝了一大口，接着向盖伊·布拉梅尔求助，我觉得他的理性之火应该还没熄灭。

“盖伊，他妈的够了吧。”

他没听见我说话。他的脑袋都快钻进 iPad 里了。最后他抬起头：

“好了，各位。高层发话了。纳特，你回巴特西家里待命。今晚六点等电话。在此之前，你被关禁闭了。吉塔，你接管‘避难所’，立刻生效：情报员、行动、团队，整个烂摊子。‘避难所’不再隶属于伦敦总站，暂时归俄罗斯部直接指挥。命令由布林·乔丹签署，倒霉的老兄正在从华盛顿赶回来。任何人有话要说吗——没人？那就回去做事吧。”

他们列队离开。最后一个走的是珀西·普莱斯，四个小时以来他连一个字都没说过。

“你交的朋友还都挺有意思的。”他说，甚至都不肯看我一眼。

*

我家那条路上有一家便宜饭馆。从凌晨五点开始供应早餐。我坐在那儿一杯接一杯地喝咖啡，一耳进一耳出地听工人聊天，他们说的是匈牙利语，和我自己的思想一样难以理解，当时我说不清我的脑袋里都在转什么念头，今天恐怕也还是没法告诉你。上午六点，我付账，从后门溜回家里，爬上楼梯，在沉睡的普鲁身旁躺下。

17

我时不时问自己，假如普鲁和我不是很久以前就约了拉里和艾米在大密森顿共进午餐，那个星期六的情况会如何发展。普鲁和艾米是中学同学，友情一直维持到现在。拉里是一位杰出的家庭律师，比我稍微大几岁，热爱高尔夫和他的狗。他们很遗憾地没有子女，这顿饭是为了庆祝两人结婚二十五周年。吃饭的人只会有我们四个，饭后我们打算去奇尔特恩走走。普鲁给他们买了块维多利亚风的格子床单当礼物包好，给他们的拳师犬买了个逗乐的咀嚼玩具。热浪似乎永远不会退去，再加上星期六的交通状况，我们估计路上要花两个小时，所以最晚十一点必须出发。

十点钟，我还在床上睡觉，于是普鲁贴心地端来了一杯茶。我不知道她起来多久了，也不知道她怎么能洗漱更衣还不吵醒我。然而根据我对她的了解，她很可能已经伏案工作了两个小时，琢磨该怎么对付大型药企。因此她能放下手里的工作，我应该更心满意足才对。我这么夸耀不是没有原因的。随后的对话刚开始时颇为理所当然，“纳特，你昨晚到底几点才回来？”我回答天晓得，普鲁，反正非常晚——大致就是这种话。但我的声音或表情有些异样，被她注意到了。更有甚者——我现在才知道——我和她的生活按理说应该是两条平行线，但自从我回国之后，这两条线的分歧开始对她产生了影响。她后来向我坦白，她担心她对大型药企的战斗和情报局拍脑袋分配给我的天晓得什么目标，这两者不但不可能互补，事实上会将我们推向相反的两个阵营。正是这种焦虑，加上我的脸色，引发了这场看似简单但意义重大的交流。

“咱们要去的，纳特，对吧？”她问我，她的直觉还是准确得令人不安。

“去哪儿？”我闪烁其词道，尽管我知道得很清楚。

“拉里和艾米家。二十五周年。否则呢？”

“唉，普鲁，非常抱歉，咱们没法一起去了。我不行了。你只能自己去了。要么问问菲比？她会兴高采烈地陪你去的。”

菲比是我家隔壁的邻居，未必是最令人愉快的伴儿，但总比一个空座位好。

“纳特，你生病了吗？”普鲁问我。

“据我所知没有。我在待命。”我尽可能勇敢地答道。

“待什么命？”

“情报局的命令。”

“待命就不能去吃饭了？”

“不，我必须待在这儿。我本人。在这幢屋子里。”

“为什么？这幢屋子怎么了？”

“没怎么。”

“你不可能在家里空等。你遇到什么危险了？”

“不是那样的。拉里和艾米知道我是间谍。这样吧，我给他打个电话，”我主动建议道，“拉里不会问这问那的”——潜台词：不像你。

“今晚的话剧呢？你没忘记吧，咱们有两张西蒙·拉塞尔·比尔的票。前排座位。”

“我也没法去了。”

“因为你要待命。”

“六点钟我要接个电话。没人知道后面会发生什么。”

“所以你一整天都要等六点钟的电话。”

“应该是吧。不，就是。”我答道。

“六点以前呢？”

“我不能出家门。布林的命令。我被禁足了。”

“布林？”

“他本人。直接从华盛顿发来的。”

“我看我还是给艾米打个电话吧，”考虑片刻后，她说，“戏票也送给他们好了。我去厨房打给她。”

在这个当口，就在我以为她终于要耗尽对我的耐心的时刻，普鲁做了普鲁向来会做的事情：后退几步，重新审视局面，然后着手解决问题。等她回到卧室里，她已经换上了旧牛仔裤和我们滑雪度假时买的一件傻乎乎的雪绒花夹克衫，脸上笑嘻嘻的。

“你睡过了吗？”她问，让我腾出点地方，然后坐在床沿上。

“没睡多久。”

她摸了摸我的脑门，看有没有发烧。

“普鲁，我真的没生病。”我又说。

“对。我在想，情报局有没有可能打算踢了你。”她说，把这个问题表达得更像她本人的忧虑，而不是我的。

“哈，应该就是吧。我猜多半已经定下来了。”我承认道。

“委屈你了？”

“不。不算是。”

“是你搞砸了，还是他们？”

“两边都有点吧。我和错误的人搞到一块儿去了。”

“我认识吗？”

“不。”

“他们不会要怎么追究你的责任吧？”

“不。不会有那种事的。”我向她保证——话虽这么说，但也意识到我并不像我想象的那样能够掌控局面。

“你的情报局手机呢？你总是放在床头的。”

“肯定在我的衣服口袋里。”我说，依然没有退出欺骗模式。

“不在。我去看过了。被情报局没收了？”

“对。”

“什么时候？”

“昨天夜里。今天凌晨。审了我一整夜。”

“你对他们生气吗？”

“不知道。我还没想清楚呢。”

“那就躺在床上慢慢想吧。你在等的六点钟电话应该会打家里的号码。”

“对，肯定是的。”

“我发个邮件给斯黛，免得她打算在那个时间打 Skype。你会需要你全部的注意力的。”走到门口，她改变了主意，转身回到床边坐下。“纳特，允许我说两句吗？不是为了刺探情况？只是做个小小的宣言？”

“洗耳恭听。”

她重新抓住我的手，这次不是为了量脉搏。

“要是情报局存心折腾你，”她坚定不移地说，“但你决定无论如何都要待在那儿，我会毫无保留地支持你，直到死亡将我们分开，以及去他妈的老小子俱乐部。这话说得够清楚吗？”

“非常清楚。谢谢。”

“同样的，要是情报局存心折腾你，而你血涌上头，决定叫他们滚远点儿死个干净，去他妈的退休金，你记住咱们有足够的财力，日子能过下去。”

“我会记在心里的。”

“要是有用的话，你可以直接对布林这么说，”她同样坚定不移地补充道，“要么我去说。”

“最好别。”我说——随后是不由自主的大笑，两人都松了一口气。

对于并非身处其中的人，相互表达感情很少会打动心灵，但那天我和她对彼此说的话（尤其是普鲁对我）像战斗号角一样在我的记忆中震响。就好像她一把就推开了我与她之间的一道隐形门。另外我也愿意去这么想：正是通过这同一扇门，我终于隐约触摸到了某些散乱的推测和半通不通的直觉，引发它们的是艾德那难以理解的行为，像焰火似的反复向我喷发，燃烧直至熄灭。

*

“都怪我的那点德国灵魂。”每次艾德的语气听上去过于狂热或过于说教，不符合他本人的血统了，他就会抱歉地咧嘴笑笑，对我这么说。

总是他的那点德国灵魂。

艾德骑着自行车经过，为了叫住他，塔奇奥不得不用德语。

为什么？否则艾德就会当他是个街头醉汉？

我明明应该去想俄国、俄国、俄国，想到的为什么总是德国、德国、德国？

另外请告诉我这个音痴，每次我的记忆重播艾德与伽玛的对话，我为什么都会产生放错了音乐的感觉？

对于这些难以捉摸的问题，我也许没有明确的答案，它们也许只是加深了我内心的迷惘，然而感谢普鲁的鼓励，到了晚上六点，比起清晨五点，事实上我确实觉得我更有干劲也更有能力，更加准备好应付情报局打算向我使出的任何招式了。

*

教堂的大钟敲响六点，我的手表指向六点，走廊里普鲁的家传老爷钟也说六点到了。伦敦城难得见到的又一个阳光炽烈的傍晚。我坐在楼上的书房里，穿着短裤和拖鞋。普鲁在花园给快被烤焦了的可怜玫瑰花浇水。铃响了，但不是家里的固定电话。是前门的门铃。

我跳起来去开门，但普鲁先我一步。我们在楼梯半中腰相会。

“我看你还是换身更体面的衣服比较好，”她说，“外面有个大块头男人，还有一辆车，说是来接你的。”

我到楼梯平台的窗户旁往下看。一辆黑色福特蒙迪欧，有两根天线。布林·乔丹多年的司机亚瑟靠在车上，正在惬意地享受一支香烟。

*

教堂屹立于汉普斯特德丘陵的顶端，亚瑟在教堂门口放我下车。布林从不在他家之外的地方与人来往。

“你知道路怎么走。”亚瑟说，这是个陈述句，而不是疑问句。自从见面时的“你好，纳特”以来，这还是他第一次开口。知道，亚瑟，这儿我很熟，谢谢。

从我还是莫斯科情报站的新人、普鲁是我的情报局配偶那会儿，布林、他美丽的中国太太阿辰、他们三个音乐细胞发达的女儿和一个难搞的儿子就住在这座俯瞰汉普斯特德西斯的十八世纪山顶豪宅里了。每次我们从莫斯科受召来开脑力激荡会或回国休假，我们就会按响高大铁门上独一个的门铃按钮，走进这座久经风霜的砖砌大屋，聚在一起快乐地享受家庭晚宴，女儿们会表演舒伯特的艺术歌曲，我们当中最勇敢的会跟着她们唱；假如圣诞节快到了，那就是意大利牧歌，因为布林一家是我们所谓的老派天主教徒，潜伏在门厅暗处十字架上的耶稣能向你证明这一点。一个威尔士人怎么会成为虔诚的罗马天主教徒，这我就说不上来了，然而这个人从本性来讲就神秘莫测。

布林和阿辰比我们年长十岁。他们天赋过人的女儿们早已踏上星途。布林在门口迎接我，态度一如既往地热络，他说阿辰去旧金山探望她年迈的母亲了：

“老姑娘上个星期百岁大寿了，但还在等女王发电报给她，还是说最近发的已经不是电报了？”他吵吵嚷嚷地抱怨道，领着我穿过比火车车厢还长的一条走廊。“我们像守法好公民似的乖乖申请，但陛下不太确定她符不符合标准，因为她在中国出生，而且长居旧金山。除此之外，内政部还弄丢了她的档案。要我说，只是冰山的一角。整个国家都在抽风。每次你回国首先注意到的就是这个：没一样不失灵的，一切全都一团糟。你应该还记得，咱们当年在莫斯科也有过这种感觉。”

“当年”指的是冷战时期，对他不满的人说他还在打的那场战争。我们走向宽敞的会客室。

“要是你没注意到，我告诉你吧，在我们亲爱的盟友和邻居眼里，咱们就是个笑柄，”他继续喜滋滋地说，“一帮后帝国主义的怀旧分子，连个水果摊都看不好。你也有这种感觉吧？”

我说，相当强烈。

“你的哥们香农显然也这么认为。也许这就是他的动机：羞耻感。你想到过吗？国耻一点一滴漏下来，落在个人身上。我能相信这种解释。”

我说，这么想也没错，但我从不觉得艾德算得上是民族主义者。

挑高的天花板，皲裂的皮椅，黑乎乎的圣像，丝绸之路时代的粗糙物品，乱糟糟的成堆古书里夹着纸条，壁炉上方挂着一块折断的木滑雪板，巨大的银托盘上摆着威士忌、苏打水和腰果。

“该死的制冰机也坏了，”布林自豪地对我说，“必然如此。美国无论你去哪儿，弟兄们都会给你冰块。咱们英国佬连这东西都造不出来。一点都不意外。不过你反正也不加冰，对吧？”

他的记忆很准确。他向来如此。他倒了两杯苏格兰威士忌，每杯三注，都没问我要喝多少，然后把其中一杯塞给我，笑呵呵地挥手示意我坐下。他也坐下，对我绽放淘气而友善的笑容。莫斯科那会儿，他显得比实际年龄大。现在青春又后来居上了。水汪汪的蓝眼睛依然射出半神性的光彩，但眼神比以前更明亮和直接。莫斯科那会儿，他披着文化专员的伪装，神采飞扬地向困惑的俄国听众宣讲，话题遍及诸多学科，他们甚至半信半疑地承认了他是个普普通通的外交官。伪装，我亲爱的孩子。离信仰只差一步。布林会像其他人闲聊那样布道。

我问候他的家人。姑娘们成就斐然，他告诉我，安妮在考陶尔德艺术学院，伊莉莎在伦敦爱乐——没错，正是大提琴，我居然还记得，真是不错——成群结队的孙子孙女不是已经出生就是即将诞生。一切都那么令人愉快——挤挤眼睛。

“托比呢？”我小心翼翼地问他。

“哦，一个完蛋货。”他用轻蔑的口吻答道，他对所有的坏消息都是这个态度。“一点希望都没有。我们买了一艘二十二英尺长的船给他，各种零件一样不少，送他从法尔茅斯出海；最后一次听见他的消息，他在新西兰给自己招惹了一大堆麻烦。”

短暂的沉默，表示同情。

“华盛顿呢？”我问。

“唉我的天，纳特，太他妈倒霉了”——笑得愈加灿烂——“内战像麻疹似的爆发，处处开花，你不可能知道任何人会朝哪个方向倾斜多久，也猜不到明天谁会上断头台。也没有托马斯·沃尔西出面解决争端。几年前我们是美国在欧洲的代言人。有点难搞，没错，不总是很好打交道。但我们毕竟在那儿，是他们当中的一员，游离于欧洲之外，谢天谢地，对统一的外交政策、国防政策和你那一摊”——挤挤眼睛，吃吃笑——“不抱什么幻想。这就是我们和美国之间的特殊伙伴关系。乐滋滋地舔美国霸权的屁眼。顺便解决咱们的难题。现在你猜怎么着？咱们在德国佬和法国佬背后排队呢。连个屁都给不出来。彻头彻底的灾难。”

友好地吃吃笑，然后毫无停顿地转向下一个令人愉快的话题：

“顺便说一句，我很欣赏你的好哥们香农对唐纳德的评论：他得到了民主政治能给他的所有机会，结果每一次都搞砸了。但我不敢打包票说这话肯定没错。特朗普的问题在于他是个黑帮头目，先天后天都是。受到的教育就是如何想方设法搞残公民社会，而不是成为它的一部分。你的香农小伙子弄错了这一点。我这么说是不是不太公平？”

对谁不公平，特朗普还是艾德？

“而可怜的小弗拉迪·普京，就根本没受过任何民主政治的教育，”他放肆地说了下去，“这方面我赞同他。生来是间谍，永远是间谍，还有斯大林的疑心病当添头。每天早晨醒来都很吃惊，西方为什么还没有先发制人把他炸上天。”使劲嚼腰果。若有所思地喝了一口威士忌咽下去。“他是个梦想家，对吧？”

“谁？”

“香农。”

“应该是吧。”

“哪个类型的？”

“不知道。”

“真不知道？”

“真不知道。”

“盖伊·布拉梅尔想出了一个恨鸡巴闹的理论。”他喋喋不休道，像个顽童似的被这个词逗乐了。“听过这个说法吗？恨鸡巴闹？”

“很抱歉，没有。最近只听过胡鸡巴闹，没听过恨鸡巴闹。我在国外待得太久了。”

“我也一样。还以为我什么都见识过了呢。但盖伊喜欢上了这个说法。说一个人恨鸡巴闹，就是说这个人和俄罗斯——对这个案子而言——上床只有一个理由，就好比我搞你是因为我恨我老婆多过我恨你。所以才叫恨鸡巴闹。你觉得这个说法符合你的小朋友吗？你个人怎么看？”

“布林，我个人的看法是这样的：昨晚我受到了巨大的打击，先是因为香农，然后是我亲爱的朋友和同事们，所以我正在琢磨你叫我来干什么呢。”

“呃，对，他们煎得有点过头了，这倒是真的，”他赞同道，一如既往地愿意讨论所有话题，“但另一方面，现如今没人知道别人都是谁了，对吧？整个该死的国家乱成一锅粥。也许这就是他得到的启示。英国分崩离析，神秘僧侣寻觅绝对的真理，即便代价是绝对的背叛。然而他没有尝试去炸议会大厦，而是偷偷摸摸投向俄国人。怎么可能呢？”

我说一切皆有可能。他意味深长地挤眼睛，露出很有欺骗性的笑容，提醒我他这就要踏入更危险的国度了。

“所以纳特，你告诉我。只说给我一个人听。身为香农的导师、忏悔神父、代理父亲等等随便什么角色，你见到你年轻的门徒甚至都没提醒你一声就去投向了那位自负的伽玛，你个人到底有什么样的反应？”——给我斟满酒杯，“你坐在那儿目瞪口呆地看着屏幕听着交谈，你私人和职业的头脑都想到了什么？别考虑太多。直接说。”

换了其他时候，单独坐在布林面前，成为他的俘虏，我会向他袒露内心最深处的情感。我甚至有可能会告诉他，坐在那儿傻乎乎地听着瓦伦蒂娜说话的时候，我觉得我似乎在她的格鲁吉亚和俄罗斯口音里听出了某种不属于这两者的外来因素：由学舌而来，没错，并非原有之物。在苦等一天的某个时间点上，我想到了这个问题的一种解答。它的降临不是令人炫目的那种醒悟，而是蹑手蹑脚得像是看电影迟到的观众，在朦胧黑暗中顺着过道慢慢向前蹭。在我记忆最偏僻的角落里，我听见了母亲气呼呼地提高嗓门，因为发现我偷懒而训斥我，用的是她当时的情人听不懂的一种语言，随后以最快速度抛弃了它。但瓦伦蒂娜——伽玛——没有抛弃声音里的德国元素。至少对我来说没有。她在假装德国口音。她在说英语时假装德国口音，为了清除掉声音里的俄罗斯—格鲁吉亚根源。

这个疯狂的念头涌上心头，与其说是事实，不如说是想象，但我内心有某种东西在说，你无论如何都不能告诉布林。是不是就在这个时刻，阴谋开始在我的脑海里成形，只是我自己还没有意识到？我时常这么认为。

“要我说我怎么想对吧，布林，”我答道，回应他那个“两个头脑”的问题，“我认为香农大概受到某种精神崩溃症的折磨。精神分裂，严重的双相障碍，谁知道心理医生会怎么说？假如真是这样，我们这些外行企图给他安上符合理性的动机就纯属是浪费时间。另一方面，肯定有什么东西触发了他，最后一根稻草”——我为什么还在胡说八道？——“老天在上，他的主显时刻。他否认他拥有的动机。按照咱们经常说的，促使萨米奔跑的真正原因[1]。”

布林依然在微笑，但这个笑容硬得像石头，逼着我继续猜测下去。

“咱们可以直话直说吗？”他淡然道，就好像我没开过口似的，“今天上午早些时候，莫斯科中央局要求与香农在一周后再次见面，香农已经同意。中央局如此着急似乎不太合适，但在我看来却代表着明智的专业判断。他们担心情报源的长期表现——谁会不担心呢？——也就是说我们的行动必须同样迅速。”

一波自发性的怨恨油然而生。

“布林，你总是说‘我们’，就好像已经是板上钉钉的事情了，”我抱怨道，声音里带着我们一贯的坚定与欣喜，“但我觉得有点难以下咽，因为整件事都是从我的脑袋里长出来的。我是星尘行动的作者，你应该没忘记吧？所以你为什么要向我通报我自己的行动的进度呢？”

“进度是我通报给你的，我亲爱的孩子。对情报局的其他人来说，你已经是过去时了，而且理由非常充分。要是我能说了算，你就根本进不了‘避难所’。时代在改变。你这个年纪正是最危险的。你一向如此，但现在显现出来了。普鲁好吗？”

谢谢问候，布林，她要我向你问好。

“她知道吗？香农的事情？”

不知道，布林。

“保持这样下去。”

---

① What Makes Sammy Run? 出自 1941 年的一部小说名。

好的，布林。

保持这样下去？意思是不让普鲁知道艾德的情况？普鲁，今天一早还保证过她无条件地忠于我，我甚至应该感动得叫情报局滚远点儿死个干净？普鲁，情报局打着灯笼也找不到的优秀军嫂，别说一个字了，连一口气都没背叛过情报局给予她的信任？现在布林，而不是其他任何人，却在说她不值得信任？去他妈的。

“我们的兄弟局当然在叫嚣要香农血债血偿，你自然不会觉得惊讶，”布林说，“逮捕他，拷问他，杀鸡给猴看，每人得一个奖章。结果会是一起国家级的丑闻，给所有人惹来麻烦，脱欧正搞得如火如荼，我们会显得像一群他妈的智障。因此我们直接拿掉了这个选项，至少对我来说不存在。”

又是“我们”。他拿起腰果盘子给我。我抓了一把以满足他。

“橄榄？”

不用了，布林，谢谢。

“你以前很喜欢吃的。卡拉马塔橄榄。”

并不，布林，谢谢了。

“下一个选项。我们把他拉进总局，向他提出最经典的建议。好了，香农，我们已经完全证实你是莫斯科中央局的情报员，因此你在我们的控制之下，否则就去跳悬崖吧。你觉得能行吗？你了解他。我们不了解。他的部门也不了解。他们觉得他有女朋友，但连这一点都无法确认。也可能是男朋友。说不定是他的室内设计师。他们说他在装修公寓。靠工资申请了一笔贷款，买下了他家楼上的那套。他有没有告诉过你？”

没有，布林。没说过。

“他说过他有女朋友吗？”

没有，布林。

“那他多半没有。有些人没女人也过得下去，别问我是怎么做到的。也许他就是这种人。”

对，布林，也许他就是。

“我们向他提出最经典的建议，你的判断是什么？”

我给了这个问题它应有的思考时间。

“我的判断，布林，是香农会叫你们统统去死。”

“为什么？”

“你试试看和他打羽毛球。他宁可被子弹打成筛子倒下去。”

“但这不是在打羽毛球。”

“艾德是宁折不弯的那种人，布林。假如他认为目标比他更重要，那么他就不可能动摇或妥协或先救自己的小命。”

“所以他是想当烈士了，”布林满意地得出结论，像是找到了一条康庄大道，“另一方面，可想而知，为了抢夺他的尸体，我们和平时一样陷入了苦战。他是我们发现的，因此，只要我们还在办他，他就是我们的。等他对我们来说没用了，游戏结束，我们兄弟局爱怎么折腾他都行。现在我问你一个问题。你还爱他吗？不是肉欲的那种爱。而是人对人的感情。”

布林·乔丹就是这么对待你的，他这条河你只能跨过一次。他诱惑你，听取你的怨言和建议，从不提高嗓门，从不轻易判断，永远和颜悦色，陪你在花园里闲逛，直到他拥有了你呼吸的空气，然后一钎子捅穿你。

*

“我喜欢他，布林。更确切地说，曾经喜欢他，直到这事情爆开。”我喝了一大口威士忌，然后轻快地说。

“而他也喜欢你，我亲爱的孩子。你能想象他和别人像和你那样交谈吗？我们可以利用这一点。”

“但怎么利用呢，布林？”我主动出击，面露真诚的笑容，扮演听话门徒的角色，尽管在布林所谓的我的私人头脑里，许多个彼此矛盾的声音正在合唱，“另外我一直在问你，你却不肯好好回答。眼下局势里的‘我们’到底是谁？”

圣诞老人式的眉毛挑到了最高处，他赏我一个最灿烂的笑容。

“哎呀我亲爱的孩子。当然是你加我了，还能是谁？”

“能允许我问一句，这个我们要干什么吗？”

“当然是你向来最擅长的事情了！你和你的目标变成好朋友。这部分你已经完成一半了。判断情形，找个好时机，做完剩下的一半。告诉他你是谁，指出他的行为大错特错，心平气和、冷静地和他谈，然后转变他。只要听见他说‘好的，纳特，我愿意’，你就给他套上笼头，温柔地把他领进围场。”

“我温柔地把他领回来以后呢？”

“我们反过来利用他。一方面让他继续忙活他的日常工作，另一方面喂给他我们精心编造的假情报，让他通过管道送给莫斯科。我们尽可能长久地操控他，等榨取完价值，就让我们的兄弟局吹响凯旋号角，一举破坏伽玛情报网。局长嘉奖你，我们欢送你回家，你为你的年轻朋友争取了最好的结果。皆大欢喜。少一点就是不忠诚，多一点就是犯罪了。现在你听仔细了。”他兴致勃勃地说了下去，我根本没有机会表示反对。

*

布林不需要记笔记。他从来不需要。他不用看着情报局手机的屏幕念事实和数字。他不会停顿，皱眉，搜肠刮肚寻找他放错地方的恼人细节。这个人在罗马的苏联研究院待了一年就学了一口流利的俄语，顺便还利用业余时间把普通话加进了履历表。

“在过去九个月内，你的朋友香农向雇主正式报备了五次前往欧洲驻伦敦使领馆的行程。两次是法国大使馆，纯粹为了参加文化活动。三次德国大使馆，其中一次是德国统一纪念日，一次是全英德语教师的嘉奖仪式。还有一次是未详细说明的社交活动。你说什么”——他突然问我。

“我在听，布林。我在听你说。”

就算我说了什么，那也是在心里说的。

“这些行程都通过了雇主部门的批准，尽管无法确定是在事先还是事后，但日期都记录在案，你可以看到”——他像变魔术似的从身边掏出一个拉链文件袋。“另外还有一通未经解释的电话，从霍克斯顿的一个公共电话亭打给德国大使馆。他说他找他们旅游部门的一位勃兰特女士，对方准确地告知他，他们没有一位勃兰特女士。”

他停下来，这次只是为了确定我在仔细听讲。他不需要费这个事的。我听得入迷。

“我们还得知——因为街面监控探头向我们敞开了心扉——昨天傍晚在骑车前往贝塔地点的途中，香农在一所教堂前停下，进去坐了二十分钟”——宠溺的笑容。

“什么样的教堂？”

“最普通的。现如今只有这种教堂才敢敞开大门。没有银器，没有神圣画像，没有值钱的衣物。”

“他和谁交谈了？”

“没人。教堂里有两个流浪汉在睡觉——都是真的流浪汉——隔着过道有个穿黑衣服的老玻璃。还有一名教堂管理人。根据他的说法，香农没有跪拜，而是坐在那儿。然后出去，骑车离开。所以”——忽然神采飞扬——“他在干什么呢？把灵魂托付给造物主？要我说，这个时机选得还真是奇怪，但每个人都有他自己的活法。还是他想确定背后没有尾巴？我倾向于后者。你怎么看他去法国和德国大使馆的行为？”

他又给我俩斟满酒杯，然后不耐烦地坐下，等待我回答他——我也想知道答案，但想来想去就是找不到。

“唔，布林。这次换你先说好了。”我提议道，以其人之道还治其人之身，他乐在其中。

“我敢打赌，他在大使馆拖网捕鱼，”他志得意满地答道，“搜刮额外的零散情报，喂养他的俄罗斯瘾头。他在伽玛面前可以假装天真，但在我看来，他有他的长远目标，只要他别自己犯傻就行。该你了。愿意问多少个问题都行。”

我想问的问题只有一个，但本能说我不该操之过急。我选择了从多姆·特伦奇开始。

“多姆！”他惊叹道，“我亲爱的上帝啊！多姆！完全蒙在鼓里呢。无限期带薪休假，没得商量。”

“为什么？他犯了什么错？”

“他从一开始就不该被我们招募的。当然那是我们的错。有时候我们亲爱的情报局就是太喜欢小贼了。他的错是娶了个能量比他大的女人。还被一帮扒粪工在暗网上逮了个正着。他们弄错了几个小细节，但弄对的地方就太多了。顺便问一句，你是不是在睡从我们这儿走掉的那姑娘？佛罗伦丝？”——露出一个最拿不准的笑容。

“布林，我没在睡佛罗伦丝。”

“从没睡过？”

“从没睡过。”

“那你为什么从公共电话亭打电话给她，请她出去吃大餐？”

“她突然从‘避难所’辞职，撂下她负责的情报员不管。她是个迷惘的小姑娘，我觉得我应该和她保持联系。”借口太多了，不过也无所谓。

“好吧，以后千万注意点。她出格了，你也一样。还有问题吗？慢慢想。”

我慢慢想。想了又想。

“布林。”

“亲爱的孩子？”

“耶利哥行动究竟是什么？”我问。

*

代号文件的神圣性是非信徒所难以想象的。为了迷惑敌人，代号会在传播过程中变来变去，而代号本身与文件内容一样，都需要严格保密。作为屈指可数的涉密人员中的一个，在局外人耳力所及范围内说出一个代号，就布林的法典而言就是一项不可饶恕的罪孽了。但此时此地，我，而不是其他任何人，居然开口询问俄罗斯部的传奇首脑：耶利哥究竟是什么？

“我是说，天哪，布林，”我坚持道，不为他僵硬的笑容所动，“香农在那东西过复印机的时候扫了一眼，然后就下定了决心。无论他看见了什么，或者以为自己看见了什么，光这一眼就够了。要是他和我吵这个怎么办？说我不知道他在说什么？这恐怕没法向他指出他的行为大错特错吧。你叫我怎么给他套上笼头，温柔地把他牵回来。”我换上更激烈的语气，“香农知道耶利哥是什么——”

“以为他知道。”

“——而莫斯科也知道。听见耶利哥三个字，伽玛显然无比兴奋，甚至亲自接下了任务，而莫斯科提供了全力支持。”

笑容愈加灿烂，像是表示赞同，但嘴唇依然抿得紧紧的，仿佛决意不让任何一个字钻出去。

“一段对话，”他最后说，“大人之间的一段对话。”

“哪些大人？”

他没有理会这个问题。

“我们是个分裂的国家，纳特，你肯定也注意到了。我们国家的分裂明白无误地反映在了我们上位者的分裂之中。没有两位部长会在同一天对同一件事情有相同的看法。因此，他们向我们下达的情报任务会随着时间而变来变去，甚至到了互相抵触的地步，也没什么好大惊小怪的。我们的责任之一毕竟就是要想象难以想象之事。咱们这些俄罗斯方面的老手做过多少次这样的事情？就坐在这个房间里，想象难以想象之事？”

他想找到一句合适的箴言。他一如既往地找到了："纳特，路标不会走向它们所指的方向。必须选择走哪一条的是咱们这些谦卑的凡人。路标不会为咱们的选择负责。你说对不对？"

对，布林，不会。也有可能会。但无论如何，你这是在我眼前布迷魂阵。

"不过我可以假设你就是 KIM/1 对吧？"我猜测道，"我们驻华盛顿使团的首脑。还是说我的假设太离谱了？"

"我亲爱的孩子。你爱怎么假设都行。"

"但你想告诉我的就只有这些？"

"你还需要知道什么呢？好吧，再告诉你一丁点，但只有这么多了。所涉及的这段绝密对话发生在我们的美国表弟和我们之间。目的是探测性的，是在试水。是最高级别的对话。情报局是中间人，探讨的一切都是假设性的，没有任何已经定下来的。根据香农的供述，他只看见了一份五十四页文件里微不足道的一小段，他记在心里——未必完全准确——受到误导，做出他的结论，然后传递给莫斯科。我们不知道他看见的是哪一段。他被抓了个现行——我不得不说，都是多亏了你的努力，尽管他并不是你的目标。你没必要和他展开任何辩论。你给他看看鞭子就好。你告诉他，除非迫不得已，否则你不会用鞭子抽他。"

"我能知道的就是这些？"

"已经比你需要知道的多了。有一瞬间我允许情感战胜了理性。拿着这个。只能一对一联络。我在伦敦和华盛顿之间飞来飞去，我一上天你就找不到我了。"

随着突兀的"拿着这个"，他把一个金属物体咣当一声扔在我和他之间的咖啡桌上。这是个银灰色的智能手机，和我给我的情报员的手机是一个型号。我看看手机，看看布林，然后盯着手机。我不情不愿地捡起手机，在布林的注视下把它塞进上衣口袋。他的表情变得柔和，语气依然那么亲切。

“纳特，你会成为香农的救星的，”他安慰我道，“没人对他会有你一半那么温和。要是你觉得你没法下手，就想一想其他的选择。要我把他交给盖伊·布拉梅尔吗？”

我想到了其他的选择，但未必是他脑子里的那些。他起身，我跟着起身。他挽住我的胳膊。他总是这样。他为自己能够直白地表达情感而自豪。我们顺着铁路车厢般的漫长走廊向回走，经过乔丹家族历代先祖的肖像。

“家里人都还好吧？”

我说斯黛订婚了。

“我的天哪，纳特，她不是才九岁吗？”

我和他一起吃吃笑。

“阿辰彻底爱上了油画，”他告诉我，“要办一场超规模的画展，至少也得是科克街。不再搞该死的水粉画。也不搞该死的水彩画。更不搞该死的树胶画了。要么油画，要么放弃。我没记错的话，你家普鲁以前还挺看得上她的作品呢。”

“现在也还是。”我忠实地说，尽管我从没听说过。

我和他站在门口面面相觑。也许我们都有一种预感，我们这次再见就是永别了。我在脑海里搜寻与此无关的话题。布林一如既往地快我一步。

“你犯不着担心多姆，”他咯咯笑着告诉我，“那家伙一辈子碰什么什么完蛋，所以到处都会需要他。这会儿国会多半就有个空位等着他去填呢。”

我和他爆发出睿智的大笑，为了这个世界的各种一塌糊涂。握手告别的时候，他像美国人那样拍拍我的肩膀，按照礼仪要求送我走下一半台阶。蒙迪欧开到我面前停下。亚瑟开车送我回家。

*

普鲁坐在笔记本电脑前。她看了一眼我的脸色，一言不发地起身打开温室花园的门。

“布林要我招募艾德，”我在苹果树下对她说，“就是我跟你说过的那个年轻人。我每周一的羽毛球球友。嘴巴特别大的那家伙。”

“招募他干什么？”

“当双重间谍。”

“针对谁或什么事？”

“俄罗斯的目标。”

“呃，双重的前提难道不是他已经是间谍了吗？”

“严格地说，他已经是双重了。他是我们兄弟局的一名助理，密级极高。他向俄国人传递机密情报，被逮了个正着，但他自己还不知道。”

长久的沉默过后，她向她的职业素养寻求帮助：“在这种情况下，情报局必须搜集全部证据，无论是对他有利还是不利的，然后呈交皇家检察署，确保他能在公开的法庭上受到其对等人员的公正审判。另外不得向他的亲友下手，借此欺凌和胁迫他认罪。我相信你一定拒绝了布林。”

“不，我答应了他。”

“因为？”

“我认为艾德按错了门铃。”

18

蕾娜特向来起得很早。

星期天清晨七点，太阳已经升起，热浪没有任何要消退的兆头，我大步流星地向北穿过摄政公园被阳光炙烤的苔原，走向樱草村。根据我的搜索结果——用的是普鲁的笔记本，而不是我自己的，普鲁半懂不懂地在一旁看着，由于我内心尚存几分对情报局的忠诚，再加上我可想而知地不愿多谈我以往的违规行为，因此我无法将所有情况向她和盘托出——我在寻找的那个街区全是修复得极好的维多利亚时代庄园，这些建筑物已经改造成了带有客房服务的高级公寓，按理说我应该觉得惊讶的，因为外交人员喜欢聚集在母舰周围，然而蕾娜特所属的德国大使馆却位于贝尔格雷夫广场。不过即便是在赫尔辛基，当时她是他们情报站的二号人物，而我是我们站的二号，她也坚持要在她力所能及的范围内住得离外交团伙越远越好——用她的话说，还有越自由越好。

我走进樱草村。某种圣洁的沉寂感笼罩着色彩柔和的爱德华时代的房屋。教堂的大钟在某处敲响，但声音也羞答答的。一位勇敢的意大利咖啡馆店主正在放下条纹遮阳篷，吱吱嘎嘎的声音应和着我脚步的回声。我右拐，再左拐。贝利沙苑是一座灰色砖石大宅，高六层，占据了一条断头路的背阴一侧。石阶通向瓦格纳式的拱形柱廊。黑色双开门将所有来客拒之门外。修复得极好的公寓房间只有号码，不标名字。唯一的门铃按钮标着“门房”二字，但底下插着一张手写的条子，上面写着“周日勿扰”。大门必须用钥匙才能打开，门锁却出乎意料地是空心钥匙杆的那种。情报局的任何一名窃贼用不了几秒钟就能打开。我需要的时间大概会稍微多一点，只可惜我没带工具。锁面由于经常使用而刮痕累累。

我走到断头路的向阳面，假装对橱窗里的童装很感兴趣，其实看的是双开门的倒影。哪怕在贝利沙苑，总也有房客要早起跑步的。双开门中的一扇开了。出来的不是慢跑者，而是一对穿黑衣的年长男女。我猜他们大概要去教堂。我如释重负地喊了一声，穿过街道跑向他们：我的救星。我真是太傻了，居然把钥匙忘在楼上了，我解释道。他们大笑。哎呀没关系，他们也做过这种事——亲爱的，什么时候来着？我们分开，他们快步走下石阶，还在咯咯笑个不停，而我顺着没有窗户的过道走向左侧花园前的最后一扇门，因为无论是在赫尔辛基还是在伦敦，蕾娜特都喜欢租一套底层的宽敞公寓，而且必须要有方便的后门。

八号公寓的门上有一块抛光的黄铜投信翻板。我手里的信封上写着“仅限蕾妮”和“私人信件”。她认识我的笔迹。她喜欢我称呼她蕾妮。我把信封塞进投信口，啪啪地打开关上翻板几次，按门铃，然后顺着走廊出去，回到断头路上，左拐再右拐，来到高街，穿过一道铁门，走向樱草丘，它在我前方隆起，像个被烤干的烟草色拱顶。我选中一张孤零零的长椅坐下，坡顶有一家印度人，他们穿着色彩艳丽的衣服，正在放飞一个巨大的四面风筝，但这会儿的风连长椅四周的枯干树叶都吹不动。

*

我等了足足十五分钟，等到第十六分钟，我彻底放弃了。她不在家。她出去跑步了，她去见情报员了，去会情人了，去爱丁堡或格林德波恩或她的伪装要求她去露面握手的某个地方参加什么文化活动了。她去叙尔特岛她钟爱的某块沙滩玩水了。另外还有第二类可能性，或许更加令人尴尬：她丈夫或某个情人在家，他从她手里抢过我的信，然后来山上找我算账：刚想到这儿，蕾娜特本人就走上了山坡，而不是心怀仇恨的丈夫或情人，她的两个拳头在结实娇小的身躯前摆动，剪短的金发随着步伐而跳跃，一双蓝眼睛喷出火花——这是一个缩小版的瓦尔基里，前来告诉我说我将死于战斗。

她看见我，改变行进路线，在背后扬起一溜烟尘。她走近我，我有礼貌地起身迎接，但她从我身边走过，一屁股坐在长椅上，瞪着眼睛等我在她旁边坐下。在赫尔辛基那会儿，她的英语不错，俄语更好，但若是被激情控制住了，她就会踢开这两种语言，向她出身的北方德语寻求慰藉。听她的开场白，比起八年前，她的英语显然有了长足的进步，那会儿周末我们时常来到波罗的海岸边，在一间有双人床和柴火炉子的破旧木屋里偷情。

“纳特，你的小脑瓜绝对是出了什么毛病对吧？”她出口成章，恶狠狠地仰视我，“你他妈什么意思：私人、仅限口耳、记录外的对话？你是想招募我还是想搞我？两方面的提议我都没兴趣，你可以把这话说给派你来的人，因为你坏了规矩，根本不值得考虑，让所有人都尴尬。听懂了？”

“懂了。”我答应道，等待她平静下来，因为蕾娜特女性的一面向来比间谍的一面更加冲动。

“斯蒂芬妮好吗？”她暂时收了脾气。

“多谢问候，不是小好。终于脚踏实地了，已经订婚，你说你敢相信吗？保罗呢？”

保罗不是她儿子。蕾娜特很遗憾地没有后代。保罗是她丈夫，或者曾经是；半个中年花花公子，半个柏林出版商。

“谢谢问候，保罗也非常好。找的女人越来越年轻，越来越没脑子，出的书越来越烂。所以生活还是老样子。你在我之后还有过露水情缘吗？”

“我挺好。我已经定下心来了。”

“所以你还是和普鲁在一起？”

“那是自然。”

“那就好。所以是你告诉我为什么叫我来这儿，还是我打电话给我们大使，说我们的英国朋友在伦敦公园里向他的情报站站长提出了非分要求？”

“也许你可以告诉他说我被我们情报局放飞了，正在执行一项拯救任务。”我说，然后等待，看着她收拢身体：肘部和膝盖分别贴紧，双手互握，搁在大腿上。

“真的吗？他们炒你鱿鱼了？”她问，“这不是什么愚蠢的花招吧？什么时候？”

“要是我没记错，就是昨天。”

“因为什么不谨慎的孽缘？”

"不是。"

"我能问一句吗？你要拯救的是谁？"

"你。不是单数的一个你。而是复数。你、你的部下、你的情报站、你的大使和柏林的一大帮人。"

蕾娜特听我说话，她那双蓝色的大眼睛，你都没法想象它们还会眨。

"纳特，你是认真的？"

"从没这么认真过。"

她沉思片刻。

"你在录我们的对话以备不测，对吧？"

"事实上并没有。你呢？"

"事实上也没有，"她答道，"现在请你快救救我们吧，你来找我就是为了这个吧？"

"假如我告诉你，我曾经任职的机构拥有情报，称英国情报界的一名人员在伦敦向你们提供了某些情报，牵涉到我们与美国合作者的一段绝密对话，你会怎么回答？"

她回答得比我预想中更快。她上山的时候就在酝酿这个吗？还是她离开公寓的时候得到了上峰的授意？

"我会说也许你们英国人正在搞一场可笑的钓鱼行动。"

"钓什么鱼？"

"也许你们想做点拙劣的测试，判断我们在脱欧即将成真时的职业忠诚性。你们所谓的政府在眼前这场荒谬的危机里已经退无可退。"

"但你没有否认有人向你们提供了这样的情报？"

“你问了我一个假设性的问题。我给你一个假设性的答案。”

说完这句，她闭上嘴巴，表示这次会面到此结束；然而她没有气冲冲地一走了之，而是坐在原处一动不动，等我说下去但又不想表现出来。那家印度人厌倦了尝试放风筝，下山走向远处。山脚下，慢跑者成群结队地从左跑向右。

“假设有个人名叫爱德华·香农。”我又说。

不置可否的耸肩。

“然后，依然是假设性的，这个香农曾经是我们驻柏林的跨机构联络小组的人员。另外，他痴迷于德国，听见德国两个字就兴奋。他的动机很复杂，但对我们双方的目标来说都无关紧要。然而他没有恶意，事实上用意还很良好。”

“我当然没听说过这个人。”

“你当然没听说过。尽管如此，他在过去几个月内多次到访过你们大使馆。”我念出一个个日子，感谢布林的帮助，“由于他在伦敦的工作无法让他联系到你们在这儿的情报站，他不知道该去向谁托付他的秘密。于是他在你们大使馆随便找人搭话，直到被转交给你们情报站的一名成员。香农很聪明，但就密谋而言，他是你们所谓的Vollidiot[①]。这个剧情算是有说服力吗——假设性的？”

“当然有说服力了。童话里的所有情节都很有说服力。”

“假如我说接待香农的是你的一个名叫玛利亚·勃兰特的部下，也许你会觉得更可信一点。”

“我们没有什么玛利亚·勃兰特。”

---

① 德语，彻底的傻瓜。

“当然没有。然而你们情报站花了十天才决定没有。你们疯狂地考虑了十天，然后告诉他你们对他的情报不感兴趣。”

“既然我们说我们不感兴趣——显然我会否认我们说过——那咱们还坐在这儿干什么？你们知道他叫什么。你们知道他企图出卖秘密。你们知道他是个 Vollidiot。你们只需要找个人假扮买家就可以逮捕他了。在这个假设性的结局中，我们大使馆不管从哪个方面说都做得无懈可击。”

“假扮买家，蕾妮？”我难以置信地惊呼道，“你想说那个艾德叫价了？我怎么觉得很难相信呢。”

她又瞪着我，但这次的视线更柔和也更亲近。

“艾德？”她重复道，“你就是这么叫他的？你们假设性的叛徒？艾德？”

“其他人是这么叫他的。”

“但你也这么叫他？”

“因为朗朗上口。别想太多，”我反击道，一时间落了下风，“你刚刚说了，那个香农企图出卖秘密。”

现在轮到她反击了：

“我可没这么说。我们在讨论你荒谬的假设。兜售情报的人不会一上来就叫价。他们首先会展示商品，博取买家的信任。然后才会谈条件。你和我都很清楚这些，对吧？”

我们当然很清楚。促使我们在赫尔辛基相遇的是个德国出生的情报贩子。布林·乔丹闻到耗子的气味，命令我去向我们的德国盟友求证。他们让蕾妮和我接洽。

“所以，十天十夜之后，柏林最终命令你拒绝他。”我沉思道。

“你又在胡说八道了。”

“不，蕾妮。我在想象你的痛苦。十天十夜，等待柏林下蛋。而你，你们伦敦情报站的站长，金光闪闪的宝藏就在咫尺之外。香农要给你的是你梦寐以求的原始情报。然而，妈的，万一他暴露了怎么办？想一想外交大丑闻吧，我们亲爱的英国媒体：五星级德国间谍恐慌，就在脱欧的关键时刻爆发！”

她想开口辩白，但我不给她以喘息之机，因为我也不想给自己以喘息之机。

“你睡觉了吗？不，你没合过眼。你们情报站睡觉了吗？你们大使？柏林？十天十夜，他们通知你，说必须告诉香农，我们不会接受他的情报。要是他再接近你，你就向相应的英国机构告发他。玛利亚就是这么告诉他的，然后化作一团绿色烟雾，消失得无影无踪。”

“根本不存在什么十天不十天的，”她反击道，“你和以前一样，就爱想入非非。假如有人向我们兜售这样的情报——事实上并没有——我们大使馆会立刻回绝他，毫不动摇，没有商量余地。假如你们情报局或你以前的情报局有什么其他想法，那都是异想天开。我难道突然成了撒谎精？”

“不，蕾妮。你只是在完成自己的工作。”

她很生气。因为我，也因为她自己。

“你又想诱惑我屈服于你？”

“就像我在赫尔辛基那样？”

“当然。你会诱惑每一个人。你在这方面是出了名的。他们雇你就是为了这个。当他们的罗密欧。为了你通杀一切的同性魅力。你坚持不懈，我还太年轻。结果就是那样。”

“咱们都很年轻。另外要是你还记得，咱们都很坚持。”

“我不记得这种事。对于同一件不幸的事情，你和我有着截然不同的记忆。这一点就让咱们难得一次地取得共识吧。”

她是女人。我很嚣张，正在威逼她。她是一名身居高位的职业情报官员。她被逼进死角，不喜欢这个局面。我与她有过一段情缘，我和我们其他人一样，也是剪辑室地上的废胶片。我是她人生中一个宝贵的小片段，她永远不会放弃我。

“蕾妮，我的目标很简单，”我坚持道，懒得再费神镇压声音里的急切感，“就是从你们机构内外的流程角度出发，尽可能客观地搞清楚在那十天十夜里，你们究竟是如何处理爱德华·香农不请自来地奉上有关英国目标的高品质情报的。多少场匆忙召开的会议？多少人处理文件，互相打电话，互相发邮件，互相打信号，而且未必都是在安全线路上？惊慌的政客和公务员发狂似的想擦干净屁股，他们在走廊里咬着耳朵聊了多少次？我是说，蕾妮，老天在上！”我爆发了，“一个年轻人，他在柏林和你们一起生活和工作过，他热爱你们的语言和你们的人民，觉得自己有一颗德国人的心灵。他不是唯利是图的卑鄙小人，而是一个爱思考的男人，觉得自己有个疯狂的使命，那就是要单枪匹马拯救欧洲。你扮玛利亚·勃兰特玩弄他的时候，有没有觉察到他的这一面？”

“怎么忽然变成我扮玛利亚·勃兰特玩弄他了？你这个愚蠢的念头是从哪儿蹦出来的？”

“你别说你把他交给了你的副手。蕾妮，那不是你。一名英国情报人员送上门来，拿着绝密情报的购物单，你能坐得住？”

我以为她会再次反击，会否认再否认，我和她受过的训练都教过我们怎么做。但她没有，她软化下来，也可能是听天由命了；她转过去不看我，端详清晨的天空。

“纳特，他们就是为了这个开除你的？”她问，“为了那个年轻人？”

“一部分原因吧。”

“但现在你来从他手里拯救我们。”

“不是从艾德手里，而是你们自己手里。我想告诉你的是从伦敦到柏林到慕尼黑到法兰克福途中的某个地方，或者你老板们咨询过意见的天晓得什么角落，香农向你们兜售情报的消息不仅仅是走漏了。一个敌对机构截获了情报，借此接管了他。”

一群海鸥整齐划一地俯冲，在我们底下落地。

“美国人？”

“俄国人。”我说，等她开口，而她极为专注地观察海鸥。

“伪装成我们？打着我们的旗号？莫斯科招募了香农？”她想得到确认。

她的两个小拳头攥得紧紧的，摆在膝头准备战斗，暴露了她内心的愤怒。

“他们说玛利亚拒绝接受他的请求其实是拖延战术，实际上他们在准备协调行动。”

“而他相信了这种屁话？我亲爱的上帝啊。”

我们再次陷入沉默。但她那种保护性的敌意已经烟消云散。就像在赫尔辛基一样，我们成了一个战壕里的同志，尽管我和她都不会承认。

“耶利哥是什么？”我问，“就是这份超级机密的代号文件让他反水的。香农只读到了一小段，但那一小段就足以让他投向你们了。”

她一直瞪大眼睛盯着我，就像我们做爱时那样。她的声音失去了职业人士的风度。

“你不知道耶利哥？”

“密级不够。以前就不够，看现在的样子，永远也不会够了。”

她陷入沉思。她在冥想。她进入了恍惚状态。她慢慢睁开眼睛。我还坐在原处。

“你愿意向我发誓吗，纳特——作为一个男人——你在对我说实话？完整的真相？”

“假如我知道完整的真相，肯定会告诉你。但我只能告诉你我知道的情况。”

“而俄国人说服了他？”

“也说服了我们情报局。他们干得非常漂亮。耶利哥是什么？”我又问她。

“香农告诉我的那些事情？你要我把你们国家的肮脏秘密说给你听？”

“假如那就是耶利哥。我听说那是一份对话录。我只搞清楚了这么一点。一场超级敏感、最高级别、英美两国通过情报渠道完成的对话。”

她深吸一口气，再次闭上眼睛，然后睁开眼睛盯着我。

“根据香农的说法，他读到的内容能够明确地证明英美两国合作的一项秘密行动已经处于策划阶段，其目标有两重，一是瓦解欧盟的社会民主主义制度，一是打击我们的国际贸易关税。”她又深吸一口气，继续道，“脱欧后的英国会发疯般地想要增加与美国的贸易总量。美国会满足英国的需要，但那是有前提条件的。条件之一是通过说服官员、议员和涉欧机构内的政策制定者来共同展开一项秘密行动，不排除使用贿赂和勒索等手段。同时大规模散播虚假新闻，以加重欧盟各成员国之间已经存在的争端。”

“你不会是在引用香农的原话吧？”

“我差不多就是在引用他的原话，他声称这是耶利哥文件的介绍性前言。他声称他记住了三百个单词。我写了下来。刚开始我并不相信他。”

“现在呢？”

“现在相信了。我们机构相信了。我们政府也相信了。我们似乎得到了能够佐证他的说法的相关情报。不是所有美国人都有恐欧症。不是所有英国人都赞同不惜任何代价与特朗普的美国结成贸易同盟。”

“但你还是拒绝了他。”

“我们政府更愿意相信联合王国有朝一日会回到欧盟的大家庭里，因此不愿卷入针对一个友好国家的间谍活动。我们感谢你的好意，香农先生，但很遗憾，出于上述种种原因，我们无缘消受。”

“你就是这么对他说的。”

“上头命令我这么对他说，于是我就这么对他说了。”

“用德语？”

“其实是英语。他的德语不像他希望的那么好。”

所以瓦伦蒂娜才会对他说英语，而不是德语，我得出结论，顺便解决了一个彻夜纠缠我的难题。

“你问过他的动机吗？”我问。

“当然问过。他对我引用歌德的《浮士德》。太初有行。我问他有没有同谋，他对我引用里尔克：Ich bin der Eine。”

“怎么理解？”

“他是唯一。也许是说孤零零的一个。也许是说独一无二的一个。也许两个意思都有。你去问里尔克吧。我查过这句，但没找到。”

“那是你们的第一次还是第二次会面？”

“第二次会面时他对我发火。咱们的行当不需要嗟叹掉泪，但我有这个想法。你们会逮捕他吗？”

布林的一句箴言飘进我的脑海：

“就像咱们这个行当的老话，他太好了，不该逮捕。”

她的视线转向被阳光炙烤的山坡。

“纳特，谢谢你来拯救我们，”她最后说，就好像忽然意识到了我的存在，“真可惜，我们没法还你这个人情。我看你现在该回家陪普鲁了。”

19

艾德慢悠悠地走进更衣室，准备打我们在竞技场俱乐部的第十五场比赛，天晓得我在期待他会给我一个什么样的回应，但肯定不是我得到的这个喜悦笑容和一句：“嗨，纳特，所以周末过得好吗？”在我的经验中，几十个小时前刚刚跨过他们个人的卢比孔河、知道自己再也无路可退的叛徒不会露出灿烂而愉快的自得笑容。相信自己是宇宙中心的狂喜过后，他们往往会坠入恐惧、自责和最强烈的孤独深渊之中：因为从今往后除了敌人，世界上你还能信任谁呢？

而就算艾德，到现在也该醒悟了，意识到完美主义者安妮特并不一定是会陪你走过风风雨雨的最可靠的那种朋友，即便她对耶利哥显露出了无以复加的兴趣。他有没有觉察到她表现出来的其他细节呢？例如偶尔忘记了德式英语的发音，不由自主地漏出格鲁吉亚腔的俄国口音，随即又慌忙纠正回去？她过于夸张的德式风度，有点过于刻板印象，过于老派了？看着他三下五除二脱掉白天的衣服，我徒劳地搜寻能够证伪我的第一印象的蛛丝马迹：他认为我没在看他的时候，他的表情没有变得阴郁，他的举止没有变得忧郁，他的语气没有任何异常。

"我的周末过得很好，谢谢，"我对他说，"你呢？"

"好，纳特，是的，非常好。"他告诉我。

从我们相遇的第一天开始，我就不认为他拥有最起码的掩饰情绪的能力，因此我只能假设出卖国家给他带来的第一波狂喜尚未消退，他相信他这么做不是在背叛英国，而是在为英国融入欧洲的伟大事业而奋斗，因此他无论是看起来还是心底里都很高兴。

我们走向一号球场，艾德大踏步地走在前面，球拍甩来甩去，一路笑呵呵的。我们扔球确定谁发球。球落向艾德的那一侧。有朝一日我的造物主也许会向我解释一下为什么会这样——自从那个黑色星期一夜晚，艾德对我的无往不胜战绩开始之后，每次扔球都是他获胜。

但我拒绝认输。我的状态也许算不上最好。由于不可抗力，我错过了这几天的晨跑和健身房锻炼。但今天，由于一些复杂得难以彼此区分的原因，我决定我必须要击败他，哪怕是赌上我这条老命。

我们打了两个整场。艾德显露出了进入迷离状态的所有兆头，区区几个回合的胜负对他来说无关紧要。只要我能朝底线附近放高球，他就会开始胡乱挥拍。我喂他一个高球。但他没有像我满心预料的那样一使劲把球打到球网上，而是把球拍扔到半空中，接住球拍，既和气又有自信地大声说：

"就这样了，纳特，谢谢。咱们今天都是胜利者。说起来，还有一件事我要感谢你。"

还有一件事？你打算就这么漫不经心地揭穿自己是个该死的俄国间谍？他从球网底下钻过来，搂住我的肩膀（破天荒的第一次），带着我穿过酒吧，走向我们的老地方，命令我坐下。他拿着两品脱杯冰镇的嘉士伯啤酒回来，还有橄榄、腰果和薯片。他在我对面坐下，塞给我一杯酒，举起他的酒杯，一口气说出他打过腹稿的一段话，声音里透出了他的北方出身：

“纳特，我有一件事要告诉你，事情对我来说非常重要，希望对你来说也一样。我要和一个完美的女人结婚了，要不是因为你，我就不可能认识她。因此我真心诚意地感谢你，不仅因为过去这几个月特别令人快乐的羽毛球比赛，更是为了你把我梦中的女人介绍给我。因此，我非常、非常感谢你。是啊。”

在最后的“是啊”之前很久，我就已经听懂了。我只介绍他认识了一个完美的女人，根据佛罗伦丝在暴怒中拒绝与我分享的那个靠不住的掩盖性故事，我只和她见过两面：第一次是我去我虚构的日用品贸易商朋友的办公室，而她是他的高级临时秘书；第二次是她对我说，她没兴趣再他妈撒谎了。在这段时间里，她有没有告诉她的未婚夫，他格外重视的这个羽毛球球友是个老牌职业间谍？我们彼此举杯，假如他毫无杂质的愉快笑容里有任何线索，那就是她没有走漏风声了。

“艾德，真是一个无与伦比的好消息啊，”我说，“但你说的这个完美女人是谁呢？”

他会说我是个骗子加阴谋家吗？因为他很清楚佛罗伦丝和我肩并肩地工作了近半年？还是说他会像他现在这样，对我露出魔术师般的笑容，从帽子里掏出她的名字，晃得我睁不开眼睛？

“你不会凑巧还记得佛罗伦丝吧？”

我努力回忆。佛罗伦丝？佛罗伦丝是谁？让我想一想。肯定是我年纪大了。我摇摇头。非常抱歉，真的想不到哎。

“老天在上，纳特，咱们一起打羽毛球的那姑娘，”他脱口而出，“就在这儿。还有劳拉。三号球场。你记得吧！她临时在你的商业伙伴那儿工作，你带她来凑满四个人。”

让记忆慢慢复苏。

“对啊！那个佛罗伦丝。很不错的一个姑娘。请允许我发自肺腑地恭喜你。我怎么会这么傻呢？我亲爱的朋友——”

我和他紧紧握手，两条相互矛盾的情报在我心里拼杀。佛罗伦丝守住了她对情报局的承诺，至少在我关注的范围内是这样。而艾德，一名已经确证的俄罗斯间谍，要娶的女人不久前还是我们情报局的一名雇员，酿成全国性丑闻的可能性于是增加到了无穷大。然而这些只是掠过我的脑海的几个散乱念头，而艾德正在讲述他的计划：“登记处飞快地领个证，不搞什么乱七八糟的。”

“我打电话给我妈，她开心死了，”他向我坦陈，俯身探过啤酒杯，激动地抓住我的手臂，“我老妈啊，她非常信耶稣，和劳拉一样，向来如此。我记得她好像说什么，要是婚礼上没有耶稣，那就太失败了。”

我听见布林·乔丹在说：进教堂坐了二十分钟……最普通的……没有银器。

“但老妈没法旅行，不是很容易，”他解释道，“短时间做不到。她的腿不好，还有劳拉。所以她对我说：你们俩喜欢怎么办就怎么办吧。等你们准备好了，咱们再去教堂按正确的方式办一场盛大的，每个人都能来参加。她觉得佛罗伦丝可爱得不得了——谁会不这么认为呢？——就和劳拉一样。因此我们就定在本周五了，不用多想，十二点整去霍本的登记处，因为那儿会排队，尤其是第二天就到周末了。顶多十五分钟的事儿，然后换下一对进去，我们就可以去庆祝了，所以虽然很仓促，但希望你和普鲁能来，尽管她是一位繁忙的大牌律师。”

我露出父辈的慈爱笑容，这个笑容能逼得斯黛发疯。我没有从他手里收回我的手臂。我给了自己一点时间，用来消化这个令人震惊的新闻。

“艾德，所以你在邀请普鲁和我参加你的婚礼，”我用庄重和敬畏的恰当语气说，“你和佛罗伦丝。我只能说我们极为荣幸。我知道普鲁也会这么认为的。她听我说了你的很多事情。”

我还没消化完这个重大新闻呢，他又发出了致命一击：

“还有，呃，既然说到这个了，你能不能，嗯，那什么，顺便当一下我的伴郎？要是你不反对的话。”他又说，露出他最灿烂的笑容，和他尽一切机会抓住我的新习惯一样，这似乎变成了这番对话中的某种固定仪式。

转开视线。垂下视线。理清思绪。抬起眼睛。微笑，同时不敢相信：

“哎呀，艾德，当然没问题了。但你确定你不想找个和你年纪差不多的朋友吗？中学朋友？大学同学？”

他想了想，耸耸肩，摇摇头，羞怯地咧嘴笑笑。“还真没有。”他说，这时候我已经不知道我的心情和我假装的情绪之间有什么区别了。我缩回胳膊，我和他又来了一次男人对男人的英式握手。

“另外，要是普鲁不反对的话，我们觉得她可以当证婚人，因为总得有人来扮演这个角色，”他喋喋不休地说了下去，就好像我的脑袋还没装满似的，“你要是真没辙，也可以出钱雇他们登记处的证婚人，但我们认为普鲁更适合。特别是她是个律师，对吧？有了她，整件事就会既合法又井然有序了。”

“她没问题的，艾德。只要她能从工作中脱身。”出于谨慎，我补充了一句。

就在我以为他说完了的时候，他又说：“另外，要是你不反对，我给咱们三个订了八点半在中餐馆的位置。”

“今晚？”我问。

“要是你不反对。”他说，眯起眼睛看吧台里的挂钟，它快一刻钟，这会儿显示的是八点一刻。“只是很可惜普鲁没法来，”他体贴地补充道，“佛罗伦丝非常期待认识她。一向如此。是啊。”

事实上，普鲁难得一次地取消了她和公益委托人的见面，这会儿正在家里等我报告今晚见面的结果呢。但我暂时不想泄露这个小秘密，因为这会儿我身体里的谍报人员已经夺回了控制权。

“佛罗伦丝也很期待见到你，纳特，”他又说，免得上面一句话惹我不高兴了，“特别期待。你毕竟是我的伴郎。还有咱们打过那么多场球。”

“我也特别期待见到她。”我说，道声抱歉，起身走向男卫生间。

途中我看见一张酒桌边坐了两男两女，我经过时他们聊得眉飞色舞。要是我没看错，两个女人中比较高的那个曾经推着一辆婴儿车穿过贝塔地点。在更衣室淋浴区闹哄哄的男性声音之中，我用经过相应调整的语气向普鲁报告好消息，提出我设想的下一步行动计划：三个人去中餐馆吃饭，然后我带他们回家。她的声音没有任何改变。她想知道我有没有什么特定的任务要她完成。我说我必须在书房里待一刻钟，因为我答应过要打电话给斯黛。她说没问题，亲爱的，她会坚守阵地的，还有其他事情吗？这会儿我一时间想不到，我说。我刚刚在一套计划中走出了无法挽回的第一步，要是我没弄错，从我在布林对面坐下的那一刻开始（甚至更早），这套计划就已经不知不觉地在他所谓的我的另一个头脑里生根发芽了；因为根据我们那些常设心理医生的说法，早在外在的后果出现之前，反叛的种子就已经种下很久了。

话虽这么说，在我本人记忆里上述这段我与普鲁的简短交谈中，我就是客观性的化身。在普鲁的记忆里，我处于精神崩溃的边缘。毫无疑问，一听见我的声音，她就意识到我们进入了行动模式，以及——尽管她永远不会允许我这么说——失去她确实是情报局的一个重大损失。

*

金月非常乐意招待我们。餐厅的老板兼经理是个中国人，同时也是竞技场俱乐部的终身会员。艾德能和我打得旗鼓相当的事实折服了他。佛罗伦丝准时赶到，衣冠不整的模样相当迷人，她立刻就和侍者们招呼上了——她来吃过一次饭他们就记住了她。她是直接从装修现场过来的，牛仔裤上的涂料痕迹足以证明。

就理性的标准而言，这会儿我应该已经焦虑得坐立不安了，然而我们还没坐下，我最紧迫的两个难题就自己消散了。佛罗伦丝选择了忠于我们编造的难以置信的故事：看看我们友好但疏离的“你好又见面了”吧。我请他们吃完饭去和普鲁喝杯咖啡，我的整套计划完全取决于这个步骤，这对儿新人以热烈的欢呼答应下来。我要做的仅仅是叫一瓶意大利起泡酒为他们庆祝（餐厅能提供的最接近香槟的就是这个了），然后陪他们说笑，把他们弄到我家去，自己一个人偷偷溜进书房。

由于我似乎是昨天才介绍这对热恋中的年轻男女认识的，因此我问他们算不算是一见钟情。两人都被我问住了，不是因为他们没法回答，而是因为他们觉得毫无意义。唔，那是一场羽毛球双打，对吧？——就好像这句话能解释一切似的，而我觉得很牵强，因为我对那次打球的记忆是佛罗伦丝刚从情报局辞职，对我发了好大一通火。然后他们来吃了中餐，可惜我没能参加，“坐的就是咱们这张桌子，对吧，佛罗？”艾德自豪地说，就这么好上了，一只手拿着筷子，另一只手互相爱抚。“接下来——哎，差不多就是水到渠成了，对吧，佛罗？”

我真的听见了“佛罗”吗？千万别叫她佛罗，除非你碰巧是她托付一生的男人？他们谈论婚礼的热乎劲儿，他们的难以离开彼此，我不禁想到了那次周日午餐时的斯黛和朱诺。我对他们说斯黛也订婚了，共情的喜悦顿时淹没了两个人。我告诉他们，巴罗科罗拉多的巨型蝙蝠现在已经成了我的业余爱好。然而有一点很让我犯难：每次艾德加入对话，我就会情不自禁地拿这个泡在爱河里的快活声音去对比三天前瓦伦蒂娜（又名安妮特，又名伽玛）不得不面对的那个满腹怨气的声音。

我假装手机信号太差，出去到街边打了第二个电话给普鲁，用的是同一个愉快嗓门。马路对面停着一辆白色厢式货车。

“出什么事了吗？”她问。

“没事，只是确认一下。”我答道，觉得自己傻乎乎的。

我回到桌前，说普鲁已经从事务所回来了，等我们等得望眼欲穿呢。我的声音很大，隔壁桌的两个男人听见了，他们都吃得很慢。两人满脑子都是谍报技法，我们离开时他们嚼个不停。

我在总局的个人档案里说得很坦率，我在谍报工作中有能力做出一流的快速应对，但我在文书工作中就未必有这个本事了。我们三个手挽手走了几百码前往我家——艾德，他喝了大半瓶起泡酒，坚持说身为他的伴郎，我必须抓着他瘦骨嶙峋的左手——我忽然想到，尽管我依然能完成一流的谍报工作，但现在一切都取决于文书工作的质量了。

*

直到现在我都没有好好描述过普鲁，但那只是因为被迫疏远给我们的关系蒙上了阴影，我在等待云开雾散，我们对彼此的观感能够恢复应有的色彩；而此刻，这件事已然成真，多亏了我被我亲爱的同事们盘问后的第二天早晨，普鲁向我发表的那番救命演说。

不是每个人都能理解我们的婚姻，还有普鲁。对于穷人和受压迫者，她是一位直言不讳的左倾律师；共同诉讼方面的无畏旗手；巴特西的一名布尔什维克；贴在她身上的任何一个简单标签都无法代表我眼中的普鲁。尽管出身不凡，但她是自我成就的典范。她的法官父亲是个混球，厌恶孩子们彼此竞争，害他们过得很惨，拒绝供普鲁念大学或法学院。她母亲死于酗酒。她哥哥投向恶魔。在我看来，她的仁慈品性和良好判断力不需要多做强调，但对于其他人，尤其是我亲爱的同事们，有时候必须如此。

*

兴高采烈的互相问候结束了。我们四个人在巴特西我家的阳光房里坐下，聊着愉快的琐碎小事。普鲁和艾德坐在沙发上。普鲁打开了通向花园的房门，让微风吹进室内。她点上了蜡烛，从礼物抽屉里翻出一盒高级巧克力请未来的新郎新娘享用。她还拿出了一瓶我都不知道我们有的雅邑白兰地，从野餐用的大暖水壶里倒出咖啡。然而在这其乐融融的氛围中，她却有事情非要告诉我：

“纳特，亲爱的，请原谅我，但你别忘了你和斯黛还有点急事要讨论。你好像说过九点”——这是我的信号，我看看手表，一跃而起，匆忙说了句“谢天谢地，还好你提醒了我，去去就来”，然后跑向楼上的书房。

我从墙上取下先父身穿礼服的一张带框照片，面朝下扣在写字台上，从抽屉里取出一沓书写纸，一张一张搁在玻璃桌面上，以免留下任何印痕。直到事后我才想到，我一方面准备破坏情报局守则中的所有规矩，另一方面又在遵守情报局的古老惯例。

我先写下目前对艾德不利的情报概要，然后开始写十条外勤指令，一条一个主旨明确的段落，正如佛罗伦丝会说的：不用该死的副词。我在文件最顶上写下她过去在情报局用的符号，随后接上我的符号。我又读了一遍我写的东西，没找到什么错误，于是把纸张叠了两次，放进一个空白的棕色信封，用缺少教育的笔迹写下“佛罗伦丝·香农夫人的发票”。

我回到阳光房里，发现我成了多余的人。尽管无法公开声明，但普鲁早已将佛罗伦丝引为逃离情报局魔爪的精神同志，因此她与这个女人有着密切但难以言喻的友好关系。此刻的话题是装修工人。佛罗伦丝，虽说她声称嗜勃艮第红酒成瘾，但这会儿正在喝结结实实的一大杯陈年白兰地；她说得正起劲，而艾德在她旁边的沙发上打瞌睡，时不时睁开眼睛，向她投去爱慕的视线。

“我是说真的，普鲁，和波兰泥瓦匠、保加利亚木匠还有一个好像是苏格兰人的工头打交道，我觉得我说话都他妈带字幕了！”佛罗伦丝说完，自己笑得前仰后合。

她要上厕所。普鲁带她去卫生间。艾德目送她们离开房间，然后把脑袋耷拉到膝盖上方，双手夹在两腿之间，陷入了他的某个白日梦。佛罗伦丝的皮夹克搭在一把椅子的椅背上。我趁艾德不注意拿起皮夹克，走到门厅，把棕色信封塞进右手边的口袋里，然后把衣服挂在门口的挂钩上。佛罗伦丝和普鲁回来了。佛罗伦丝注意到皮夹克不见了，疑惑地望向我。艾德依然垂着脑袋。

“哦，你的衣服，”我说，“我忽然害怕你会忘记穿走。口袋里有张什么东西露出来。看上去特别像账单。”

“该死，”她连眼睛都没怎么眨就答道，“多半是波兰电工的。”

消息收到。

普鲁说了几句她正在和大型药企的巨头们搏杀。佛罗伦丝的回应是一句恶狠狠的“他们是人渣中的人渣，全他妈下地狱去吧”。艾德半梦半醒。我说这会儿好孩子应该回家睡觉了。佛罗伦丝附议。他们住在伦敦的另一头，她对我们说，就好像我不知道似的：具体来说，从贝塔地点骑车一英里就能到，但她没提这茬。也许她不知道。我用家庭手机叫了辆优步。车来得快得离奇。我帮佛罗伦丝穿上皮夹克。他们说了许多遍谢谢，告辞时倒是麻利得令人愉快。

“普鲁，我们真的很高兴。”佛罗伦丝说。

“超级的。”艾德在睡眠、起泡酒和陈年白兰地共同织成的浓雾中赞同道。

我们站在门口，挥手送别他们的车子。我们一直挥手，直到它离开我们的视线。普鲁挽起我的胳膊。这么一个完美的夏日夜晚，咱们去公园散个步吧。

*

公园北侧边缘有一张长椅，它远离步道，孤零零地躲在河岸和一丛柳树之间。普鲁和我称之为我们的长椅，晚餐派对过后，只要天气不坏，而我们又能在合适的钟点送走客人，我们就会来这儿坐下歇一歇。在我的记忆中，出于从莫斯科时代遗留下来的本能反应，直到在这儿坐下，我和普鲁才开始说有可能泄露秘密的悄悄话，河水的哗哗声和夜晚都市的隆隆噪声淹没了我们的交谈声。

“你觉得是真的吗？”一段颇长的沉默过后，我打破了寂静。

“你是说他们两个在一起？”

普鲁通常在下判断时非常谨慎，但对这件事毫不怀疑。

“他们就像两片浮萍，现在终于找到了彼此，”她直率地说，“这是佛罗伦丝的看法，我赞同她。他们是从同一个根上长出来的，只要她相信这个，他俩就不会出问题，因为无论她相信什么，艾德都会跟着相信。她认为她怀孕了，但还没确定。所以无论你在为艾德盘算什么，都要记住咱们是为他们一家三口做的。”

*

在接下来的低声交流之中，普鲁和我对谁想到了什么或说了什么或许持有不同的看法，但有一点我记得非常清楚：我们的音量压低到了莫斯科时的水平，就好像我们的所在之处不是巴特西公园，而是高尔基中央文化休闲公园。我把布林和蕾妮告诉我的事情一五一十告诉她，她仔细听着，没有发表任何评论。我没怎么费神去提瓦伦蒂娜和艾德是如何暴露的，因为那已经是遥远的过去了。现在的问题其实就是谍报策划工作的经典问题：如何利用敌人的资源来对抗敌人，尽管我不像普鲁那么渴望把情报局当作敌人。

另外我记得，就在我们开始微调逐渐成形的总体规划时，我的内心充满了单纯的谢意，因为我们的思想和语言汇集成一条大河，计划的归属权变得无关紧要。然而普鲁，理性的化身，并不想听这些。她指出我已经铺垫好了准备性的步骤，援引我亲笔写给佛罗伦丝的那些至关重要的指令。在她的叙述之中，我是驱动力，而她只是借着我的尾流搭便车：在她看来，随便怎样都行，除了承认她年轻时的情报局配偶和成熟后的律师身份存在哪怕最细微的一丝关联。

我从长椅上起身，顺着河畔小径走了几码，但依然留在普鲁能听见的范围内；我拿出布林·乔丹给我的专用手机，输入他的号码，这时有一点我能够确定，那就是普鲁和我——她希望如此——在所有重要的事情上都完全而坦诚地取得了一致意见。

*

布林说过他也许会正在伦敦与华盛顿的往返途中，但从听筒里传来的喧闹背景音来看，他在陆地上，周围全是人，以男人为主，而且都是美国人。因此我的结论是他在华盛顿特区，我打扰了他的会议，也就是说假如运气好，他未必会把全部注意力都放在我身上。

“哎，纳特。情况好吗？”——习惯性的和蔼语气，有点不耐烦。

“布林，艾德要结婚了，”我不动声色地通知他，“本周五。娶我以前在‘避难所’的副手。咱们谈过的那个女人。佛罗伦丝。在霍本的一个登记处。他们刚刚从我家离开。”

他没有表露出惊讶。他已经知道了。他知道的比我多。他什么时候不是这样呢？但我已经不听他指挥了。我自己说了算。他需要我甚于我需要他。你就记住了吧。

“他请我当他的伴郎，你说你敢不敢相信吧？”我又说。

“你答应了？”

“你觉得我会不会答应？”

模糊不清的嘟囔声，他去处理了一些手头的事情。“你和他单独在俱乐部待了整整一小时，”布林暴躁地提醒我，“你到底为什么不和他摊牌？”

“我该怎么做，你倒是说说看？”

“在你答应当他的伴郎之前对他说，有几件和你有关的事情我要告诉你，后面不就简单了吗？我真该把这个任务交给盖伊的。他绝对不会搞砸。”

“布林，你就不能听我说两句吗？四天后他就要结婚了。香农要去另一个星球了。现在的问题不是该派谁去找他，而是我们是该现在去找他，还是等他结婚以后。”

我也暴躁起来了。我是个自由人了。五码外我们的长椅上，普鲁默默地用点头表示赞赏。

“布林，香农飘得像个风筝一样。要是我现在和他摊牌，他会叫我滚远点儿，管他妈什么后果不后果的。布林，你明白吗？”

“等一等！”

我等着。

“你还在吗？”

在，布林。

“在我们争取到香农之前，我不允许他再次 treff 伽玛或其他人。听懂了？”

Treff 指的是秘密会见。德国间谍俚语。也是布林喜欢用的。

“你要我去这么对他说，你是认真的吗？”我愤愤不平地反击道。

“我要你去完成这个该死的活儿，别再浪费时间了。”他吼道，我和他之间的气氛陡然升温。

“布林，你听我一句。在他目前的情绪下，他完全不受控制。句号。他不落回地面上我就不会去和他摊牌。”

“所以你打算怎么做？”

“和他的新娘佛罗伦丝谈一谈。她是接触他的唯一可行途径。”

“她会向他通风报信的。”

“她受过情报局的训练，为我工作过。她有头脑，知道轻重。我向她讲清楚利害关系，她会去和香农讲清楚的。”

背景里一阵嘟囔，然后他恶狠狠地回来。

“她知情吗？那个姑娘。知道她男人在干什么吗？”

“我不确定她知不知道有什么关系，布林。特别是等我向她讲清楚局势之后。假如她是同谋，她就会知道自己也危在旦夕了。”

布林的声音稍微柔和了一点。

“你打算怎么接触她？”

“请她吃午饭。”

又一阵背景中的嘈杂交谈声。然后突然迸发：“你要干什么？”

“她是成年人了，布林。她不会歇斯底里发作，另外她喜欢吃鱼。”

背景中的谈话声，但没有布林的声音。

最后：“老天在上，你打算带她去哪儿？”

“以前带她去过的地方。”该我发发脾气了，“听我说，布林，要是你不喜欢我的提议，那就把这个活儿交给盖伊好了，我不介意。要么你回来自己下场。”

我们的长椅上，普鲁用一根手指划过喉咙，示意我挂电话，但布林用一句“和她谈完就来向我汇报”抢先了我一步。

我们垂着头，挽着胳膊，慢悠悠地走回家里。

“不过，我觉得她也许有点预感，”普鲁回想道，“她未必知道很多，但她知道的已经足以让她担心了。”

“嗯，现在她有的不只是一点预感了。”我坦然道，想象佛罗伦丝一个人待在霍克斯顿他们的公寓里，凌乱的装修现场包围着她，她弓着背读我的十条指令，而艾德只顾蒙头大睡。

20

见到佛罗伦丝的这张脸如此紧绷和毫无表情，我并没有吃惊——若不是因为这个案子，我恐怕会大吃一惊的：上次她在这同一家餐馆坐在我对面，指控多姆·特伦奇和他家那位仁慈女爵的滔天罪行，即便是当时，她也没有变成这个样子。

至于我本人的脸嘛——它倒映在许多面镜子里——唔：谍报人员的扑克脸，这大概就是最贴切的形容了。

店堂是个L形。比较小的拐弯一侧有个酒吧，摆放着几张带软垫的长椅，客人被告知称他们订的桌子还没准备好，所以不如去酒吧坐一坐，以十二英镑一杯的价钱喝点香槟。这就是此刻的我，我在等佛罗伦丝。但在等她的人不止我一个。昏昏欲睡的侍者不见了。今天的工作人员殷勤得过分，一开始是领班等不及要带我去我预订的那张桌子，然后问我或女士有没有任何忌口或特别要求。我的要求未能得到满足，我们的桌子不在窗口——非常抱歉，先生，窗口的座位早就订出去了——但他希望这个安静的角落能够让我满意。他还不如再加上一句“能够让珀西·普莱斯的麦克风满意”呢，因为按照珀西的说法，在有大量背景噪声需要应付的情况下，窗户对窃听来说就是最烦人的魔鬼。

然而即便是珀西的巫师也无法覆盖人来人往的酒吧里的每一个边边角角，因此领班紧接着就用他们这个行当最喜欢用的预言时态问我：

“您这是要直接去你们的桌子，安安静静地享用咱们的开胃酒，还是要去酒吧碰碰运气？说真的，有些人也许会觉得那儿有点吵闹。”

吵闹正是我想要的，也正是珀西的麦克风不想要的，因此我决定去酒吧碰碰运气。我选了一张松软的双人沙发，除了我那十二英镑一杯的香槟，还点了一大杯勃艮第红酒。一帮客人进门，多半是珀西派来的。佛罗伦丝多半混在其中，因为再一眨眼，我几乎没反应过来，就发现她坐在了我旁边。我指了指给她点的勃艮第红酒。她摇摇头。我要了柠檬冰水。她换掉了情报局的工作服，穿了一身时髦的裤装。她摘掉了无名指上的古老银戒指，什么都没戴。

至于我，我身穿海军蓝的运动上衣和灰色的法兰绒长裤。运动上衣右手边的口袋里有一管黄铜外壳的口红。那是日本制造的产品，收集口红是普鲁的一个爱好。切掉口红的下半截，你就得到了一个空洞，深度和宽度足以容纳好大一卷缩微胶片，而我用它装了一份裁小的打印纸，上面是我手写的文字。

佛罗伦丝的举止是假装出来的那种随意，完全是她应有的样子。我请她吃饭，但语气诡秘，在外界看来，她还不知道原因：我请她吃饭是作为她未来丈夫的伴郎，还是她以前的上司？我们寒暄。她很客气，但有所保留。我在喧哗声中压低嗓门，开始处理最要紧的事务：

“第一个问题。”我说。

她深吸一口气，把脑袋凑近我，我感觉到她的头发扎在我脸上。

“对，我还是想嫁给他。”

“下一个问题？”

“对，我告诉他去做吧，但我不知道是做什么。”

“但你鼓励了他。”我推测道。

“他说为了阻止一个阻碍欧洲一体化的阴谋，他必须采取行动，但那样会违反规定。”

“你怎么说？”

“既然他觉得正确，那就别管他妈的规定，去做吧。”

她抛开我的问题，一口气说了下去。

“他做完后——那是星期五——回到家里，他哭了，不肯说为什么。我说无论他做了什么，只要他相信是正确的就没问题。他说他相信。我说那就没什么好担心的了，对吧？”

她忘记了刚才的决定，拿起勃艮第喝了一大口。

“要是他发现了和他打交道的究竟是什么人呢？”我提示道。

“他会去自首，或者自杀。你想听见的就是这个？”

“这是必要的信息。”

她的嗓门大了起来。她压低声音。

“他不会撒谎，纳特。他这个人只会说实话。他不可能答应当双重间谍，但就算他答应，也不会有任何用处。”

“你们的结婚大计呢？”我再次提示她。

“按照你的指令，我邀请了所有人，还邀请了所有人的亲友事后去庆祝。艾德觉得我在发疯。”

“你们打算去哪儿度蜜月？”

“哪儿都不去。”

“你一到家就订托基的酒店。帝国大饭店，或者同等级的。新婚套房。两个晚上。他们要预付款的话就付。现在找个理由打开你的手包，放在你和我之间。”

她打开手包，翻出面巾纸擦眼睛，随手把打开的手包放在她和我之间。我拿起香槟喝了一口，左胳膊顺势从胸前伸过去，把普鲁的口红扔进手包。

“咱们走进用餐区，对话就开始广播了，”我告诉她，“桌子有窃听器，餐厅里全是珀西的人。你要装得和你以前一样难搞，脾气不是一般的大。明白了？”

漠然点头。

“回答我。”

“明白了，真是他妈的。”她从牙缝里对我说。

领班在等我们。我们在舒服的角落里面对面落座。领班信誓旦旦说这是全店堂景观最好的位置。珀西肯定送他去上过礼仪学校。还是同样硕大无朋的菜单。我坚持要点开胃菜。佛罗伦丝不怎么情愿。我逼她点烟熏三文鱼，她说行吧。我们都要了多宝鱼当主菜。

“所以两位今天都要一样的，先生。”领班惊呼道，就好像这么一来今天就和其他日子有了什么区别。

在此之前，她都忍住了不看我。此刻她盯着我。

“介意说一说为什么拖着我来这儿吗？”她对着我的脸质问道。

“非常乐意，”我以同样紧绷的语气说，“与你同居以及你显然想嫁的那个男人已经被你曾经工作的情报局鉴定为一名主动投效俄国情报机关的间谍。不过对你来说这也许并不是新闻？对吧？”

大幕拉开。我们上台。我不由想到普鲁和我在莫斯科的监控下假装颠鸾倒凤。

*

他们在“避难所”告诉过我，佛罗伦丝是个有脾气的人，但在此之前，我只在羽毛球场上见过她脾气发作。问我她今天是真的还是装出来的，我只能说那是天生的本事。这是最高级的临场发挥：仿佛即兴艺术，神灵附体，纯属自发，不留余地。

她先像死人似的一动不动地听我说，面部僵硬。我说我们有不容置疑的视频和音频证据能证明艾德的叛国行径。我说欢迎她亲自来看监控录像，当然这完全是在骗她。我说我们有一万个理由相信，她从情报局甩门而去时，满腔都是对英国政治精英的仇恨，因此她和一条怀恨在心的独狼走到了一起也并不稀奇，后者想要报复社会，正在向俄国人出售我们最烫手的机密情报。我说尽管你做出了如此愚不可及甚至更糟糕的事情，我还是得到授权，许你一条生路：

“首先，你要用最简单的语言告诉艾德，他已经赤裸裸地暴露了。你告诉他，我们掌握了铁一样的证据，他这盘菜已经熟透了。你告诉他，他所属的情报局要他的项上人头，但他还有一条救赎之路，那就是毫无保留地和我们合作。要是他有所怀疑，那么另一条路就是因为通敌去蹲监狱到天长地久。”

这番话我说得非常平静，你明白的，不装腔作势，中间只被烟熏三文鱼上桌打断了一次。她始终一动不动，我看得出她正在酝酿胸中的义愤，但不管是我见到的还是听见的，都无法让我为这场大爆炸的烈度做好准备。她完全不去理会我刚刚向她传达的明确信息，而是向信使，也就是我，发起了全方位的攻击。

我以为我是什么？就因为是个间谍，所以就成了上帝的宠儿，宇宙的肚脐眼？不，实际上我仅仅是公学养出来的又一个控制欲过强的卑鄙小人。我靠羽毛球拉网捕鱼。羽毛球是我钓漂亮小男生的手段。我对艾德有歹念，我陷害他是俄罗斯间谍，因为他拒绝我的求欢。

她就这样盲目地撕扯我，仿佛一头受伤的野兽，一个凶猛的守护神，只想保护她的男人和尚未出生的孩子。也许她花了一整夜搜罗她对我产生过的每一个阴暗的念头，总之她的表现不可能更出色了。

领班毫无必要地出面干涉，坚持想知道是否一切都令人满意，过后她继续攻击我。就好像直接从教科书里搬出来的一样，她在我面前发动了第一次战术撤退：

好吧，咱们暂且假设——只是为了讨论——艾德的忠诚出现了问题。咱们暂且假设，某天夜里他去喝酒找乐子，俄国人捞到机会勒索他。结果艾德屈服了——他过上一千年也不可能，但咱们就这么假设好了。那么，你觉得他有可能无条件地答应你当一名双重间谍吗？因为他很清楚，只要我们愿意，他随时都会掉进无底洞。因此，简而言之，要是可以的话，请我告诉她，我们情报局可以给一名双重间谍什么样的保证，才能让他心甘情愿地把脑袋放进狮子的嘴巴呢？

我回答说艾德没资格讨价还价，他要么信任我们，要么接受惩罚，结果全靠多宝鱼上桌，我才躲过了另一轮猛烈攻击，她恶狠狠地戳着多宝鱼，同时盘算着她的第二次战术撤退：

“假设他真的为你做事了，”她的语气只变得柔和了一丁点，“只是假设。比方说我去说服他，这个我只能试试看。结果他搞砸了，或者俄国人放弃了他，无论哪个先发生——然后呢？他暴露了，他是废品了，去他妈的，把他扔进垃圾堆。他为什么要去经历这些烂事？何必费这个神呢？折腾来折腾去最后不是还得进监狱吗？到头来哪个下场更糟糕？被双方像个木偶似的玩弄，最后死在一条小巷里；还是偿还他对社会的欠债，活着从里面出来？”

我觉得这是叫我下最后通牒的意思了：

“你存心无视他的罪行有多么严重，对他不利的确凿证据都堆成山了，”我用我最循循善诱和斩钉截铁的语气说，“其他的都完全是空对空。你未来的丈夫已经被麻烦埋到了脖子，我们给你一个机会把他挖出来。非常抱歉，你只能选择接受或不接受。”

然而这只是引来了又一阵轰炸：

“所以你们既是法官也是陪审团了，对吧？去他妈的法庭！去他妈的公正审判！去他妈的人权和你那个公民社会至上的老婆以为她代表的一切！”

她那头沉思了好一会儿，终于不情愿地让我得到了我为之付出巨大努力的突破。然而即便如此，她还是保留了类似于尊严的某些姿态：

“我不是在承认任何东西，明白吗？我他妈什么都没承认。”

“你继续说。”

“假如，仅仅是假如，艾德说：好吧，是我错了，我爱我的国家，我会配合，去当个双重间谍，我承担风险。我说的是假如。那么他能不能得到特赦？”

我斟酌良久。别许你不能抵赖的愿。布林的箴言。

“假如他做的事情值得，我们也认为他值得，内政大臣愿意签字：那么，他就很有可能得到特赦。”

"然后呢？他冒着生命危险，什么都得不到？我呢？有没有辛苦费？"

我们演够了。她筋疲力尽，我筋疲力尽。现在该拉上大幕了。

"佛罗伦丝，我们花了很大的工夫来见你。我们要你们无条件地合作。你和艾德两个人。作为回报，我们会给你们专业级的操控和全方位的支持。布林要一个明确的回答。就现在。不是明天。要么是好的，布林，我接受；要么是不，布林，然后承担后果。你到底选哪个？"

"我要先和艾德结婚，"她说，没有抬起头，"然后再说别的。"

"然后才告诉他我们谈成了什么？"

"对。"

"什么时候？"

"去过托基之后。"

"托基？"

"我们要去度我们四十八小时的该死的蜜月！"她吼道，怒火再次熊熊燃烧。

我和她陷入共同表演的沉默。

"佛罗伦丝，我们是朋友，对吧？"我问，"我认为咱们是。"

我向她伸出手。她依然低着头，但握住了我的手，刚开始还有些犹豫，随后真的紧紧握住，我在心里恭喜她做出了一生一次的高超表演。

21

两天半的等待说是一百天都行，其中的每一个小时我都记得清清楚楚。佛罗伦丝的辱骂，尽管谬以千里，但毕竟源于生活；在一些罕见的时刻，我停止思考横在我们前方的行动风险，她灼热的表演就会在我眼前重新浮现，指责我犯下我并没有犯下的罪行和我确实犯下了的诸多罪行。

自从发表夫妻同心的宣言之后，普鲁没有显露出过任何后悔做出如此承诺的迹象。她对我和蕾妮幽会没有表达不满。她早就把这种事情扫进了历史的故纸堆。我斗胆提醒她，她的法律生涯会面临何等危险，她有些尖酸地回答我说她很清楚，多谢你了。我问她一名英国法官会不会在向德国人和向俄国人传递秘密情报之间划出明确的界线，她苦笑道在我们许多亲爱的法官眼中，德国人更差劲。而自始至终，尽管她一直否认其存在，但她身上训练有素的情报局配偶的那一面还是履行起了秘密工作的职责，效率之高，我只能默默地视为理所当然。

她在职业生活中继续使用家姓斯通威，她命令助理用这个名字给她订一辆车。假如租车公司要驾照详情，她去取车时自然会告诉他们。

她在我的请求下打了两次电话给佛罗伦丝，第一次是出于女性之间的情谊，问他们打算在托基的哪家酒店度蜜月，因为她非常想送花，而纳特同样坚定不移地想送艾德一瓶香槟。佛罗伦丝说帝国大饭店，登记为香农夫妇，普鲁说她听上去很专注，把一个紧张的准新娘演得很好——那是给珀西的监听人员听的。普鲁给她送花。我送香槟，我们都在网上订购商品，对珀西团队的警惕性很有信心。

普鲁第二次打给佛罗伦丝是问要不要她帮忙组织婚礼后的聚会，登记处的那条路上有家酒馆，他们打算把那儿当作礼堂。佛罗伦丝说她订了个单独的大房间，一切都挺好，就是有股尿味。普鲁答应去看看情况，但两人都认为现在换地方已经来不及了。珀西，你在外面听见了吗？

我们用普鲁的笔记本和信用卡（而不是我的）查看了飞往欧洲大陆几个地点的航班，发现尽管现在正值假期，但定期航线上的公务舱还基本上都有空位。我们在苹果树底下又过了一遍行动计划的每一个细节。我有没有忘记什么至关重要的步骤？在秘密战线上奋斗一生之后，我会不会被最后一个跨栏绊倒？普鲁说不会的。她审查了我们的安排，没有找到任何错漏。所以我就别在这儿杞人忧天了，去打个电话给艾德，问他有没有时间吃个饭吧。其实我不需要找其他理由的，这本来就是我身为伴郎要扮演的角色，因为再过二十四个小时，艾德就要和佛罗伦丝交换誓言了。

我打电话给艾德。

他很兴奋。好主意啊，纳特！太好了！午休时间只有一个小时，但他可以想办法拖长一点。狗和山羊沙龙酒吧如何，一点整见面？

那就狗和山羊了，我说。到时候见。1 300 整。

*

那天的狗和山羊沙龙酒吧被穿正装的公务员塞得满满当当的，这当然不足为奇，因为从唐宁街、外交部和财政部到这儿只有区区五百码远。其中有不少正装人士与艾德年龄相仿，因此有一件事情不知为何有点不对劲：离结婚只剩下一天的他费力地挤过人群，几乎没人扭头和他打招呼。

店里没有我们的老地方，艾德用他的身高和胳膊肘左冲右突，很快在人潮中占领了吧台前的两个高脚凳。我想方设法挤到最前面，给我们买了两品脱杯的啤酒（没有挂霜，但算是挺冰了）和两份农夫午餐（有切达干酪、腌洋葱和脆皮面包），像救火人链似的顺着吧台传给艾德。

搂着吃的喝的，我和艾德头顶头凑在一起，吼叫着压过喧嚣。我只希望珀西的人有办法偷听，因为艾德说的每一句话都在安抚我饱受折磨的神经：

“她完全疯了，纳特，疯得不可救药！我说佛罗！请了她所有的时髦朋友去酒馆庆祝！还有孩子！她给我们在托基订了个超豪华的酒店，有游泳池和按摩院的那种！知道吗？”

“知道什么？”

“我们光了，纳特！彻底破产了！钱全给装修工了！对！婚礼那天晚上闹腾完，第二天早上我们只能自己洗盘子！”

他忽然要回他工作的天晓得什么白厅小黑屋去了。酒吧像是听到命令似的陡然撤空，我们站在相对安静的人行道上，只有往来于白厅的车辆隆隆驶过。

“今晚我本来要过单身汉之夜的，”艾德尴尬地说，“你和我一起过，比方说。佛罗不许我去，说那都是男人搞出来的屁事。”

“佛罗伦丝说得对。”

“我拿着她的戒指呢，”他说，“说等她成为我的妻子就还给她。”

“好主意。”

“就放在我身上，免得我忘记。”

“要不要我替你保管到明天？”

“不用了。和你打羽毛球很开心，纳特。有史以来最好的。”

“等你从托基回来，还会更好的。”

“有道理。是啊。那就明天见了。”

你不会在白厅附近的人行道上拥抱，但我觉得他其实有这个念头。他没有和我拥抱，而是来了个热烈的握手，用双手抓住我的右手，上下使劲摇。

*

几个小时一眨眼就过去了。傍晚刚刚降临，普鲁和我又坐在苹果树下，她捧着 iPad，我在看斯黛逼着我读的一本生态学书籍，讲的是即将到来的世界末日。我把上衣搭在椅背上，然后肯定进入了某种恍惚状态，因为我过了好一会儿才意识到我听见的嘎嘎声来自布林·乔丹给我的定制手机。不过这次我动作太慢。普鲁从我的上衣口袋里摸出手机，放在耳边：

“不，布林。是他妻子，”她轻快地说，“一个来自过去的声音。

你怎么样？好。家里人呢？好。他在床上，我很抱歉，不是很舒服。整个巴特西到处都是病倒的人。我能帮忙吗？好的，他听了肯定会很高兴。他一醒来我就告诉他。也谢谢你，布林。不，还没有，这儿的邮政一塌糊涂。我们一有机会就来，我保证。她真是太厉害了。我试过一阵油画，可惜没这个本事。也祝你晚安，布林，无论你在哪儿。”

她挂断电话。

“他向你送上祝福，”他说，“还请咱们去科克街看阿辰的画展。我看咱们恐怕赶不上了。”

*

时间到了早晨。很长一段时间以来，事情似乎总是在早晨发生：卡罗维发利山中森林的早晨，约克郡山顶大雨滂沱的早晨，贝塔地点和行动指挥所两块屏幕上的早晨；樱草山的早晨，“避难所”的早晨，竞技场俱乐部一号球场的早晨。我煮了茶，挤了橙汁，然后回到床上；现在最适合来做昨天无法做出的决定，或者讨论我们周末干什么和去哪儿度假。

但今天我们只谈了谈该为这个盛大的活动穿什么衣服，还有今天一定会很开心，还有我建议他们去托基真是神来之笔，因为孩子们似乎没法自己做出任何实际的决定——孩子们，这是我们称呼艾德和佛罗伦丝的新代号。我们像莫斯科时代一样限制谈话的内容，因为关于珀西·普莱斯你要记住一点：当你的床头多了一个小耳朵的时候，友情就会落到第二位。

直到昨天下午，我还以为婚礼将在一楼举行，但这个认识突然得到了纠正——从狗和山羊回家的路上，我偷偷摸摸地去勘察了一下目标地区的环境，发现艾德和佛罗伦丝选择的登记处在五楼，而他们之所以能在这么短的时间内预订成功，是因为你要爬上八段冰冷陡峭的石阶，才能来到接待台前，然后再爬上半段石阶，才能走进一个宽敞的拱顶等候室，这儿就像一个没有舞台的剧院，播放着柔和的音乐，摆着松软的座椅，焦躁不安的成群人们犹如海洋，等候室的尽头有一扇亮闪闪的黑漆大门，上面标着“仅限结婚”。楼里有一部非常小的电梯，残障人士优先使用。

在勘察过程中，我还发现三楼（整层租给一家特许会计师事务所）有一座威尼斯风格的人行桥，通往街对面一幢类似的建筑物；更妙的是还有一个灯塔式的楼梯间，可以一直下到地下停车场去。从停车场令人发狂的深度来看，任何人只要蠢到愿意爬楼梯，都可以使用这个楼梯间。然而假如你想使用三楼的人行桥，就会发现持证人员外的所有人都会被拒之门外，参见贴在厚实的电控双开门上吓人的“外来人员谢绝入内”牌子。特许会计师事务所的铜牌上列出了六名合伙人。最顶上的一位是M.贝利先生。

第二天上午，普鲁和我穿上礼服，我们都没怎么说话。

*

让我像报告任何一次特别行动那样说说具体经过吧。我们按原计划早早赶到，那是上午十一点一刻。石阶爬到一半，我们在三楼停下，普鲁戴着用鲜花装饰的帽子，站在那儿露出微笑，我和特许会计师事务所的女接待员闲聊。不，她回答我的问题，她的雇主不会在星期五提前关门。我说我是贝利先生的老客户。她像机器人一样说贝利先生整个上午都要开会。我说我们上学时就是老朋友了，但我不想打扰他，下周我会正式约个时间来找他。我留给她一张名片，那是我最后一次驻外时用剩下的：商务领事，英国驻塔林大使馆，然后等着她屈尊去看上面的文字。

“塔林在哪儿？”她问得很没礼貌。

“爱沙尼亚。”

“爱沙尼亚在哪儿？”——咯咯傻笑。

“波罗的海，”我说，“拉脱维亚北面。”

她没问波罗的海在哪儿，但傻笑说明我已经得手了。我还主动破坏了伪装，但谁在乎呢？我们又爬上两层楼，来到宽敞的等候室，在门口附近找位置坐下。一个穿绿色制服佩少将肩章的大块头女人维持排队人群的秩序。每次一场婚礼结束，扬声器里就会响起叮咚铃声，然后她请最靠近黑色双开门的一伙人进去。门关上，十五分钟后铃声再次响起。

11时51分，佛罗伦丝和艾德手挽手出现在楼梯口，看上去像是建房互助会的活招牌：艾德穿新的灰色正装，和旧的那套一样不合身，佛罗伦丝穿一身裤装，一千年前春季阳光灿烂的某一天，作为一名前途无量的年轻情报官员，她曾穿着这身裤装向行动理事会的睿智长老们介绍“玫瑰花蕾”行动。她抱着一束红玫瑰，肯定是艾德送给她的。

我们互行亲吻礼：普鲁对佛罗伦丝，普鲁对艾德；然后，身为伴郎，我亲吻佛罗伦丝的面颊，这是我和她的第一次。

“现在可不能回头了。”我用我最欢快的语气对着她的耳朵大声说。

我刚松开佛罗伦丝，艾德的两条长臂就给了我一个笨拙的男性拥抱——我猜他以前从没这么做过——我还没回过神来，他就把我举了起来，我的胸口贴着他的胸口，勒得我险些闭过气去。

“普鲁，”他大声说，“这家伙的羽毛球打得那叫一个烂，但其他方面他都很好。”

他放下我，兴奋得又是喘又是笑，我在刚进场的人群中搜寻异常的面孔、姿态和侧影，想要向自己证实我已经知道的事情：普鲁将不可能是这场婚礼唯一的见证人。

“爱德华与佛罗伦丝等人，请进！爱德华与佛罗伦丝等人，你们好。请这边走，谢谢。走这道门。”

穿绿色制服的少将来接我们了，但亮闪闪的黑色双开门依然紧闭。铃声越来越响，随后戛然而止。

“哎，纳特，我一转眼就把这个铃声给忘了。”艾德傻笑着对我说。

“那你肯定是个浑蛋。”我骂道，他推推我的肩膀，意思是他开玩笑而已。

佛罗伦丝有没有看过我塞进她手包的那支普鲁的高档日本口红？她有没有见到纸条上的地址？她有没有用谷歌地球查那个地址，认出远在特兰斯瓦尼亚阿尔卑斯山上的遥远客栈的老板，一对加泰罗尼亚老夫妻，曾经是我的情报员？不，应该还没查过，她太精明了，知道该怎么反监视。但她至少应该读过与地址一起给她的信件，我按照情报局的优良传统，在卷起来的打字纸上写满了小字。亲爱的泡利和弗兰切斯卡，请尽量帮助这两个好人，亚当。

登记员是一位宽厚的女士，尽责而严厉。她有一头浓密的金发，办理婚姻登记就是她的职业，听她声音里充满耐心的节奏，她做这一行已经做了许多年，也许每晚她回到家里，丈夫都会说："亲爱的，今天办了多少对？"她说："从早忙到晚，泰德"——或者乔治，或者随便他叫什么——然后两人坐下看电视。

婚礼仪式的高潮就快到了。根据我的经验，世上有两种新人：一种会不出声地念台词，还有一种会把每一句话吼得让全世界都能听见。佛罗伦丝属于后一种。艾德有样学样，跟着她嚷嚷，握住她的手，在近距离盯着她的脸看。

冷场。

登记员很不高兴。她望着门上方的挂钟。艾德手忙脚乱。他不记得把戒指放在新衣服的哪个口袋里了，他轻轻嘟囔"妈的"。登记员的不悦变成了谅解的微笑。找到了！——新裤子右手边的口袋，没错，他在羽毛球上痛击我的时候，也把储物柜钥匙放在这个口袋里。

他们交换戒指。普鲁走到佛罗伦丝的左侧。登记员送上她个人的祝福。她一天要送上二十次这样的祝福。铃声响起，宣告两人结合的好消息。我们前方的另一扇门打开了。任务完成。

我们左手边是一条走廊，右手边是另一条。我们走楼梯下到三楼，大家都走得很快，除了佛罗伦丝落在最后。她改变主意了吗？特许会计师事务所的接待员见到我们，露出微笑。

"我查过了，"她自豪地说，"那儿有红屋顶。对，塔林。"

"确实如此，贝利先生说过，随时都欢迎我们使用人行桥。"我对她说。

"没问题。"她像唱歌似的说，按下身旁的黄色按钮。电控门抖了一下，缓缓打开，我们进去后又在我们背后缓缓关上。

“这是去哪儿？”艾德问。

“近路，亲爱的。”普鲁说，领着我们飞快地跑过威尼斯式的人行桥，车辆在我们脚下经过。

我一步两级台阶地跑下灯塔式的楼梯。艾德和佛罗伦丝并排跟着我，普鲁断后。有一点我到现在还不敢确定：我们跑进地下停车库的时候，我听见的是珀西的手下在追赶我们，还是我们自己脚步声的回音？租来的车是一辆黑色混合动力的大众高尔夫。普鲁一小时前把车停在了这儿。她打开门锁，坐上驾驶座。我拉开后门，请新郎新娘上车。

“快来，艾德我亲爱的。给你们个惊喜。”普鲁愉快地说。

艾德拿不准主意，望向佛罗伦丝。佛罗伦丝从我身旁钻进后座，拍拍剩下的空座位。

“来吧，我的丈夫。别破坏了兴致。咱们出发。”

艾德上车，在她身旁坐下，我坐进前排乘客座。艾德蜷起两条长腿，侧身坐在车里。普鲁按下中控锁开关，把车开到出口，取出停车票塞进机器。轿车隆隆地驶上斜坡。后视镜里目前毫无异常：后面没有汽车，也没有摩托车。但假如珀西的手下给艾德的皮鞋或新衣服或其他东西做过标记，就有没有都一样了。

普鲁提前把伦敦城市机场输入了卫星导航系统，这会儿目的地显示在屏幕上。该死。我该想到的。百密一疏。佛罗伦丝和艾德忙着在后座亲热，但没过多久，艾德就把脑袋伸到前面，盯着导航屏幕看了一会儿，然后扭头看佛罗伦丝：

“到底怎么了？”他问。没人回答，他又问：“怎么了，佛罗？告诉我。别蒙我，我不喜欢这样。”

“咱们要出国。”她说。

“不可能。咱们没带行李。还有咱们请的客人怎么办？咱们连该死的护照都没带。别发疯了。”

“护照在我这儿。行李会有的。咱们去买。”

“用什么买？”

“纳特和普鲁给了咱们一些钱。”

“为什么？”

我们各自陷入沉默：普鲁在我身旁，艾德和佛罗伦丝在后视镜里，他们坐得很远，盯着彼此。

“艾德，因为他们知道了。”佛罗伦丝最后答道。

“知道什么？”艾德问。

我们再次沉默下去，普鲁埋头开车。

“他们知道你做了良知叫你去做的事情，”她说，“他们逮住你了，他们很生气。”

“他们是谁？”艾德问。

“你们情报局。还有纳特的情报局。”

“纳特的情报局？纳特有什么情报局？他是纳特啊。”

“你们的兄弟局。他是他们的人。不是他的错。所以你和我必须出国躲一阵，多亏了纳特和普鲁帮忙。否则咱们都要进监狱。”

“纳特，你真的是吗？”艾德问。

“艾德，很抱歉，我真的是。”我答道。

*

接下来的一切就像在梦中发生的。从谍报工作的角度说，这场脱逃行动顺利得超乎想象。我这辈子主持过几次脱逃，但从自己的国家逃跑还是第一次。普鲁在最后一分钟用她的信用卡买了去维也纳的商务舱机票，系统没有发出警报。办理登机手续的时候，扬声器里没有响起我们的名字。普鲁和我送别新婚夫妻进安检门时，没被拦住说请跟我们来一下。没错，他们没有向我们挥手，但另一方面，他们才结婚刚刚几个小时嘛。

没错，从佛罗伦丝揭开我的伪装那一刻起，艾德就没再和我说过话，甚至连再见都没说。他和普鲁倒是一切正常，他喃喃地说“祝你顺利，普鲁”，甚至亲了一口她的面颊。但轮到我的时候，他只是隔着大大的眼镜盯着我，然后就转开了视线，仿佛他见到的超过了他的容忍范围。我一直想对他说我是个地道的好人，但现在已经来不及了。

致谢

诚挚感谢我的一小伙忠实朋友和预览读者，其中有一些不愿留下姓名，他们艰难地读完了本书的早期底稿，慷慨地献出了他们的时间、建议和鼓励。我想在此感谢 Hamish MacGibbon、John Goldsmith、Nicholas Shakespeare、Carrie 与 Anthony Rowell 和 Bernhard Docke。还有我们家至少半个世纪以来的文学先辈 Marie Ingram，她的博学和热忱从未让我们失望过。作家兼记者 Misha Glenny 无私地分享了他在俄罗斯和捷克方面的专业知识。有时候我不得不怀疑，我会不会存心让小说陷入英国法务实践的迷宫，就是为了享受请作家及王室法律顾问 Philippe Sands 把我挖出来的乐趣。这次他再次做到了，用他的权威视线审视我贫瘠的文字。至于羽毛球的诗意，我必须感谢我的儿子 Timothy。还有陪伴我多年的助手 Vicki Phillips，我发自肺腑地感谢她的勤奋、诸多技能和从不消失的笑容。